LETTRES INÉDITES

DE

GUILLAUME PEYRUSSE

(1809-1814)

LETTRES INÉDITES

DU BARON

GUILLAUME PEYRUSSE

ÉCRITES A SON FRÈRE ANDRÉ

PENDANT

LES CAMPAGNES DE L'EMPIRE

DE 1809 A 1814

PUBLIÉES

D'APRÈS LES MANUSCRITS ORIGINAUX, AVEC UNE NOTICE SUR PEYRUSSE

PAR

LÉON-G. PÉLISSIER

Ancien membre de l'École française de Rome
Professeur à la Faculté des Lettres de Montpellier

PARIS

LIBRAIRIE ACADÉMIQUE DIDIER

PERRIN ET Cⁱᵉ, LIBRAIRES-ÉDITEURS

35, QUAI DES GRANDS-AUGUSTINS, 35

1894

A

MONSIEUR GABRIEL MONOD

MON CHER MAITRE

Hommage de ma profonde et respectueuse affection.

Léon-G. PÉLISSIER.

NOTICE

SUR

GUILLAUME PEYRUSSE

ET SES LETTRES

———

C'est une amère ironie de la destinée que
d'être célèbre sous un pseudonyme et par une
erreur judiciaire ; c'en est une plus étrange encore pour un serviteur dévoué de Napoléon,
désireux avant tout de « lui faire connaître son
nom » et d'acquérir la réputation de l'avoir
bien servi, que d'arriver à la postérité par le
testament de l'empereur, sous le masque d'un
nom défiguré et sous le poids d'une accusation
injuste. Tel fut le sort de ce Guillaume Peyrusse
dont nous publions ci-dessous les lettres. Le
testament de Napoléon porte dans son troisième
codicille la disposition suivante : *J'avais chez
le banquier Torlonia, à Rome, deux à trois
cent mille livres en lettres de change de mes
revenus de l'île d'Elbe. Depuis 1815, le sieur
de La Peyrusse, quoiqu'il ne fût plus mon trésorier et n'eût pas de caractère, a tiré à lui cette*

somme. On la lui fera restituer. Le trésorier Peyrusse a d'autres titres à un souvenir de la postérité que son inscription comme caissier infidèle dans le dernier acte de l'Empereur.

I

Guillaume-Joseph-Roux Peyrusse est né à Carcassonne, le 16 juin 1776[1], et il est mort fort âgé, le 27 mai 1860. Engagé volontaire à dix-sept ans dans la *compagnie de chasseurs du bataillon de la masse de Carcassonne,* il fit plusieurs années de campagnes à l'armée des Pyrénées-Orientales, depuis le 13 septembre 1793 jusque vers 1800, soit comme soldat, soit comme secrétaire, soit dans les bureaux de l'état-major. Après avoir dû demander, en l'an II, un congé pour maladie, il fut régulièrement et définitivement dispensé, et reçut son congé définitif le 5 thermidor an VIII. On le perd alors de vue quelques années. Grâce à la protection de son frère aîné André, receveur général du

---

[1] D'une famille nombreuse et pauvre. Son père paraît avoir compromis sa fortune en des spéculations malheureuses, puisque, en 1812 et en 1813, nous voyons André et Guillaume demander sa réhabilitation commerciale.

département d'Indre-et-Loire, il entra ensuite
dans les bureaux du Trésor de la couronne. Il
occupait, à Paris, un appartement modeste et
très élevé, mais fort à son gré, et où il ne me-
nait pas une vie de cénobite. Il végéta d'abord
dans les emplois subalternes, puis il fut coup
sur coup, le 1er février et le 7 mars 1809,
nommé inspecteur et seul inspecteur du trésor
de la couronne. Ce fut dans la trésorerie de
la couronne qu'il fit sa carrière pendant six ans.
Cette carrière fut assez médiocre, contrariée
d'abord par la malveillance ou, du moins, la
susceptibilité de son chef, le trésorier général
comte Estève, puis par un changement de chef,
enfin par la défaveur générale dont les services
financiers semblent avoir été entourés sous
l'Empire. Étant inspecteur du trésor de la couronne, il fut désigné, le 24 mars 1809, par le
comte Estève pour faire le service de *payeur du
trésor général de la couronne à la suite du
quartier général impérial*. Il fit en cette qualité
la campagne d'Essling et de Wagram. Il fut, au
retour, nommé *chef de la comptabilité des recettes du trésor de la couronne*. Il fut désigné,
le 28 février 1810, comme payeur de l'ambas-
sade destinée à aller recevoir l'impératrice Ma-
rie-Louise à Braunau, chargé de la garde des fonds

et de la corbeille impériale. Le 4 mars 1812, il fut désigné comme *payeur du trésor de la couronne à la suite* de l'empereur; ce fut avec ce titre qu'il fit les campagnes de Russie, d'Allemagne et de France; il devint, en fait, vers la fin de la campagne de Saxe, payeur de l'Empereur, mais ces fonctions ne furent jamais régularisées. Il fut enfin nommé sous-inspecteur aux revues de la garde impériale et chevalier de la Légion d'Honneur, en mai 1814. Après l'abdication, il suivit Napoléon à l'île d'Elbe, comme trésorier général de l'Empereur et receveur général de l'île. Au retour de l'Empereur, il devint trésorier général de la couronne, baron de l'Empire et officier de la Légion d'Honneur. Il rentra dans la vie privée en 1815. Sous le règne de Louis-Philippe, il exerça diverses fonctions publiques et administratives, dont nous n'avons pas à nous préoccuper ici.

Guillaume Peyrusse a laissé divers documents[1] qui forment un ensemble important de

---

[1] Les papiers de Guillaume Peyrusse sont aujourd'hui conservés à la Bibliothèque municipale de Carcassonne, fonds des manuscrits, n°s 252 à 268. Je renvoie à la description qu'en a donnée Léon Cadier, dans le *Catalogue général des manuscrits des Bibliothèques des départements, tome XIII*. Les relations forment le n° 256 et les lettres le n° 257 de cette collection.

matériaux historiques pour la fin du premier Empire. Ses livres de comptabilité, ses correspondances comme receveur de l'île d'Elbe, permettent de reconstituer exactement l'état des finances de Napoléon à son retour en France. Sur le conseil de son frère André[1], il avait soigneusement noté, pendant ses campagnes, ses impressions quotidiennes, ses observations sur les pays parcourus, les nouvelles et les anecdotes qui lui parvenaient. Malheureusement, au lieu de laisser à ses souvenirs leur saveur originale et leur autorité de notations directes, il a cru devoir, à la fin de chacune de ses campagnes, les rédiger. Il indique lui-même, sous forme d'un avertissement, placé en tête de son journal de la campagne d'Autriche, à quel programme il se conforma :

« Pour ne rien perdre des souvenirs que me préparait le voyage d'Allemagne, j'avais résolu d'écrire tous les événemens dont je serais le témoin, mais j'ignorais les difficultés qui m'attendoient. Forcé de marcher quand j'aurais voulu m'arrêter, de m'arrêter quand j'aurais désiré m'écarter pour faire une observation, trompé par les récits contradictoires, étourdi par le tumulte d'une armée en

[1] Voir ci-dessous, p. 131.

marche : ignorant la langue du pays que je parcourais, tout à fait étranger à la politique comme aux courses et motifs d'un si grand rassemblement de soldats, je ne m'attacherai pas à tracer l'histoire de la guerre, l'épouvante qui suit une armée, la dévastation qui l'entoure ; je m'attacherai à reproduire des scènes isolées, quelques faits et mes impressions. Puissent mes lecteurs trouver du plaisir à me lire [1]. »

Ces journaux forment aujourd'hui cinq cahiers assez volumineux, consacrés : l'un, au voyage à Braunau ; les autres, aux campagnes d'Autriche, de Russie et de Saxe. Le dernier est intitulé : 1814. *Campagne de France, 1815. Mon séjour à l'île d'Elbe, mon retour en France, et mes opérations de trésorier général de la couronne pendant les Cent Jours* [2]. Ces divers

---

[1] Manuscrit 256, cahier 1, fol. 2.

[2] Il y a quelques années parut à Carcassonne un ouvrage intitulé : 1809-1815. *Mémorial et archives de M. le baron Peyrusse, trésorier général de la Couronne pendant les Cent jours. Vienne, Moscou, Ile d'Elbe.* Un vol. in-8° de 8 + 350 + 158 pages. Carcassonne, chez P. Labau et chez Lajoux, 1869. Il est dit dans l'avertissement de l'éditeur : « M. le baron Peyrusse a laissé en mourant le mémorial de ses campagnes et de nombreuses pièces comptables qui peuvent intéresser l'histoire de son temps... M. Cornet Peyrusse... a mis en ordre toutes les pièces qu'il avait entre les mains et, après les avoir fait imprimer, il a déposé les originaux à la Bibliothèque municipale. » Par la façon dont M. Cornet Peyrusse a entendu son rôle d'éditeur, il a absolument défiguré l'original, et le *Mémorial*, au lieu d'être la reproduction fidèle des diverses relations de Peyrusse, est une œuvre

journaux, sauf le dernier, sont presque exclusivement formés de l'itinéraire de Peyrusse, de
ses observations de touriste, et de souvenirs que
ses lettres racontent avec beaucoup plus de détails. Le dernier est plus important et formerait une utile contribution à l'histoire du règne
de Napoléon à l'île d'Elbe, s'il n'avait pas été
rédigé sous sa forme actuelle longtemps après
les événements et avec une tendance critique et
apologétique trop marquée [1]. On ne peut donc
s'y fier absolument. — Enfin, il reste de Guillaume Peyrusse un assez grand nombre de
lettres. Il entretenait une correspondance suivie avec son frère André, receveur général
d'Indre-et-Loire, qu'il semble avoir chargé de
transmettre de ses nouvelles au reste de sa fa-

factice faite avec des fragments de ces relations et des fragments des lettres. Nombre de morceaux des relations sont restés inédits, sans qu'aucune raison apparente ni cachée ait dicté
le choix entre les passages imprimés et ceux laissés de côté par
l'éditeur. Quant aux lettres, on semble en avoir choisi exprès
les parties les moins curieuses. Le style des relations de Peyrusse, qui a des qualités de verve et de naturel, a été soigneusement *corrigé* et, comme cette prétendue publication du Mémorial
a été faite sous le second Empire, quelques passages, qui auraient
pu déplaire en haut lieu, ont été supprimés. La comparaison
page à page des manuscrits laissés par Peyrusse et du texte du
Mémorial, — travail fastidieux dont je ne puis produire ici les
résultats, — montrerait quelle valeur purement négative possède
l'édition Cornet Peyrussse.

[1] M. Cornet Peyrusse justifie Peyrusse d'avoir imité Cadet de
Gassicourt. Mais Peyrusse s'est servi des publications du baron Fain.

mille ; il en avait une autre, beaucoup moins
fréquente, avec son père, propriétaire à Carcassonne. Cette correspondance est d'une très
haute valeur documentaire : Guillaume Peyrusse s'y livre à cœur ouvert avec une sincérité
parfaite et une verve sans arrière-pensée, écri-
vant sans prendre le temps de la réflexion et
traduisant ses idées, ses désirs, ses ambitions
avec une spontanéité toute méridionale. Cette
correspondance est certainement ce qui vaut
le mieux dans les papiers historiques qui cons-
tituent le fonds Peyrusse à la Bibliothèque municipale de Carcassonne.

Ce sont les lettres de Guillaume Peyrusse
qui forment l'objet de la présente publication[1].
Nous en avons une importante série de plus de
soixante-cinq adressées à son frère André, quelques-unes à son père. Elles ont été écrites pen-

---

[1] Je me suis attaché à reproduire aussi exactement que possible l'original. J'en conserve fidèlement les redites, les lon-
gueurs, et aussi les fautes d'orthographe. J'ai souligné de « *sic* »,
malgré cet avertissement général, les singularités par trop sur-
prenantes de grammaire ou d'orthographe. Je n'atténue pas la
crudité du vocabulaire, pensant qu'adoucir le langage des sou-
dards impériaux, comme on l'a fait à tort dans quelques récentes
publications, c'est fausser tant soit peu la physionomie de
l'époque, dont le style se peint dans Cambronne comme dans
Fontanes. — Les lettres de Peyrusse forment le n° 257 des manuscrits de Carcassonne (anc. 183, anc. 8541), qui comprend
soixante-quatorze lettres, en 113 feuillets.

dant la campagne d'Autriche en 1809, pendant
les campagnes de 1812 à 1814. La première est
du jour même où Peyrusse fut nommé payeur
de la couronne, avec ordre de rejoindre le
quartier impérial. La dernière est datée de l'*Un-
daunted* et forme une sorte de journal de la
traversée de Fréjus à l'île d'Elbe. Ces lettres,
pleines de renseignements sur l'auteur et son
entourage, écrites avec une verve que j'appel-
lerais gasconne, si je ne craignais de blesser les
amours-propres languedociens, révèlent en Guillaume Peyrusse un témoin intelligent de quelques-unes des principales périodes de l'histoire
de l'Empire, et un type particulièrement inté-
ressant et vivant du fonctionnaire impérial [1].

II

On peut appliquer aux lettres de Peyrusse ce
qu'il a dit de ses journaux au début de sa première relation.

---

[1] Quelques-unes de ces lettres ont été utilisées fragmen-
tairement par l'éditeur du *Mémorial*, mais avec des coupures et
des modifications qui les dénaturent absolument. On a notamment négligé toutes les informations données par Peyrusse sur
sa personne et sa carrière, c'est-à-dire la partie la plus vivante
de cette correspondance. Aussi peut-on dire que les vraies lettres
de Peyrusse sont encore inédites.

« J'évite d'entrer dans le développement d'opérations militaires. Étranger à cette noble carrière,
exclusivement occupé de tous les détails de ma
trésorerie, j'étais au quartier général de Sa Majesté, attentif à mes fourgons, prêt à tourner
bride à l'approche de l'ennemi. Toutes mes observations, toute mon attention se concentraient
sur l'Empereur et sur les mouvemens de l'ennemi. »

Cette déclaration explique que l'histoire militaire proprement dite, guerres et batailles, ne
trouve ici que peu de renseignements nouveaux. Si fouillée qu'elle ait été et si connue
qu'elle soit, on pourra cependant y glaner
quelques détails. Guillaume Peyrusse est arrivé
à Schœnbrunn quand tonnait encore le canon
d'Essling. Il a traversé l'Allemagne encore
fumante des derniers combats [1], il a passé à
Ebersberg peu de jours après l'enlèvement de
la place ; il a su par des témoins oculaires la
sauvage énergie qu'il a fallu à Masséna pour

---

[1] « Nous voici en Autriche. La terreur nous précède, la dévastation nous suit. Sur le pays ennemi plus de distribution aux
troupes. Tout appartient aux soldats, vivres, fourrage, linge,
vêtement, or, argent ; il prend tout ce qu'il trouve. On n'ordonne
pas le pillage, mais on le tolère. L'avant-garde s'empare du meilleur, le centre glane, l'arrière-garde incendie de colère les maisons où elle ne trouve rien. Voilà la guerre. La terreur était dans
Braunau quand nous y arrivâmes. » (*Journal*, fragment inédit.)

s'en rendre maître [1]. Il a assisté jour par jour
à toute la préparation de la bataille de Wagram [2], et l'autorité de son témoignage confirme des événements d'ailleurs bien connus. Il
en est de même pour la campagne de Russie :
formation de la grande armée, passage du Niémen, prise de Smolensk, victoire de la Moskova,
entrée à Moscou, lentes et douloureuses étapes
de la retraite, tout cela est raconté par Peyrusse avec une extrême abondance de renseignements et de souvenirs personnels [3]. Ces
lettres, écrites pendant la retraite de Moscou,
donnent, soit par leur contenu, soit par leur

[1] Le pont sur la Traün était jonché de l'avant-garde de Claparède, foudroyée par le feu des Autrichiens. L'artillerie française ne pouvait se mettre en batterie. « Masséna accourt et
donne l'ordre *terrible, mais nécessaire*, de faire jeter dans la
rivière tous les morts et les blessés qui obstruent le pont. C'était
un spectacle affreux de voir les malheureux soldats estropiés se
débattant dans les bras de leurs camarades qui les précipitaient
dans l'eau et ceux-ci bientôt blessés eux-mêmes jetés dans la
rivière par les soldats qui les suivaient. » Quand Peyrusse passa
à Ebersberg, « cette malheureuse ville réunissait tous les genres
d'horreur : toutes les maisons écroulées et fumantes, les rues
jonchées de débris, un nombre considérable de cadavres brûlés
dans l'incendie, conservant encore après la mort l'attitude et
l'expression de la plus vive douleur. »

[2] Voir le fragment intitulé : *La Bataille de Wagram*, à la suite
des lettres.

[3] Voir ci-après : *La Campagne de Russie*, surtout pages 77 à 121.
Il faut rapprocher de ces lettres le récit plus coordonné, mais
non moins original qu'il fait dans son journal du séjour à Moscou. Ce récit est resté inédit, par je ne sais quelle fantaisie de
l'éditeur du *Mémorial*.

forme extérieure [1], une très vive sensation de
l'état d'esprit de l'armée française, et une faible
idée de la désorganisation complète où était
réduit ce vaste et puissant instrument de
guerre. On y voit l'enthousiasme s'éteindre
peu à peu, la résignation y succéder, d'abord
ferme et confiante, puis lasse et découragée, la
panique grandir peu à peu avec la défiance et
le désespoir. Ce n'est pas seulement pour cette
période que Guillaume Peyrusse montre l'histoire intérieure et la physionomie morale des
armées de Napoléon : ses lettres de Schœnbrunn forment un tableau sincère et naïf de ce
qu'était l'existence des services d'administration pendant un cantonnement un peu prolongé. Elles montrent, par des détails précis et
pittoresques, la vie financière de l'armée ou
du moins du quartier général, les précautions
nécessaires pour assurer la sécurité du trésor,
le zèle infatigable et l'activité toujours éveillée
des payeurs qui n'arrivaient pas toujours à prévenir les accidents [2]. Peyrusse y dépeint l'es-

[1] Quelques-unes sont écrites sur des feuillets détachés des
registres de Peyrusse. Le billet écrit de Gumbinen à son père
est écrit sur une page *déchirée* d'un carnet. L'écriture de Peyrusse, en général régulière et nette, devient ici désordonnée.

[2] Voir les mésaventures du payeur Roulet (lettre XLII), du trésorier Bernard (lettre XLIV) (pp. 114 et 124), l'abandon de ses
fourgons (lettre XLIII, p. 116 et suiv.), l'incendie du trésor en
Allemagne (lettres XLIX et L, pp. 139 et suiv.).

prit de camaraderie qui réunit les officiers d'un
même service, leur jalousie pour *les bureaux* et
l'administration centrale [1], la situation un peu
inférieure et isolée faite aux fonctionnaires
civils de l'armée. Un détail, la confection de
son uniforme, prend dans ses lettres une
importance bien caractéristique.

Plus intelligent, plus lettré que beaucoup
d'autres témoins subalternes du premier Empire, il sera bon de consulter ses lettres pour
connaître l'état des esprits et des mœurs dans
les pays occupés ou traversés par nos troupes,
soit provinces déjà rattachées à l'Empire, soit
régions occupées seulement pour la durée et
par l'effet même des guerres. Il a noté, fait
curieux, la tranquillité parfaite de Vienne, malgré la présence des troupes françaises pendant
les journées d'Essling et de Wagram [2]. Son cri
de joie, en touchant Mayence, à se retrouver *en
France* [3], en dit bien long sur le degré d'assimi-
lation où étaient arrivées, en si peu de temps,
les Provinces Rhénanes et sur la facilité de
l'opinion à admettre comme toute naturelle

[1] Jalousie de Chambellan contre Peyrusse, préventions de La
Bouillerie, méchanceté d'Estève.

[2] Voir, outre ses lettres de *la Campagne d'Autriche*, les fragments inédits de son journal de route publiés à la suite.

[3] En bon classique, Peyrusse exprime sa joie par une citation
de *Tancrède*.

cette extraordinaire extension du sol français.
La nature de son service lui laissait une certaine indépendance et lui créait de nombreux
loisirs ; Peyrusse a pu visiter en touriste les
pays que ses fonctions l'appelaient à parcourir :
il a noté avec justesse des traits curieux, la vie
viennoise au Prater et à l'Aumgarten, la vie des
eaux à Baden, les mœurs de la bourgeoisie
allemande. Il s'intéressait aux souvenirs historiques, aux vieux châteaux, aux œuvres d'art [1],
au pittoresque des costumes. Il a laissé par
fragments une description incomplète, mais
très vivante, de Vienne au printemps de 1809,
de Moscou dans l'automne de 1812.

L'Empereur apparaît peu dans les lettres de
Peyrusse. Ce n'est qu'en 1813 que le payeur a
été nominalement et personnellement connu de
Napoléon. Jusque-là il n'a rencontré le maître
que de loin, perdu dans la foule obscure de l'armée. Cependant il a recueilli de première main
quelques anecdotes et quelques traits (telle
est l'histoire de la partie d'échecs de Napoléon
avec l'automate de Kempelé). Mais ce silence

---

[1] Il a abondamment partagé le goût de ses contemporains pour
l'art de Canova et il admire avec excès le monument de Marie-
Thérèse. Je préfère son émotion, encore qu'un peu prudhomesque,
devant le tombeau de Desaix. Elle est d'autant plus frappante
que Peyrusse, en général, n'a pas le respect de la mort.

même au sujet de l'Empereur est une indication historique : il montre l'énorme distance qui séparait un fonctionnaire du souverain. En arrivant au quartier général, Peyrusse se flattait de se faire remarquer de Napoléon : en 1813, Napoléon ignorait encore la nature du service de ce « trésorier qui n'était rien ». Amère désillusion !

Par contre, pendant la guerre de France, Peyrusse a été constamment près de l'Empereur dont il a partagé les illusions et les espoirs jusqu'au bout. Ses dernières lettres, abrégées par la fièvre des événements, montrent Napoléon jusqu'au bout pareil à lui-même, dur et impassible, traitant son entourage avec le dernier mépris, ne perdant rien de son insolence dans les revers, puis brusquement effondré par la catastrophe de l'abdication. Les journaux de Peyrusse achèvent le portrait : « Quand on perd l'Empire on peut tout perdre, » dit Napoléon, et, en effet, il ne se préoccupe pas de recueillir les restes de son trésor, et il tente de s'empoisonner. Puis, deux sentiments reparaissent dans cette âme bouleversée : le goût de l'argent, — il veut s'assurer des ressources et essaye de s'emparer du trésor de la couronne ; — et la frénésie de vivre, — de là sa lâcheté à la

Mazarin [1], peu dissimulée pendant le voyage en Provence.

Plus tard enfin, Peyrusse a été le commensal et le familier de Napoléon à l'île d'Elbe ; il a réuni quelques notes, qu'on trouvera à la suite des lettres, sur l'Empereur. Dans le repos de l'île d'Elbe, il était plus aisé de voir le caractère réel de Napoléon, alors dépouillé de tout ce que la fortune y avait ajouté d'énorme et d'exagéré et réduit à des proportions humaines, et Peyrusse était assez intelligent, quoique aveuglé par son zèle napoléonien, pour le discerner.

III

Ce que Guillaume Peyrusse fait voir ou laisse deviner de lui-même dans ses lettres est plus instructif peut-être que ce qu'il y dit des autres. Il n'a rien d'exceptionnel, en effet : ni l'intelligence, ni les défauts, ni les vertus, ni même les aventures. Il représente par là même toute une catégorie de fonctionnaires qui compo-

---

[1] Cet abandon de toute dignité en présence des dangers et pour mieux assurer la conservation personnelle est un trait caractéristique de l'âme italienne de la Renaissance, qui vient à l'appui de la théorie célèbre de M. Taine.

saient avec lui la moyenne de sa génération,
honnêtes serviteurs du Gouvernement, dénués
de philosophie générale et d'esprit critique,
exécutant les ordres sans trop se préoccuper
de ce qui se passait à côté d'eux, sans les dis-
cuter, mais aussi sans les interpréter, et parfois
sans les comprendre, totalement dépourvus du
désintéressement des armées de la Révolution
et sachant qu'en échange de leurs services le
Gouvernement leur doit de l'avancement, y
comptant, et le réclamant aussi rapide et aussi
brillant que possible. Dans les hauts emplois,
Clarke, le ministre de la guerre, est le type de
ces personnages. Peyrusse pourrait le repré-
senter dans une situation subalterne.

Ce payeur de la couronne est, en dehors de
son service, d'une parfaite insouciance morale.
C'est un joyeux vivant, fort préoccupé de ses
plaisirs, des commodités de la vie, de la sécurité de sa personne. La bravoure n'était pas, à
l'origine, sa vertu dominante : les premiers
coups de canon, à Wagram, l'étonnent un peu.
Les visites aux blessés dans les hôpitaux n'ont
rien qui le réjouisse. Mais il se *culotte* peu à
peu. La retraite de Moscou l'aguerrit complètement : il se montre à Krasnoë, à Wilna, tout à
fait capable de sang-froid, de vaillance et

même d'audace [1]; mais il ne se transforme pas assez profondément pour ne plus s'apercevoir qu'il s'est transformé ; il note pour son frère les progrès de son héroïsme. Au retour de Russie il écrit : *Comme le chêne, j'ai durci dans l'eau.*

En quoi il se vantait un peu. Peyrusse n'eut jamais rien du grognard insensible à tout et capable de toutes les fatigues. Il tenait coûte que coûte à un peu de bien-être, aimant la bonne chère et le bon vin. Si la longueur des repas allemands, la cuisine brandebourgeoise le rebutaient, le vin de Johannisberg avait en lui un juste appréciateur. Il emportait dans son fourgon une cantine de choix. C'est en allant acheter des provisions de voyage chez le pâtissier de la rue Montorgueil qu'il faillit se faire voler la *corbeille* impériale [2]. A Moscou même, où l'armée trouve en surabondance du vin, du café, du sucre, où les officiers et les fonctionnaires l'invitent à des punchs, il a des raffinements : il offre à son écot un *punch au vin de Madère avec des fruits secs au sucre*, régal extraordinaire. Ce n'est que sous la contrainte absolue

---

[1] Il ne faut pas d'ailleurs prendre au sérieux toutes ses fanfaronnades.

[2] Elle fut sauvée, — ô contraste ! — par des vidangeurs.

des événements qu'il se sépare pendant la
retraite de Moscou de son précieux et nourris-
sant fourgon. L'amour si obstiné du confort est,
dans certains cas, une forme de l'héroïsme.

Il fut de ceux qui soutenaient dans toute
l'Europe le bon renom de la vieille galanterie
française. L'amour est une de ses grandes préoc-
cupations, sous la forme où il pouvait préoccuper un nomade comme lui. Il songe parfois, du
fond de l'Allemagne, de Moscou, aux beaux yeux
qui le pleurent à Paris. Ce n'est pas toujours le
même nom qui désigne la propriétaire aimable
de ces beaux yeux mouillés de larmes. Peyrusse
autorisait d'avance des libertés qui cessaient par
là même d'être des trahisons. Il s'en consolait
d'ailleurs par des études expérimentales d'ethno-
graphie comparée. A Linz, il fait quelques observations sur les belles Autrichiennes. Son regret
principal, dans ses marches rapides en Bohême,
était de ne pouvoir contrôler ce que les voyageurs assurent de la beauté du « sexe ». Dans son
voyage à Vienne, il fait un brin de cour à une
comédienne française, une ancienne amie de
son frère André, douée d'ailleurs de plus de
plastique que de talent. A Moscou, il rencontre
une autre comédienne, la directrice du théâtre
improvisé dans le Kremlin à demi-incendié; les

saillies de sa conversation l'amusaient : « Elle
n'a pas la langue dans sa poche, » écrivait-il à
son confident ordinaire. Il la quitte comme il l'a
trouvée et, dans le désordre de la retraite, ne
paraît pas s'en soucier davantage. Puis, ce fut
aux Elboises à fournir matière à ses remarques.
Ces mêmes aventures ne l'empêchaient d'ailleurs pas de cultiver « la petite fleur bleue »,
et d'être amoureux, très tranquillement,
d' « Adèle », une suave jeune personne qu'il
avait, par accès, l'envie d'épouser, mais qu'on
maria pendant son absence. Le mariage n'était
pas pour lui seulement l'union de deux âmes.
Il voulait que l'âme sœur fût revêtue d'une
solide et confortable apparence. S'il n'a pas
écrit le célèbre vers sur les « seins fermes et
lourds » et qui sont « positifs », il mettait, parmi
les conditions expresses de son choix, « un bon
devant » et « des hanches ». Ce méridional fou-
gueux et sensé voulait avoir de beaux enfants.

Un tel homme, d'appétits aussi matériels et
d'idéal aussi limité, ne pouvait être un héros
désintéressé, servant sa patrie comme ce
ministre Lebrun qui, condamné à mort, dirigea
les affaires étrangères de la Convention jusqu'au
jour de son exécution : Peyrusse réalise à merveille le type du soldat et du fonctionnaire de

la troisième période de l'Empire, le type si bien décrit par M. Taine : l'homme qui sert et qui se bat *pour faire son chemin*. Guillaume Peyrusse, dans la bonhomie et le désordre de sa vie privée, dans la régularité bureaucratique de son emploi, n'a qu'un rêve et qu'un espoir : l'avancement. L'expression de cette ambition audacieuse et tenace, de ce désir toujours soutenu et nourri, donne à ses lettres un singulier accent de vérité et de vie.

Cette ambition soutint Peyrusse pendant ses six années de service debout et fait, en somme, le principal intérêt de son caractère. Arrivé comme payeur au quartier impérial au lendemain d'Essling, Peyrusse avait, dès lors, l'intention bien arrêtée de tirer parti de cette chance, et de faire forcer la main à son chef naturel Estève par les protecteurs et les amis qu'il se créerait hors de son service : il voulait *une place quelconque* qui lui permît, à la paix faite, de ne pas retourner *s'asseoir sur les bancs* des commis du Trésor. Tout d'abord, il eut l'idée de faire créer pour lui à titre régulier la place de *payeur des voyages* dont il exerçait les fonctions. Comme il travaillait sous les ordres du grand maréchal du palais Duroc, il réussit à se faire prendre en amitié par lui. Et le candide ambitieux disait : « Tu comprends que je le soigne ! » Il le *soignait* jusque dans ses affaires de banque. Aussi le maréchal avait-il « mille déférences pour lui, et la considération du grand chef lui valait les égards des gens de finance à qui il avait affaire ». Résultat de cette première campagne : Duroc est le protecteur ostensible et avoué de Guillaume Peyrusse. Il lui conseille de solliciter la place de payeur.

La proposition de nomination appartenait à Estève. Celui-ci, irascible, susceptible, acariâtre et grincheux, réalisait admirablement le type du bureaucrate *qui ne veut pas qu'un fonction-naire prenne trop d'importance dans son ressort* [1], et qui, ayant fille, nièce ou cousine à marier, fait avancer les employés qui épousent aux dépens de ceux qui n'épousent pas. L'embarras de Peyrusse se devine. Il voulait rester garçon et n'osait pas demander à Estève la place de payeur de voyages : est-ce *quoique* ou parce que Estève lui avait fait, en lui annonçant la rupture d'un mariage entre sa nièce et un autre employé, « mille et mille compliments » ? — Voudrait-on m'allécher ? se demandait ce fat de trésorier. — Comment obtenir un rapport

---

[1] Le mot, qui n'est pas d'Estève, est authentique.

d'Estève pour sa nomination ? Il lui en fit parler
par son frère. Estève prit mal cette ingérence
dans une affaire de service. Il refusa, sous prétexte que sa nomination était impossible après
six mois seulement de service. Il se borna à
conseiller à Peyrusse de continuer « à bien faire
son service », en lui faisant savoir, sur un ton
paternel ou paterne, que « cela lui compte-
rait ». Cette formule peint ce chef de division.

Duroc essaya d'enlever la nomination en
s'adressant à Napoléon lui-même. Le solide bon
sens et le goût de hiérarchie de l'empereur
aperçurent cette dérogation à la bonne règle,
à la sacro-sainte filière : la pétition fut impitoya-
blement renvoyée à M. Estève et supprimée,
comme il avait été convenu entre Peyrusse et
son protecteur.

L'unique bénéfice que Peyrusse retira de
cette campagne fut, avec la protection de
Duroc, une gratification de deux mille francs,
qu'il dut tenir secrète, d'ailleurs, pour ne pas
effaroucher Estève. C'était de quoi payer l'uniforme individuel et fantaisiste qu'il avait cru
devoir endosser au début de sa campagne pour
avoir l'air plus militaire.

La campagne de Russie sembla lui promettre
de meilleures chances de succès. Son ambition

avait grandi : il voulait maintenant un titre fixe
et la croix. Il rallia la grande armée en Pologne et
fit, comme payeur et sans interruption, toute la
campagne. Il crut trouver son titre de payeur au
Kremlin. Dans le désarroi de ce désastre triom-
phal que fut l'entrée à Moscou, et que l'armée
de Napoléon prit d'abord pour une victoire, les
rangs se rapprochaient. Peyrusse qui, dès 1809,
avait pénétré assez avant dans la familiarité de
Duroc, le trouva de plus en plus aimable. Un
nouveau chef, successeur d'Estève disgràcié,
M. de la Bouillerie, consentait à le proposer
comme *payeur des voyages, si l'Empereur
jugeait la place utile.* Le secrétaire Menneval
promettait de choisir *un bon moment* pour
mettre le rapport sous les yeux de l'Empereur.
Peyrusse touchait au port ; mais, pendant qu'il
attendait le rapport de la Bouillerie, la retraite
est décidée. Voilà les espérances de notre trésorier très compromises. On le presse de demander une autre place : mais il s'est entêté dans
cette idée d'être payeur des voyages, il n'en
démord pas.

Il arrive enfin, ce rapport tant attendu, mais
dans quelles circonstances ! Ce n'était plus « *le
bon moment* » guetté par Menneval : l'armée
était à Krasnoë ; il y eut une panique, ce que

l'armée et Napoléon lui-même commençaient à prendre l'habitude d'appeler un *hurrah* de Cosaques : *tous les papiers venus ce jour-là de Paris, travaux des ministres*, etc. *tout fut brûlé*.

C'était décourageant. Peyrusse fait une brusque volteface. La recette du sixième arrondissement de Paris est vacante : le travail des propositions du ministère avait été brûlé à Krasnoë, la place n'était pas encore donnée. L'adroit trésorier « dresse ses batteries » pour la demander directement à l'Empereur. Avant qu'il ait pu le faire, l'Empereur, sans dire gare, quitte l'armée et rentre précipitamment en France.

Peyrusse se rejette sur son poste de payeur des voyages, d'autant que Duroc, revenu à Paris avec Napoléon, lui promet que le rapport brûlé à Krasnoë sera bientôt représenté. Les promesses de Duroc le rassurent, mais une nouvelle inquiétude lui vient : le *voyage* de Moscou a mal fini : il a peur que ce mot de payeur *des voyages* ne crispe l'Empereur. Il se console en pensant que le refus de l'Empereur l'autorisera à demander autre chose. Ayant enfin, après mille dangers, touché en Allemagne, un pays presque sûr, il s'écriait le 20 janvier 1813 : « Ah ! qu'il me tarde d'être invariablement fixé quelque part ! » Et ce cri n'étonne pas. La campagne avait duré

treize mois : elle finit pour lui sans avancement.
Il arriva à Mayence, le 13 avril 1813. Le lendemain, un nouveau trésor est remis à sa garde :
le 21 avril, il quitte Mayence à la suite de l'Empereur. La campagne de Saxe commençait. A
peine arrivé à Dresde, il doit retourner à Fulda
pour y chercher des fonds supplémentaires : il
fait deux cent trente lieues en sept jours. C'était
une nouvelle preuve de sa capacité à être payeur
voyageur.

En revenant, le 4 juin 1813, au quartier
général, son ambition éprouve une cruelle douleur. Duroc venait d'expirer stoïquement. Peyrusse est atterré de cette mort qu'il définit *une
catastrophe*, non pas qui prive la France d'un
bon serviteur, mais *qui le prive d'un bien grand
protecteur*. Il le regretta sincèrement, mais ses
regrets étaient rendus plus cuisants par l'idée
que Duroc lui avait beaucoup promis pour cette
campagne.

La suite de cette campagne ne fut pour lui
qu'une série de déboires. Les personnages
influents et bien disposés pour lui ne surent pas
agir en sa faveur. L'intendant général Daru,
« le patriarche de l'armée », qui l'estimait,
manquait de présence d'esprit et de riposte. Il
laissa passer une bonne occasion de faire avoir

un titre ou une décoration à l'infortuné trésorier, que Napoléon gratifiait coup sur coup des
titres de baron et de chevalier, en s'étonnant,
sur les observations de Daru, que « ce payeur
ne fût rien ». Peyrusse s'en vengeait en remar-
quant qu'Arlequin eut plus d'à-propos. Pour
la première fois, depuis qu'il était dans les
finances de l'armée, Peyrusse perdit, pendant
cette campagne, une partie du trésor : son fourgon fut incendié par accident le 29 mai 1813 ;
bien que sa responsabilité fût à couvert, on lui
reprocha cette maladresse. De méchants bruits
circulèrent à Paris dans les bureaux. On ratta-
chait un placement de 20,000 francs qu'il venait
de faire, un peu mystérieusement, à une opération incorrecte de change sur les roubles-papier.
Ces mécomptes simultanés, refroidissant à son
égard les bonnes dispositions de ses chefs,
l'éloignaient plus que jamais du double terme
de son ambition ; et, cependant, plus il goûtait
à la vie active et à l'indépendance, plus il sen-
tait « combien il lui serait pénible d'aller siéger
de nouveau sur les bancs des commis du Trésor ».

Au mois de juillet, une grande joie parmi
tous ses ennuis : il est *vu* par Napoléon, qui lui
pose beaucoup de questions, l'interroge sur la

nature de ses fonctions, lui demande un état
de ses dépenses, et se l'attache spécialement.
De l'avis de tous, et notamment du baron Fain,
il devenait par le fait même « payeur de Sa
Majesté ». Mais cette situation nouvelle n'était
nullement définie et n'avait rien d'officiel. Cette
grande joie n'eut pas de lendemain. Un de ses
collègues, M. Georges, fut décoré avant lui.
« Tu vois, écrit-il à son frère, qu'il faut que je
dévore bien des contrariétés. Je suis toujours
payeur de la couronne. »

Il le resta jusqu'à la rentrée de l'Empereur en
France. Il essaye, pour s'en consoler, de trouver l'explication de cette malechance continue
dans les désastres qui ont marqué la seconde
partie de la campagne d'Allemagne : « Je n'en
ai pas été la cause. J'en supporte l'effet. »

C'est en la même qualité qu'il fait la campagne
de France. C'était sa sixième année de grade.
Le 4 mai 1814, enfin, à Meaux, il est nommé
sous-inspecteur aux revues de la garde, poste
agréable, honorable, bien rétribué. Notre
homme pousse ce cri du cœur : *Enfin, me voilà
casé ! Je fais des vœux bien sincères pour que
nos affaires tournent bien, je l'espère !* » Et il
forme aussitôt mille beaux projets. Tous ses
rêves se réalisent à la fois : le 23 mars 1814,

il est fait chevalier de la Légion d'honneur.

Courte joie! Peyrusse reste un mois et sept jours sous-inspecteur aux revues : il n'a même pas le temps d'en exercer les fonctions, ayant demandé à faire le service de payeur *jusqu'à la fin de la campagne.* La fin de la campagne, ce fut le 11 avril, l'abdication de l'Empereur à Fontainebleau. La chute dut être rude. Il ne reste point de lettres de ce temps-là. Mais, quelques années après, quand il réunit et remit en ordre ses vieilles lettres, Peyrusse écrivit au dos de celle où il annonçait son triomphe : 11 *avril, abdication. J'avais fait le rêve de Perrette et du Pot au lait.*

Il faut rendre cette justice à cet ambitieux déçu, que l'écroulement de sa fortune n'ébranla pas sa fidélité. « Les nouveaux malheurs qui accablaient l'Empereur, l'intérêt, le respect qu'inspirait la grandeur tombée dans l'infortune entraînèrent sa résolution. » Il accompagna Napoléon à l'île d'Elbe, y fut trésorier de l'Empereur et receveur général de l'île, et en revint avec son maître. Pendant le voyage du golfe Jouan à Paris, il dut assurer le transport et la surveillance du trésor impérial, qui ne traversa pas sans difficultés la Provence et le Dauphiné. La fortune lui souriait enfin : de retour à Paris, le 23 mars 1815, il fut nommé trésorier général de l'Empire, créé baron de l'Empire, et officier de la Légion d'Honneur. Il resta à Paris pendant la campagne de Belgique, essayant de remettre en ordre sa comptabilité. Le 21 juin, la nouvelle de Waterloo lui arriva aux Tuileries, apportée par le fourrier du palais Deschamps. « Je fus atterré en apprenant cette nouvelle qui bouleversait toute mon existence, » dit-il dans son journal. Son dévouement était vaincu, cette fois, par la persistance de la mauvaise fortune. Il était écrit qu'il ne ferait jamais qu'aborder la terre promise. Il se résigna. Il refusa d'accompagner l'Empereur aux États-Unis, non pas parce que « Napoléon n'avait plus besoin de trésorier », selon le mot atroce que lui prête M. de Montgaillard, mais sous le prétexte de la nécessité où il était de régulariser sa situation avec le Trésor. La vérité est que la chute définitive de l'Empire venait de le réveiller pour toujours de son rêve d'avancement. Le chêne qu'on abat entraîne dans sa ruine tous les parasites qui vivent sur lui.

Si Peyrusse a lu, dans les loisirs de sa retraite, *Hernani*, il a dû se reconnaître dans ce *Ricardo* qui s'attache à Charles-Quint pour ac-

quérir honneurs et titres. Notre payeur, du
moins, payait de sa personne ; mais sa bravoure
et parfois son héroïsme professionnel sont
quelque peu gâtés par un intérêt personnel qui
ne s'oublie jamais. Il a une manière par trop
« subjective » de juger les événements et l'on
est, parfois, tenté de lui appliquer les vers que
prononce Charles-Quint :

> Engeance intéressée,
> Comme à travers la nôtre ils suivent leur pensée !

car il est assez odieux de mettre en balance la
mort d'un Duroc et la décoration d'un bas fonctionnaire, d'apprécier les résultats de la bataille
de Leipzick ou de la campagne de France en
raison des intérêts de la carrière de Peyrusse.
Ne jugeons pas trop sévèrement cependant
cet honnête payeur. Il manqua sans doute de tact
pour exprimer la déconvenue de son ambition,
mais il ne lui sacrifia pas son devoir. Caissier et dépositaire d'une intégrité absolue, dans
des circonstances où toute faiblesse pouvait aisément se dissimuler, brave moins par caractère que par métier et par honneur professionnel, sauvant son égoïsme et son cynisme par
une verve joyeusement gauloise, Peyrusse fut, —

à tout prendre, — un galant homme. Ses défauts
et ses qualités lui vinrent plus de son temps que
de lui-même. Ce sont des hommes tels que lui,
moralement et intellectuellement vulgaires,
exemplaires médiocres et sans relief d'une génération née pour agir, qui fournirent le noyau
essentiel, les éléments les plus solides et les
plus durables de la société napoléonienne.
Durs et rudes artisans de l'édifice impérial, ils
ont été des ouvriers vulgaires, retombés ou
presque à l'anonymat des maçons romains ;
mais leur œuvre ne fut pas médiocre, et leur
Colisée, quoique un peu ruiné, subsiste.

LETTRES INÉDITES

DE

GUILLAUME PEYRUSSE

(1809-1814)

I

LA CAMPAGNE D'AUTRICHE

LETTRE I

GUILLAUME PEYRUSSE A SON FRÈRE ANDRÉ [1]

(Claye, 25 mars 1809)

Guillaume Peyrusse désigné pour être payeur de la couronne à
la suite de Napoléon. — M. Estève. — Préparatifs de départ.
— Projets ambitieux. — Affaires de famille. — Les finances de
G. Peyrusse.

Claie, ce samedi à 10 heures du matin 1809 [2].

Je dînois hier chez M. Estève. Après dîner il
m'appela dans son cabinet et m'apprit qu'il t'avoit
écrit une lettre qui devait me faire gronder par toi,
mais qu'il me défendoit de te prévenir pour que tu
fusses bien sa dupe. Il m'annonça qu'il songeoit
toujours à m'être utile et qu'il vouloit me mettre

---

[1] Cette lettre forme les folios 1 et 2 du manuscrit. Elle est
écrite sur un papier administratif portant les en-têtes imprimés:
MAISON DE L'EMPEREUR. TRÉSOR GÉNÉRAL DE LA COURONNE. SECRÉTA-
RIAT; et d'un format 17 cent. 1/2 sur 11 cent. 1/2. Le texte occupe le
folio 1 tout entier et le recto du folio 2. Le fol. 2 verso est occupé
par la suscription : *A monsieur | Peyrusse receveur général | du
département d'Indre-et-Loire | à Tours*, et au-dessous : *A renvoyer
à Paris si M. Peyrusse était parti*. Timbre de la poste : 73 *Claye*
(encre rouge); cachet de cire rouge, rompu.

[2] Cette date a été rajoutée de la main d'André Peyrusse.

en évidence; qu'à cet effet, il me désignoit dores et déjà pour être le payeur du trésor de la couronne à la suite de S. M., etc. etc.

Une demie heure après, il fut dans le cas de réaliser ses promesses, car un courrier de Sa Majesté vint lui porter l'ordre de faire partir le payeur des voyages avec des fonds. J'entrai en cet instant même en fonctions, et avant le jour j'avois quitté Paris avec tout mon équipage. J'ai acheté à minuit une bonne calèche et je m'y trouve fort bien. Puisque cette affaire en train (*sic*), il faut qu'il me fasse nommer par l'Empereur. Je serais le seul qui ne jouirait pas de cet avantage qui m'assurerait un sort fixe et agréable[1]. Je compte sur sagacité à mener cette affaire à bien. Il m'a dit que c'étoit par mes insinuations que tu avois recommandé Lemaître etc., un tas de comptes etc., mais il m'aime, qu'il dise ce qu'il voudra; mais c'est l'instant, c'est le moment de faire nommer le payeur par l'Empereur.

J'ai bien du regret de ne pouvoir t'embrasser et d'apprendre de toi des nouvelles de ta femme. Tu penses bien que je t'écrirai. Dis à M. Racot et à M. Romand que n'ayant que le dimanche d'entièrement libre, j'avois le projet d'aller les voir ce jour là, mais que je n'ai pu. Si tu ne l'as oublié ou si tu y es à temps, parle là-dessus à M. Dherval.

Tu demanderas audience au maréchal pour lui réitérer notre demande pour laquelle il ne bouge

---

[1] **Fol. 1 verso.**

pas [1]. J'ai réfléchi, et mon projet étoit de ne remettre à M. Estève la lettre pour l'archichancelier qu'autant que je sçaurois que Sa Majesté lui a fait le renvoi de la pétition, parce qu'alors il auroit la tête un peu occupée de cette affaire et en prendroit bonne note.

Dès la réception du payement pour Robert, je lui ai donné la traite [2] à trois mois et promis [de lui] [3] donner le solde à l'échéance de la traite que j'avois donnée à Baudeuf pour la faire recevoir en son temps par son garçon. Au moment de mon départ, j'ai disposé sur Baudeuf de cette somme, mais n'ai pu payer Robert ; je lui enverrai son argent. Je n'ai pas eu le temps de me gratter seulement. Adieu, cher André, tu serais bien aimable si tu me fesois trouver une lettre à Nancy poste restante. Tu pourras ensuite remettre les autres à Mélan, qui les timbrera, et elles me parviendront en franchise.

Adieu, je t'embrasse.

G. PEYRUSSE.

---

[1] L'auteur a effacé ici cette phrase : *M. Estève devait aller samedi chez l'archichancelier.*
[2] Fol. 2 recto.
[3] Ces deux mots sont cachés par un pain à cacheter.

II

LE MÊME AU MÊME [1]

(La Ferté, 26 mars 1809)

Départ de Peyrusse. — La question de l'uniforme. — Marche du convoi. — Affaires de famille. — Bonté fraternelle.

A Lafferté le 26 mars [1809] [2].

Espérant que ma lettre pourrait encore te trouver à Tours, je t'ai écrit hier de Claie pour te faire part de mon voyage.

Quand Estève me disoit le soir qu'il vouloit me désigner pour payeur des voyages, je lui observé (*sic*) qu'il serait convenable que je fisse un uniforme, il me répondit : « Mais si le voyage n'a pas lieu? » Il était couché quand je vins lui rendre compte que j'alais partir, et je ne lui parlé de rien. Tu sçais combien un uniforme est utile à l'armée. Cependant si M. Estève n'est pas dans l'intention de me faire nommer par Sa Majesté payeur de ses voyages, et s'il ne t'en donne pas l'assurance positive, je ne suis pas d'avis de jeter là 800 francs. Tu verras. Mon petit convoi marche assez bien. Si tu apprends quelque chose sur le départ de Sa Majesté, obliges-moi de me le marquer, et remets ta lettre

---

[1] Folio 3 du manuscrit. La lettre n'en occupe que le recto ; le verso est blanc. Le deuxième feuillet de la lettre qui portait la suscription a été coupé autrefois.

[2] La date est de la main d'André.

à Mélan. Je suis à deux jours de Paris et j'en mettrai bien encore dix ou douze pour arriver à Strasbourg. J'ai reçu une lettre de Mion qui me prie de
lui rafraîchir la bourse : mon père venant de faire
à neuf tous les auvens de la maison ne peut rien
leur donner. Je vais envoyer à ma tante de Cha-
lons les cent francs de la pension de Louis Roux
que je paye tous les ans à Casals, et je te laisse le
soin et le plaisir d'arroser de quelques louis la
poche de ces chères sœurs qui nous aiment bien et
qui ne sont pas très exigentes. Elles ont eu bien
le temps depuis le premier de l'an de consommer
les trente francs que tu as envoyé à chacune d'elles.
Adieu. Je t'embrasse.

G. PEYRUSSE.

III

LE MÊME AU MÊME[1]

(Strasbourg, 9 avril 1809)

Arrivée à Strasbourg. — Un mariage rompu. — Un uniforme
de 800 francs. — Un uniforme improvisé

Strasbourg le 9 avril 1809.

Paresseux ! Je t'avais prié de m'écrire à Nancy
et je n'y ai rien trouvé, mais ta lettre du premier

[1] Fol. 4-5 du manuscrit Lettre non signée. Le texte occupe le
fol. 5 recto et quelques lignes du verso. Le fol. 5 recto est blanc
Le fol 5 verso porte la suscription : *Pour M. Peyrusse receveur
général*.

avril te fait rentrer en grâce avec moi. Je suis
arrivé ici en bonne santé. J'ai mis mon argent en
sûreté. J'attends les ordres de M. le comte. Je
remercierai ta femme de sa bourse, mais dis-lui
cependant

    « Que je suis mort, s'il m'arrive jamais
    « Qu'on me demande ou la bourse ou la vie! »

Je ne conçois rien au dérangement du mariage.
Cette affaire était bien avancée pour être rompue ;
et il me semble (je vois mal peut-être) que la condition de la place étant le mariage, il fallait qu'il
se fît. Je me tais. Je suis loin des choses, et suis
enchanté de ne pas m'y être trouvé... — Huit cents
francs pour mon uniforme si la campagne ne dure
pas et qu'Estève ne veuille pas me donner une gratification d'entrée en campagne, absorberont tout
mon saint-crépin. Tu connais mon capital, il est
juste cela. Qu'en dis-tu ? Je suis obligé d'aller doucement. — En attendant, pour être à l'unisson des
astres étincelants que je vois ici, je fais faire un
frac bleu boutoné devant aux boutons à l'aigle, re-
troussé des basques avec un crochet comme un que
je t'ai vu à Hanovre, un chapeau claque. Je pas-
serai avec cela. J'aurais l'air d'être quelque chose,
ne fût-ce que commis aux distributions dans un
hospice. Adieu, André. Le courrier est malheureusement à dix heures, et j'ai eu trop à faire hier
pour écrire. Je t'écrirai demain sans faute plus
longuement. Je me suis fait loger au palais par

monsieur Canouville qui te connaît beaucoup. Mais chut à Estève. Adieu.

Mes[1] compliments à M. et Mme Estève. Ne l'oublies pas. M. Lamar, etc. etc. Adieu à demain sans faute.

IV

LE MÊME AU MÊME[2]

(Strasbourg, le 10 avril 1809)

Nouveaux détails. — Arrivée à Strasbourg. — M. de Canouville. — Le Cercle. — La bonne Victoire. — Intimité fraternelle. — L'affaire Plauzolles. — Le traitement des payeurs de voyage. — Strasbourg. — L'uniforme du payeur. — Souhaits militaires. — Souvenir de Pauline.

Strasbourg le 10 avril 1809.

Une lettre que je t'ai écrite hier à la hâte ne compte pas et je me suis réservé le plaisir de causer aujourd'hui avec toi plus longuement. Je ne m'attendois pas, comme je te l'ai marqué, à être payeur des voyages. Il était dit que Weisse ferait les deux places. Je t'ai marqué et tu auras reçu la lettre que je t'ai écrite de Claie où je t'annonce mon départ. Je suis entré tambour batant dans le palais de Sa Majesté et ait fait enfermer mon caisson dans une remise close du palais, et sur mon

---

[1] Fol. 4 verso.

[2] Fol. 7 et 8. Le texte occupe le fol. 7 recto et verso, le fol. 8 recto et verso en partie. La suscription est au bas du fol. 8 verso : *Pour M. Peyrusse*. Lettre non signée.

invitation M. le gouverneur y a fait placer une sentinelle. Je voulais loger au palais : j'ai été voir tout de suite M. de Canouville, maréchal des logis, et j'étois loin de m'attendre à rencontrer en lui un ami. Il t'a vu en Hollande chez M. Berthier. Il m'a fort bien logé en m'assurant que j'avais des droits à l'être, et m'a promis, en cas qu'il fût forcé de me déloger, il me ménageroit une petite retraite. Je me suis fait donner par le maire un logement pour mes huit chevaux et pour mes hommes. J'ai passé un marché avec un fournisseur pour leur nourriture à 44 francs, et me voilà à ne m'occuper que de moi. Je me suis fait présenter par mon collègue payeur ici dans un cercle où l'on joue la bouillotte où l'on lit les gazetes, où l'on joue au billard et où l'on se chauffe, etc. Tu vois que je m'arrange assez bien... Mais j'ai laissé à Paris une femme... Dieux ! quelle femme, ma bonne et fidelle Victoire. Tu es du nombre de ceux avec qui je lui permets des infidélités : barons, comtes, gros financiers, et conseillers d'état. Je n'exclus que la grosse et la petite cavalerie et le colonel des chevaux légers, etc. Si tu la vois, respecte le bien fraternel et ne chasses pas sur mes terres. Cependant, comme tu es bon enfant, que nous n'avons rien à craindre l'un de l'autre, encore moins d'elle.... si elle le veut, je le veux bien. Tu verras que c'est comme si on buvait du nectar.

La rupture des affaires entamées avec le faubourg Saint-Germain a quelque chose pour moi d'incompréhensible : c'est ce mariage (intérêt à

part), qui a décidé M. E. à donner la (*sic*)[1]. Plauzoles paraissait décidé, et je l'eus fait comme lui,
à faire cette affaire très intéressante pour lui. On
le flatta de cent mille francs comptant, et il eut
bien à décompter quand on n'offrit que cinquante
mille, moitié comptant, moitié en une maison. Il
me parut étonné de ce changement de propositions,
mais je ne crus pouvoir pas m'apercevoir que ce
pût être un motif de rupture. Déjà, dès le 25 mars,
il avoit dîné deux fois dans la famille et en parlait.
J'avais l'intime conviction que cette affaire se
ferait. Tu aimes les détails. Je te les donne. Ainsi
fais-moi le plaisir en te levant de m'écrire cette
affaire tout au long, qui at tort dans cette affaire
et si M. et Mme Estève en veulent à Pl.[2] comme
mêtant le seul obstacle à cette affaire... Faudra-
t-il que je l'épouse?... Quelle serait la différence
pour Minete, qui, après avoir manqué d'épouser un
payeur à vingt-cinq mille francs, tomberait, à la
vérité, dans les bras d'un autre payeur, mais à bien
chétif appointement pour se marier! A propos de
cela et en manière de conversation, demande à
Estève comment il traite les payeurs des voyages,
et si les six mille quatre cents francs que le budget
donne pour le payeur des voyages sont indépendants
de l'indemnité. Comme inspecteur, elle avoit été
fixée à douze francs par jour. Si cela se fait ainsi,
j'aurais gagné à être payeur mille francs par an et
en route douze francs d'indemnité en sus de mes

---

[1] *Lire :* M. Estève à donner la place. Fol. 7 verso.
[2] Plauzolles.

appointements. Parles-lui de moi, et, avant de quitter Paris, donne-moi un bon coup d'épaule et écris-moi. Je te promets, si la campagne se fait, de répondre aux bonnes intentions de vous deux par ma conduite. Je me mettrai le plus possible en évidence, je me ferai des amis, des protecteurs, etc.; mais, mon ami, il faudra toujours revenir à Estève, et tu avoueras, cher ami, que je suis dans une position à ne [1] pouvoir rien avoir que par lui. Je suis une machine, une horloge qu'il monte à son gré et par dessus tout cela je ne m'appartiens pas. Mais je me conduirai de manière à avoir des protecteurs qui joindront la voix à la sienne. Heureux encore si cela ne lui déplaît pas et s'il n'y entrevoit pas la possibilité qu'on veut avoir (*sic*) de voler de ses propres ailes!

C'est un enfer que Strasbourg, un brouhaha. On est empilé dans les hôtels, on s'arrache les plats. Le ciel est obscurci de l'éclat de toutes les broderies. Pour ne pas paraître ridicule, je fais faire un frac droit bleu, boutons à l'aigle, et sur les basques retroussées, j'y mets un aigle couronné. J'ai fait (*sic*) une culotte blanche et j'ai acheté un claque. Je suis loin de me plaire dans cet accoutrement. Il me va aussi mal que le casque sur la tête de l'efféminé Paris dans la tragédie d'*Hector*, mais à l'armée c'est nécessaire.

Ici on ne croit pas à la guerre avec l'Autriche. Les lettres de Paris annoncent qu'on ne s'occupe

Fol. 8.

pas du tout du voyage de Sa Majesté, et que les affaires sont arrangées. Tant pis! maintenant que me voilà lancé, je voudrais qu'on partit [pour] [1] la conquête du monde en commençant par les [pays d'où] nous vient la lumière.

[.......] plus que moi la broderie et toutes les fanfreluches [.....] dent. Cela me donnerait le courage de me présenter chez un prince, mais — *heu me miserum!* — je roule, et tu vas en rire, sur un capital de huit cents francs, qui m'auroit servi à faire mes premiers frais si on ne m'avait offert des avances que je n'avois pas demandées. Les dépenser pour un uniforme sans avoir la certitude qu'il pourra me servir et que Sa Majesté me nommera à ce grade: tu avoueras que je ne suis pas dans la possibilité de mettre tous les œufs dans ce panier-là, à moins qu'une main généreuse aide...

Il fait un froid de chien. Je pense qu'il en est de même à Paris. Je me suis déjà installé dans la bourse [2] de Pauline qui est bien jolie. Je cherche le G [3] partout, je ne le trouve pas, il est sans doute en caractère hiéroglifique. Adieu, cher Andreau, ton affaire est faite: tu n'as plus qu'à conserver. J'approche de l'age où tu as fini d'une manière bien agréable le roman de ta vie, et rien de si incertain que ce que je serai. Enfin la bonté de ton étoile me rassure. Adieu: je t'aime comme tu mérites qu'on t'aime. Remets ta lettre à Mélan. Adieu.

---

[1] Je supplée ici quelques mots enlevés par des déchirures produites par l'ouverture de la lettre.

[2] Fol. 8 verso.

[3] Son initiale qui était brodée sur la bourse.

V

LE MÊME AU MÊME[1]

(Strasbourg, 19 avril 1809)

Le maréchal Duroc. — Bon accueil. — Instruction de voyage — L'affaire de Plauzolles. — Projets matrimoniaux. — Pauvre Minette ! — Les Cormenin.

Strasbourg 19 avril 1809 [2].

Mon cher André, j'ai reçu ta dernière lettre. Je me suis bien apperçu, à l'accueil que m'a fait le maréchal Duroc, que tu avais préparé les vois. Je lui ai demandé le jour de son arrivée la permission de lui rendre mes devoirs. Il m'a envoyé son valet de chambre pour me prier de l'attendre dans le salon des grands officiers, où il s'arrêterait en sortant de chez Sa Majesté. Il m'a donné ordre de partir pour Stutgard dès que mes fourgons en arrière seraient arrivés, que son intention était que je ne quittasse pas le quartier général, et qu'il me faciliteroit tous les moyens d'y être aussi commodément que possible. Mes fourgons arrivent aujourd'hui, et je me mets en route demain. D'après une lettre de Mélan, il paraît que l'affaire de Plauzoles peut se renouer... Quelle tête que celle d'Estève ! Comme il tourne et retourne ! Puisque tu

---

[1] Fol. 6. Le texte occupe le recto et le verso. Le second feuillet de la lettre contenant la suscription a été coupé.

[2] Il y a, en tête, de la main d'André l'indication suivante : Répondu le 24.

m'as parlé en confidence, je te dirai aussi en confidence qu'Estève a répondu à Mélan, qui lui a demandé sa protection pour être quartier-maître de l'hôtel (?) de Saint-Germain qu'il ne voulait pas se séparer de lui et qu'il avoit le projet de créer deux caisses et un inspecteur général à dix mille livres et qu'il le nommerait. Mélan me dit cela en m'ajoutant que cette place est promise à beaucoup de monde, et que je suis aussi sur les rangs. Attendons l'événement. Cette pauvre Minete, comme on la balote! Comme on n'est jamais sûr de rien, tant qu'on dépend d'Estève, je crois que j'y regarderois à deux fois pour épouser M.[1]. Si on me nommait receveur général loin de Paris, je crois qu'alors peut-être je pourrais me décider... Ne penses-tu pas comme moi? Car enfin à qui donneras-tu des conseils, si tu ne m'en donnes pas? Tu connais l'homme, et tu connais les charges du mariage[2]. Jamais l'Empereur ne consentira à créer dans le trésor d'aussi belles places, deux caissiers généraux à douze mille francs au moins chacun, et un inspecteur à dix mille, etc. Jamais il n'obtiendra cela. Nous verrons. J'espère recevoir ordre de l'Empereur de venir. Je le ferai juger.

Voilà une lettre que j'ai reçu de Delahaye et qui m'a longtemps étonné. Elle était à mon adresse par mégarde. Je ne pouvais pas m'imaginer d'où ce fils m'était venu. Il s'était trompé d'adresse. Je voudrais bien pouvoir lui être utile, mais

[1] Minette.
[2] Fol 5 verso.

M. Daru est à Donnavent[1] et moi à Stutgard. En second lieu, je ne le connais pas assez particulièrement. Cependant je m'informerai et je ferai tous mes efforts pour lui rendre ce service. Fais mille et mille amitiés à ta chère Pauline. Une fois installé je lui ferai une belle lettre de remerciement. Mille amitiés au papa Cormenin et à ton cher beau frère, à Henriet, etc. Adieu. Écris-moi poste restante à Stutgard. Adieu, cher André, compte sur mon exactitude à t'écrire. Adieu.

GME.

VI

LE MÊME AU MÊME [2]

(Ulm, le 2 mai 1809)

Voyage de Strasbourg à Ulm. — Rastadt, le congrès. — Les sources de Baden. — Les souterrains des Francs-Juges. — Carlsruhe. — Stuttgard. — Ordres de route contradictoires. — Les prisonniers autrichiens déserteurs. — Cuisine allemande. — L'affaire Plauzolles. — Gauloiserie. — Retraite de l'empereur d'Autriche sur Vienne.

Ulm, le 2 mai 1809.

Mon cher André, j'ai quitté Strasbourg le 26 avril pour me diriger sur le quartier général. Comme je

[1] *Sic pour* Donauwerth.
[2] Fol. 9 et 10. — Le texte remplit le fol. 9 recto et verso et le fol. 10 recto. Le verso du fol. 10 est occupé par la suscription : *A monsieur | Peyrusse, | receveur | général | à Tours, département d'Indre-et-Loire, | par Paris.* Timbre imprimé : N° 5. Armée d'observation du Rhin. Cachet de cire rouge.

vais doucement j'ai le temps de remarquer le pays
que je trouve beau. Tu sens bien que j'ai visité le
château de Rastad et tout ce qu'il renferme de
curieux en armures et trophées prises par le prince
Louis de Bade sur les Turcks. et en bois de cerfs,
dont il y a dans le château une fort belle collection.
Je me suis rendu sur la place où les plénipotentiaires
furent égorgés, et j'ai remarqué à côté de ce théâtre
sanglant le cerisier sur lequel Jean de Brie entendait le champ (*sic*) du rossignol. Une petite excursion que j'ai faite le même soir à Baden, résidence
des anciens margraves de Bade, m'a fait plaisir. Ce
village, situé entre deux montagnes, à une petite
lieue de Rastad, possède six sources d'eau chaude
dont les eaux se distribuent par des canaux dans
les différentes auberges de la ville où sont établis
des bains. La vue est superbe du haut d'un balcon
du château. Une grande curiosité de ce château ce
sont les souterrains et surtout la sale souterraine
où se tenait dans le septième siècle (*sic*) un tribunal
secret et terrible connu sous le nom de *Réunion*
pour la justice. C'est la traduction en français du
mot allemand. Elle fait frissonner d'horreur. On
voit encore les cachots.

De Dourlac, j'ai fait une petite excursion à Carlsruhe pour y voir cette nouvelle ville bâtie en éventail. Le château, qui fait le haut de l'éventail, sert
de point de réunion à trente-deux allées percées
dans la forêt qui est derrière le château. Je n'ai
jamais joui d'un coup d'œuil (*sic*) plus beau. Aucune
autre troupe n'a le droit de passer à Stuttgard que

la garde impériale. Sur l'agrément demandé au roi par le maréchal Duroc de donner passage au trésor et à l'escorte, Sa Majesté a ordonné que nous serions logés au vieux château. J'ai été fort bien traité par le baron de Leytrum, chez qui on m'a donné mon logement. J'ai eu à raisonner avec le ministre de France, à qui le maréchal m'avait chargé de remettre de l'argent et des bijoux. J'ai été fort content des vues et de la position de Stuttgard, mais tous ces cours me paraissent bien petites quand je les compare à celle de France. Les maisons des ministres qu'ils appellent *hôtel* sont[1] des maisons de bois peint et offrent un contraste bien frappant avec les hôtels de nos ministres. De Stuttgard à Ulm, la route est bien belle; on y rencontre des vues charmantes. Le Neckar et le Félix qui arrosent tout ce pays en font un paysage charmant. Une chose m'a contrarié à Stuttgard. J'ai lu chez le ministre de France une lettre du 17 avril du maréchal, datée de Donnavent, dans laquelle il le charge de me donner l'ordre de rester à Stuttgard, et ce même ministre, pendant mon séjour à Strasbourg, m'envoya par estafette une lettre du maréchal, de la même date et du même endroit, dans laquelle il me disait formellement

« De *rejoindre* le quartier général avec mon trésor, de laisser à mon passage à Stutgard de l'argent, etc., » et il ajoutait : « La garde impériale ve-

1 Fol. 9 verso.

nant au quartier général, vous vous trouverez bien escorté sur *toute la route* ».

2° Une lettre de Ratisbonne du 25 avril du maréchal me prévient que M. Daru lui a fait avancer de l'argent par le payeur de l'armée, et il me charge de le lui rembourser en retirant ses bons. Je n'ai pas hésité à penser que ma lettre était postérieure à celle écrite au ministre, et qu'elle ne lui a été écrite que dans l'incertitude où le maréchal était, le 17, des événements et du soulèvement du Tyrol; que les événements ayant changé, je ne devais avoir aucun égard à la lettre du ministre. J'ai écrit par estaffette au maréchal « de n'attribuer qu'à mon zèle, etc., mon désir de se rapprocher de sa personne, si j'expliquois en faveur de la continuation de ma route le doute où me mettoient ses deux lettres; que néanmoins j'attendrois ses ordres ultérieurs à Ausbourg ». N'aurais-tu pas fait comme moi? Il faut montrer du zèle et de la bonne volonté et concilier tout cela avec de la prudence. Ma sollicitude est très vive. Je ne dors pas, depuis surtout que les routes sont infectées (*sic*) de prisonniers autrichiens, dont déjà plus de vingt-cinq mille ont passé sous mes yeux, et dont[1] quelques uns ayant déserté, se procurent par toutes sortes d'excès les moyens d'existence. Le maréchal m'écrit d'une manière fort affable.

[2] Si j'eusses été dans Ulm avec trente six mille hommes, il y a gras que je ne l'eus pas rendu. Je

---

[1] Peyrusse avait d'abord mis : *un beau nombre.*
[2] Fol. 10 recto.

ne l'ai pas encore bien parcouru. Ce pays, les
mœurs, le langage des habitans, tout est bien nouveau pour moi. J'ai ⸚ ne bonne voiture, j'y dors,
j'y lis, j'y mange de ' ⸚nes langues fourrées tout
à mon aise. Mes équipages se portent bien. Je jouis
d'une fort bonne santé. Je t'en désire autant ainsi
qu'à ta femme.

Plauzoles m'a marqué que son affaire se renoue.
Il me paraissoit fort difficile qu'il en pût être autrement; il sçavait l'obligation qu'il contractait en
acceptant la place. Elle était elle (*sic*) que, lui eût-
on donné des pierres il falait épouser. Quel sera mon
lot? je n'en sçais rien. Le présent a pour moi de
l'agrément. J'espère que notre bonne étoile ne nous
abandonnera pas. Je ne sçais rien de l'armée. Le
quartier général est, dit-on, à Passau. L'armée autrichienne est très déco[uragée] des revers qu'elle
vient d'essuyer; ils l'ont atteinte comme la f[oudre][1].
Des officiers prisonniers avec lesquels j'ai parlé
tout à l'heure, me disent que c'est la faute des
généraux. C'est toujours la réponse ordinaire. On
nous annonce encore six colonnes de prisonniers de
quatre mille chaque. Le pain va bien renchérir en
France. Adieu, cher André, j'embrasse ta Pauline,
ton cher papa et Cormenin. Je n'ai pas encore la
possibilité de leur être utile. Ecris-moi à Strasbourg, poste restante. Mille amitiés à Henriet. Il
est sans doute marié. Je serois bien aise de sçavoir
combien de sacremens il a administré à sa femme

---

[1] Mots enlevés par une déchirure.

la première nuit. Mes respects à M. et à Mme de Lambert. J'ai vu un moment Mademoiselle Brossard chez elle à Paris, et j'ai senti tous mes feux se rallumer. Adieu.   G^me.

As-tu rendu les rênes au cocher de M. d'Herra?

On apprend dans l'instant que Sa Majesté qui, avait passé l'Inn avec 2,000,000 m. h. (*sic*), est aujourd'huy à Lintz et que l'empereur d'Autriche se replie en grande hâte sur Vienne. **L'armée franco-bavaroise s'est emparé de Salzbourg.**

VII

LE MÊME AU MÊME [1]

(Augsbourg, 12 mai 1809)

Mouvements insurrectionnels des Tyroliens. — **Les corps de Beaumont.** — Séjour agréable. — M. Roulet. — **Madame Alexandre, comédienne.** — Souvenir d'André **Peyrusse.** — L'empereur à Vienne.

Augbourg, le 12 mai 1809.

Je suis encore à Ausbourg, mon cher André, où j'attends qu'il plaise à MM. les Tyroliens de se tenir tranquilles. Il y a trois jours qu'un corps très

---

[1] Fol. 11 et 12. Le texte occupe le fol. 11, recto et verso, et le fol. 12 recto. Le verso est occupé par la suscription : « *A Monsieur | Peyrusse, receveur | général du département d'Indre-et-Loire. | Tours.* » Lettre non signée, terminée seulement par un paraphe.

considérable formé en partie de prisonniers autrichiens, est entré à Mensigen, à quatre lieues d'ici en
arrière et y a commis toutes sortes de dégâts. On
a fait partir d'ici quelques troupes qui, malgré le
secret de leur marche, avoient eu des devanciers
qui ont fait prudemment rentrer les Tyroliens dans
leur montagne. Il en est de même en avant d'Ausbourg tout à côté de Munich. Le roi et la reine
restent très prudement ici. Cependant le général
sénateur Beaumont, qui est ici, s'occupe de l'organisation de plusieurs corps qui doivent être employés
à prévenir l'excursion des Tyroliens et à balayer les
derrières de l'armée. Apparement c'est quand la
route sera bien nette que je recevrai ordre de filer
tout droit sur Vienne. En attendant je file mon
temps le mieux que je peux. Je visite tout ce qu'il
y a de curieux *extra* et *intra muros*. Je me sers
pour mes promenades d'un joli cheval[1] que le cher
patron avait prêté au commis qui m'avoit ammené
les derniers caissons, et qu'il m'a dit ensuite de
garder. Je me suis fait recevoir dans un casino
littéraire où l'on lit les papiers français, et le soir
on se rend à un jardin hors la ville où se trouvent
réunis quatorze ou quinze payeurs ou adjoint
payeurs attachés à M. Roguin qui attendent ici des
ordres. M. Roulet est très assidu auprès d'une certaine madame Alexandre qui est ici avec son mari
et un autre jeune homme. Cette petite troupe, attachée à la troupe de Cassel, jouit de quatre mois de

---

[1] Fol. 11 verso.

congé, et les passe à nous donner ici quelques représentations. J'ai sceu que tu t'étois passioné pour Madame Alexandre. C'est une belle femme sur la scène ; on ne peut pas avoir une plus belle cuisse et une jambe mieux faite, mais voilà tout. Je la vois chez elle et au jardin. Elle est aimable. Son mari a l'air d'un bon enfant. Ils se plaignent que tu les as entièrement oubliés ; ils te paraissent, le mari et la femme, fort attachés[1]. J'avais vu chez toi un (*sic*) de ses lettres, et ce nom m'étoit resté dans la tête. Étant au spectacle, dans les coulisses je vis Roulet parler à une femme qui ne me paraissait pas mal. Je l'accostai pendant la pièce : il fit le finot, me fit courir la campagne, etc. Le lendemain ayant sceu que cette dame était la même que celle que tu connaissais, j'alais aller à lui dans le jardin où ils étaient ensemble, lorsqu'il me prévint et m'appella par mon nom. Voilà comme j'ai fait sa connaissance. Elle aurait eu la plus grande envie de passer en France. Elle a deux enfants très jolis. Le mari ne se plaît pas à Cassel ; il va partir pour Munich, il veut aller à Vienne, et y tenter d'y former une direction. Il paraît avoir beaucoup de projets. Si tu l'as eue, je t'en fais mon compliment : elle n'est pas mal, elle doit avoir un joli cul. Je l'ai assurée que je te parlerai d'eux dans ma première lettre.

On dit l'empereur à Vienne, mais nous ne sçavons rien de positif à cet égard. Mais ce qu'il y a

---

[1] Fol. 12 recto.

de très positif, c'est que je t'aime toujours, toi et ta
femme, beaucoup. Adieu. Une embrassade au cher
papa et au père.

(Paraphe.)

VIII

LE MÊME AU MÊME[1]

(Augsbourg, 25 mai 1809)

Séjour prolongé. — Ordre de partir. — Départ joyeux.

Augbourg le 25 mai 1809.

Ma foi, si mon séjour se fût prolongé ici plus
longtemps, j'avais grand peur que l'on ne me mît à
la capitation, et que l'on ne me forçât de donner le
pain bénit à l'Église. Heureusement M. le maréchal
vient de me tirer de cet embarras en me donnant
l'ordre de partir pour Vienne. Je partir (*sic*) demain
avec un certain plaisir. Je n'oublierai pas ta gravure. Adieu.

GME.

[1] Fol. 13. Quelques lignes sur le fol. 13 recto, le verso blanc. Le
second feuillet de la lettre a été coupé autrefois.

IX

LE MÊME AU MÊME[1]

(Schœnbrun, 12 juin 1809)

Arrivée à Schœnbrun. — Le maréchal Duroc. — Dévastation de
l'Autriche. — Ebersberg. — Incendie du village. — Le beau
sexe de Lintz. — Les emplois dans l'intendance. — M. Daru
— Promenades dans Vienne. — Le mausolée de Marie Chris-
tine. — Le repos du lion. — Protection du maréchal Duroc.
— Après Essling. — Le maréchal Lannes dans l'oxygène.

Schembrum, le 12 juin 1809.

Mon cher André, je suis arrivé à Schembrum le
10 à midi. A la dernière poste, M. le maréchal
avait eu la bonté de me prévenir que je devais
venir loger au chateau et m'y établir avec le trésor. Dès mon arrivée, j'ai été lui faire ma visite,
et j'ai été enchanté de lui; il me l'a rendue une
heure après, m'a demandé si j'étois content de
mon logement, et m'a dit que je prendrois place à
la table des officiers de la maison. Il m'a plusieurs
fois demandé de tes nouvelles.

Depuis mon entrée en Autriche, j'ai eu de l'inquiétude toutes les nuits, soit des partisans, soit
des Autrichiens, quand je me rapprochais du Danube. La musique qu'ils faisaient entendre ne

[1] Fol. 14 et 15. Le texte remplit le fol. 14 et le fol. 15 recto, et
entame le verso. Elle est écrite sur un papier administratif à en-
têtes imprimés : *Trésor général de la couronne. Secrétariat.* Même
suscription qu'à la lettre précédente. Cachet brisé.

m'amusoit pas trop. Du haut de l'abaye de Moelk
où j'ai logé, je les voyois de l'autre côté du Danube, se préparant peut-être à venir m'attaquer
le lendemain sur la grande route. De Branau à
Schembrum tous les villages sont brûlés : on ne
trouve rien. J'ai presque toutes les nuits couché
dans ma calèche. Mais rien n'est comparable à
l'affreux spectacle qu'offre la ville d'Ebersberg. Tu
dois te rappeler ce beau fait d'armes du général
Claparède, ainsi que la position de cette petite ville
et de son chateau. De Lintz on y passe pour aller
coucher à Lens. On arrive à la porte de la ville
par un grand pont de bois qui conduit à la porte
de la ville (sic). Le chateau est sur la gauche et
domine la ville. Toutes les maisons sont brûlées,
et ce petit endroit ne présente qu'un monceau de
cendres et de ruines. L'odeur du bois brûlé, impré-
gné des corps des soldats qui y ont été grillés et
les cadavres ensevelis sous les décombres ne permettent pas de s'arrêter dans ce lieu de mort. Je
n'ai point passé à Lintz. J'aurois cependant voulu
voir le beau sexe de Lintz si renommé dans l'Allemagne. J'ai trouvé ici tes deux lettres nᵒˢ 2 et 3.
Ta première venue de Stuttgard m'en porte une
pour M. Daru. Je ne l'avois pas retirée de la poste
quand j'ai été voir M. l'intendant qui m'a invité
à dîné et qui est meilleur enfant là que dans ses
bureaux. J'ai revu depuis le chef de tous ses
bureaux qui est mon ami intime, et qui, en me

---

¹ Fol. 14 verso.

parlant bien franchement, m'a dit qu'aucune des
places que pourroit donner M. Daru ne pourroit
convenir à Cormenin dont je lui ai fait le portrait.
Cormenin ne veut de places que dans l'administration, mais toute l'administration du pays est con-
fiée à des auditeurs, chef dans chacune des parties.
Les fourrages, les vivres, les hôpitaux ne sont pas
des places pour lui. Le contentieux du bureau de
M. Daru est confié à un commissaire ordinaire qui
a sous ses ordres des employés. Reste à être commis à 125, 150 ou 200 francs par mois. L'amitié
qui nous lie Billet et moi m'assure qu'il me dit la
vérité. Cependant je remettrai ta lettre à M. Daru
aujourd'hui ou demain, et je verrai ce qu'il me
dira. J'ai déjà fait quelques courses à Vienne, mais
avant j'ai visité le chateau et le parc de Schembrum, qui m'a paru planté avec beaucoup de goût.
Du haut du chateau de la Gloriette on jouit d'une
vue magnifique. Je me suis rendu le 12 à Vienne
pour rembourser à M. Roguin les sommes qu'il
avait avancées pour moi. Le maréchal m'a fait
autoriser à prendre des chevaux dans les écuries
pour mon service. Aucun de mes prédécesseurs
n'avait joui de cette faveur. J'ai trouvé le premier faubourg de Vienne appelé *Marie hats* (*sic*) très
beau. Il est bien domage qu'il ne tienne pas à
la ville. C'est dans ce beau faubourg que loge
Madame Alexandre. Je la reverrai et chercherai
mon neveu des yeux. J'ai traversé le palais impérial qui m'a l'air bien mal placé et bien maus-
sade. L'intérieur est bien ordonné. MM. Daru,

Andreossy, Bernadotte, Champagny, etc., l'ha-
bitent. J'ai visité la sale de la redoute, la place
de Joseph II où est érigé (*sic*) la statue de ce
prince, enfin le couvent des [1] révérends pères
capucins où est le mausolée de Marie-Christine.
Jamais élégie ne m'a fait plus d'impression.
Que tout cet ensemble est à la fois noble, gra-
cieux et sentimental! J'ai déjà vu la gravure et je
n'atends qu'une occasion pour te l'adresser. Le
sexe me paraît fort complaisant et abondant. J'ai
déjeûné chez Félician.

Toute la cour est à Schembrum. L'armée et
l'empereur se reposent, mais c'est le repos du
lion. Sa Majesté travaille beaucoup. Je crois
qu'elle prépare aux Autrichiens une danse dont
ils n'auront pas vu d'exemple. Ceux-ci nous font
tous les jours entendre un peu de musique militaire, à laquelle je commence à me faire. Nous
sommes toujours dans l'île. Les Russes avancent
à grands pas. Le maréchal, que je vois très souvent, cause avec moi très familièrement. Je lui ai
demandé exprès si Estève ne viendroit pas, il m'a
dit : « Bah, il faut qu'il s'amuse à la campagne. » Il
blame ses [projets de] [2] changemens continuels ; il
a blamé sa conduite envers Lemaître et m'a dit
que S. M. n'avoit pas voulu approuver le rapport
qu'il lui avait présenté tout récemment de nommer Lemaître inspecteur général à dix mille francs
par moi (*sic*). Il m'a reparlé de toi, de ton mariage ;

[1] Fol. 15.
[2] Ces deux mots sont effacés.

il m'a demandé ce que je fesois dans la maison.
Il m'a paru y prendre intérêt, et m'a dit que la
place de payeur des voyages paraissait me convenir, qu'il falloit qu'Estève qui avait l'initiative la
demandât et qu'il me protégerait. Il m'a demandé
un tas de choses qui m'ont prouvé qu'il avait de
l'attachement pour moi. Tu sens que je le soigne
et que je ne dis à personne ce qui se passe. Il m'a
parlé de Mélan avec beaucoup d'intérêt, en me
disant que S. M. avait dit à la sortie du conseil
que « ce jeune homme entendoit fort bien son
affaire ». J'apprends avec plaisir que la grossesse
de Pauline avance. Fais lui bien[1] une bonne
embrassade pour moi, ainsi qu'au papa et au
beau-frère. Le cher Dominique m'apprend que tu
l'appelle à Tours. Il consent volontiers à ce que
le nouveau-né ne s'appelle pas Dominique. Je
suis fâché de ne pas me trouver là. Tu le requin-
queras un peu d'ici là, je pense. Mes amitiés à
Henriet. J'envoie ma lettre par l'estafette à Plau-
zolle qui te la fera parvenir. Adieu, je reste à l'ordinaire prochain.   Gᴍᴇ.

Je n'avois pas attendu ta lettre pour faire mon
journal. Ce que je fais ou ce que je vois est inscrit
jour par jour. Les corps du maréchal Lannes et
du brave général Saint-Hylaire sont dans un ton-
nau rempli d'oxigène pour être transportés à
Paris. Je les ai vus : grands Dieux, quel spectacle !
et qu'est ce que c'est que de nous !

[1] Fol. 15 verso.

X

LE MÊME AU MÊME [1]

(Schœnbrun, 23 juin 1809)

Estampes et portraits. — Une affaire du maréchal Duroc. — Faveur de Peyrusse. — M. Bignon, administrateur des finances. — Déconvenue de M. Estève. — Le papier-monnaie autrichien. — Madame Alexandre, comédienne. — Napoléon à Schœnbrunn. — En attendant la pétarade. — Le spectacle italien. — Plaisirs viennois.

Schönbrun le 23 juin [2].

Je suis sans lettres de toi, cher André, cependant je continue à t'écrire. Je n'attends qu'une occasion sûre pour t'envoyer un rouleau que j'ai fait pour toi composé :

de la gravure de Canova, 36 francs.

une gravure présentée il y a quatre mois à l'archiduc Charles, représentant par échelon tous les corps d'infanterie de l'armée prêts à entrer en campagne, 24 francs ; une *idem* pour la cavalerie, 24 francs.

puis divers portraits de la famille impériale, le roi, la reine, le prince Charles, le prince palatin et le magnat de Hongrie, le prince Ferdinant (les deux autres manquent, mais je les aurai avant de partir) 22 francs. — 106. — Notes-le.

---

[1] Fol. 16 et 17. Le texte est sur les fol. 16 recto et verso et 17 recto. La suscription, identique à celle de la lettre précédente, est au fol. 17 verso. La lettre est sur du papier administratif avec les en-têtes imprimés : *Maison de l'Empereur. Trésor général de la couronne.*

[2] De la main d'André il y a : *Répondu le 7 juillet.*

Il y a diverses vues de Vienne en aquarelles, qui me paraissent bien. Si tu veux, je les achèterai. Je n'ai encore rien vu de curieux. Je cours comme un chat maigre. La ville me plaît et je remarque qu'il n'y a pas une maison qui ne soit jolie. MM. La Bouillerie et Roguin, avec qui j'ai des relations, me traitent bien. J'ai dîné hier chez M. Roguin. M. La Bouillerie m'a demandé si j'étais le frère du receveur général. Je suis toujours enchanté du maréchal. Je viens de faire une affaire de banque pour lui il n'y voyait que du feu, je lui ai fait toucher l'affaire au doigt et cette opération ne lui a coûté que trente-sept francs au lieu de neuf cents francs qu'il avait l'intention de perdre. Il a[1] mille déférences pour moi. Il ne veut pas souffrir, lorsqu'il me fait appeler dans le salon des grands officiers, que je lui parle tête nue, cause avec moi très intimement. Tu peux compter que je m'écoute dans tout ce que je lui dis.

Le pauvre Estève, qui comptait venir prendre ici le timon des affaires, doit et peut y renoncer. Par un décret impérial, Sa Majesté a nommé à la place d'administrateur des finances M. Bignon et à la place d'administrateur des fonds M. La Bouillerie, et M. Georges pour receveur général. Comme S. M. n'a encore rien imposé, les autorités sont encore en fonctions. Je n'ose pas me flatter qu'on puisse tirer grand chose de ce pays. S'il nous fournit des vivres, ce sera beaucoup. Le papier monaie se soutient.

[1] Folio 16 verso.

Avec un louis on a trente-trois florins. On paye la solde à raison de un florin pour un franc ; cela se soutiendra encore, mais la première victoire va faire dégringoler tout ce papier au point que pour un sol on en donnera un boisseau. J'ai vu madame Alexandre, mais je n'ai pas vu ses enfans. Elle a joué hier Clara dans *Adolphe et Clara*. Je la trouve passablement mauvaise, quoique son mari la vante beaucoup. Elle ferait fort bien de s'en tenir au vaudeville, qu'elle ne joue pas mal. Ce genre est plus dans ses moyens[1]. Son mari est un drôle de corps ; il est tout projets ; il a par dessus tout cela le ridicule d'aimer sa femme. Sa Majesté est toujours à Schönbrun, et je ne sçais pas ce qu'elle y fait, car je ne lui parle pas ; elle va tous les trois jours visiter les ponts qu'elle a ordonnés sur le Danube. Quelque beau matin nous entendrons une pétarrade qui fera trembler le chateau. J'avois oublié de te dire que j'avois dîné à Saint-Polten avec le général Mostel de notre pays, que tu connais, je crois.

Bon spectacle italien. Madame Campi a une voix superbe, et bonnes glaces à la promenade et au *Caffé du Bastion* en face du palais. Adieu. Je dois dîner un de ces jours chez M. Daru, et je lui parlerai et lui remettrai ta lettre, sans espoir que ce qu'il pourrait donner à Cormenin pût lui convenir. Adieu. J'embrasse Pauline et toute la famille.

G.

[1] Fol. 17.

L'affaire de Plauzolles est enterrée. M. Estève
me le mande en me fesant mille et mille compliments. Voudrait-on m'allécher? Je suis pourtant
diablement ferré.

Mille et mille compliments à M. et Mme Lambert,
à Sénéqual, à M. Legras et à sa demoiselle, à
Henriet et à sa femme. Rien de nouveau ni en Italie, ni sur le Danube ni à Ebersdorf. Pas le
moindre signe de mouvement. Ce sera je le parie,
une affaire générale et toute l'armée donnera à la
fois et sur tous les points.

XI

LE MÊME AU MÊME [1]

(Ile Napoléon, 7 juillet 1809)

La canonnade de Wagram. — Trente mille prisonniers. — Étonnement de Napoléon. — Bessières, Oudinot et Lassalle. — Première bataille de Peyrusse. — Gasconnade.

Au camp dans l'isle Napoléon, le 7 juillet [1809].

J'ai [2] quelques minutes pour profiter de l'estaffette et t'annoncer que je suis arrivé ici le 5
à six heures du matin. Le 4 à onze heures du soir
Sa Majesté a fait attaquer les ennemis. La canon-

---

[1] Fol. 18. Le texte occupe le recto et le verso. Le second feuillet
de la lettre qui contenait la suscription manque. — La date 1809
est de la main d'André.

[2] Peyrusse avait d'abord écrit: *Je suis*.

nade et la fusillade ont été épouvantables. J'en ai les
oreilles assourdies ; elle a duré 37 heures. C'était un
bruit de tonnerre. Le résultat de hier à dix heures
du soir était la prise de cent pièces de canon, dix
drapeaux, un nombre considérable de prisonniers,
vingt généraux trouvés morts sur le champ de
bataille, l'archiduc Louis blessé gravement et l'archiduc Charles blessé à la tête, suivant le rapport
d'un feld-maréchal fait prisonnier. L'armée ennemie acculée à des montagnes et au Danube, coupée
par le maréchal Davoust dans sa retraite sur
Nicholseburg, est en pleine derroute. Sa Majesté
compte avoir ce soir 30,000 prisonniers. Elle a
été étonnée et du nombre et du courage de ses
ennemis. On ne peut pas tomber plus noblement.
Nous n'avons perdu aucun général bien marquant.
Le maréchal Bessière a eu une contusion de boulet
mort, mais ce ne sera rien. On s'est battu de part
et d'autre avec un acharnement incroyable. Des
carrés formidables ont été enfoncés par nos cuiras-
siers. Le général Oudinot a reçu trois balles, une
à la cuisse et deux autres dans le col. Il s'est fait
panser et est rentré en ligne. Le général Lassalle
a été tué. Voilà ce que le page Lariboissière est
chargé d'aller annoncer[1] à S. M. l'impératrice,
à Plombières, à S. A. I. l'archichancelier [et aux
princes de la Confédération][2]. Il vient de nous
quitter. L'empereur se porte bien. On n'entend
plus le canon et la fusillade qu'à une distance

[1] Fol. 18 verso.
[2] En surcharge dans le texte.

de six à sept lieues. Copie ce bulletin et envoie-le
à mon père, je t'en prie. Tu connois comme cela
lui fait plaisir, ou plutôt envoie-lui ma lettre. J'ai
une très jolie barraque et de la bonne paille ; mais
le bruit du canon, de la fusillade, les blessés, les
morts, tout cela était un spectacle bien nouveau
pour moi. Et je crois que, si je n'avois pas été
Peyrusse, tout cela m'aurait fait frémir. S. M. se
porte bien et elle étoit fort contente ce matin.

Adieu.

L'armée d'Italie et de Dalmatie se sont couvertes
de gloire [1].

XII

G. PEYRUSSE AU COMTE MÉLAN [2]

(Sous Znaïm, 12 juillet 1809)

Attaque de Znaïm. — Conférence de Lichtenstein et de Berthier.
Description d'une bataille sous Znaïm. — *Suave mari magno.*

Au bivouac sous Znaïm, le 12 juillet 1809.

MONSIEUR LE COMTE,

J'ai eu ordre de me rendre ici. S. M. campe
devant la ville qui a été attaquée fortement hier,

[1] Le deuxième feuillet de la lettre manque ; il contenait la suscription.

[2] Folio 19. Le texte est au recto ; le verso est occupé par la sus-
cription : *A Monsieur Melan | Paris,* et en dessous : *A monsieur |
monsieur André Peyrusse | receveur | général du département
d'Indre-et-Loire | à Tours.*

et nous allions en prendre possession, lorsque à minuit le prince de Lichenstein et le major général de l'armée autrichienne se sont faits annoncer à la tente de l'empereur et y ont été introduits. Par une suite de la conférence, il y a eu suspension d'armes. Le prince de Lichenstein est resté auprès de S. M.; le major général est retourné auprès du prince Charles, et, à son retour à deux heures du soir les équipages de S. M. ont reçu ordre de reprendre la route de Schönbrunn par Hollabrun, et nous allons partir dans la journée, ce qui suppose une cessation d'hostilités.

Rien de plus important à vous transmettre, mon cher Mélan. C'était hier un spectacle superbe de voir, avec la tranquillité d'un homme qui n'a rien à craindre du boulet, une forte division en bataille, fesant un très beau feu, chargée [reculant, revenant sur][1], recevant en bataillon carré et d'une manière vigoureuse messieurs les hussards, une autre division longeant sous un très beau feu autour de la ville, et devant nous toute la garde impériale et la division Masséna nous faisant un rempart d'airain. Adieu, cher Mélan. Mille amitiés à tous nos collègues. Après que vous aurez lu ma lettre envoyés la à André. Adieu, tout à vous[2].

GME.

[1] Ces trois mots sont effacés.
[2] Au fol. 19 verso, il y a encore ces mots de la main de Mélan : J'arrive à l'instant à Paris et je m'empresse d'exécuter les intentions de ton frère. Mille amitiés. Ce 19 juillet. MÉLAN.

XIII

G. PEYRUSSE A SON FRÈRE ANDRÉ [1]

(Schœnbrun, 30 juillet 1809)

Le champ de bataille de Znaïm. — Considérations politiques. —
Distributions d'argent aux blessés français. — Gratification
donnée par Duroc. — Duroc et Estève. — Gravures et articles
de Vienne. — L'avancement à la Trésorerie. — L'armistice.

Schönbrun, le 30 juillet 1809.

J'ai reçu, mon cher André, tes deux lettres du
21 juin et 1er juillet. Je vois avec plaisir que mes
lettres te parviennent exactement. Tu auras reçu
les lettres que je t'ai écrites depuis le 7 et tu auras
eu soin de faire passer à mon père cette dernière.
Pour le coup tu n'as pas été en Moravie. Ce que
j'en ai vu m'a fait plus de plaisir que de traverser
tout le champ de bataille pour rejoindre la grande
route. Je me sens peu fait pour la guerre, et la vue
des blessés, des morts et des mourans de toutes les
nations, que j'ai vus çà et là sur le champ de bataille m'a bien douloureusement affecté. Arrivé
devant Znaïm au bruit de la fusillade et d'un rou-
lement de canons, j'étais plus aguerri. J'étais dans
une position imprenable et d'où je distinguois les
deux armées. On s'occupe à Vienne du plan de la
bataille. Je m'en ménage un pour toi. Les Autrichiens s'y croyaient indomptables. C'est une plaine

[1] Fol. 20 et 21. Le texte les remplit tout entiers. Pas de suscription.

à perte de vue. Ils avaient hérissé leur position de
retranchements, et de batteries garanties par des
chevaux de frise et de larges fossés. L'Empereur
les a tournés par leur gauche, ne lui ayant pas paru
convenable de les attaquer de front et il a manœuvré comme cela, et les a forcés de combattre dans
un terrain qu'ils ne connaissaient pas. Rarement
l'esprit du fondateur passe avec sa postérité. L'événement s'est déjà justifié. Que dirait Rodolphe de
Hagsbourg, s'il était témoin des événements sur-
venus à cette maison de Lorraine si puissante et
dont les descendans avaient pris pour devise
A. E. I. O. U. (*Austriæ est imperare orbi universo*)?
J'ai vu [1] des médailles frappées sous Frédéric III
qui portaient cette devise. Rapproche l'époque
du règne de Frédéric III du 10 juillet 1809) et vois
le prince de Lichtenstein cherchant de toute
part l'Empereur pour demander un armistice, et
écrie-toi : « *Quomodo cecidit...* » Depuis mon retour
à Schönbrun, j'ai été occupé avec M. le maréchal
Duroc à distribuer à tous les blessés français et
alliés une gratification de soixante francs par soldat
et de cent francs pour les officiers que S. Majesté
leur a accordé. Notre opération a duré 14 jours.
J'y ai apporté le plus grand zèle et la plus grande
activité. J'ai travaillé comme un forçat pour remettre mon compte. Le maréchal m'en a témoigné
sa satisfaction et m'a fait accorder deux mille [2] par Sa
Majesté, en me disant fort délicatement que c'étoit

---

1 Fol. 20 verso.
2 *Sous entendez*: francs.

pour parer aux erreurs que j'aurais pu faire. J'y
ai été très sensible. Je me suis empressé de l'annoncer à ma famille en envoyant à ma tante
500 francs pour répartir entre mes sœurs, Labé (*sic*),
Joachim, Delphine et Louis Roux. Je n'en parle
pas à E.[1], comme tu penses bien. Le maréchal me
traite avec la plus grande amitié et la plus grande
considération. Il m'a demandé pourquoi je ne
paroissais pas au salon, que j'avois le droit d'y
être. Il m'a parlé souvent avec la plus grande
bonté en présence des aide de camp de l'Empereur
et du vice-roi avec lequel je me suis trouvé[2]
deux fois chez lui. Ma présence étoit nécessaire
là, et je n'ai pu m'en aller quand le vice-roi entrait ;
mais le vice-roi me paraît un bon diable. Tout
cela ne me tourne pas la tête. Je me possède, sois-
en sûr, et m'observe sans cesse. Je goûte tes avis,
je t'en remercie, j'apprécie les motifs qui les dicte.
Le maréchal voudroit que l'empereur me confir-
mât dans ma place. « Il faut qu'Estève vous présente,
me disoit-il, j'appuyerai, vous pouvez le penser. »
Mais comment engager M. Estève à cette démarche ?
C'est bien difficile, il vaut mieux attendre. Le maréchal ne peut prendre sur lui l'initiative.

Je n'écris qu'à Mélan seul mes affaires. S'il l'a
dit à Baudeuf, c'est qu'il peut compter sur lui. Sois
tranquille, je connais le terrain...

Il est impossible d'envoyer les gravures par l'es-
taffete. Par le courrier elles s'abîmeroient ; il faut

[1] Estève.
[2] Fol. 21 recto.

prendre patience. J'ajouterai quelques vues de
Vienne qui m'ont paru jolies. On a déjà saisi à la
douane de Kel beaucoup d'objets venant de Vienne,
et cela doit décourager des achats, n'étant pas très
sûr d'être respecté. Je t'assure que je ne trouve
dans les magazins aucune nouveauté. Les aciers
sont mieux travaillés qu'à Paris. La percale est
aussi bon marché à Paris. Les bas blancs ne sont
pas comparables à ceux de Berlin. Si les toiles
peintes surpassent par leur tissu en coton croisé
les fabriques françaises, elles cèdent en dessein et
en couleur aux fabriques de Jouy et de Paris. Je
me suis empressé [1] le jour même de l'affaire de
rassurer M. de Lamarre sur le sort de son fils
attaché à l'état-major du général Oudinot. Je
lui ai écrit également par l'estafette pour lui annoncer quelques jours après qu'il avait été nommé
lieutenant aide de camp du maréchal et que Sa
Majesté lui avait donné la croix. J'ai voulu reconnaître par mon empressement les bontés de la
famille pour nous deux. Adieu, cher André, mille
baisers à Pauline. Voici une époque intéressante
pour vous deux. J'espère qu'elle sera favorable. Si
c'est un garçon, comment l'appelleras-tu, et quel
nom donneras-tu à ta fille? Adieu, mille amitiés au
papa Cormenin; il n'y a pas d'espoir de placer ici
convenablement Cormenin, il ne pourrait être que
comis. Les auditeurs seuls occupent les places
qu'il pourroit lui convenir de gérer. Tu sais ou tu

---

[1] Fol. 21 verso.

ne sais pas que Estève pour faire dix mille francs
à Lemaître a enlevé cinq cents (*sic*) à Plauzoles, et
que celui-ci est furieux. Il m'en parle. Ne lui en dis
rien s'il ne t'a pas fait la même communication. Il
sera toujours mal dans cette boutique et en butte à
de continuelles tracasseries. Cette affaire s'est bien
mal emmanchée. Ces événemens qui se passent sous
mes yeux me donnent une fière expérience et me
mettent bien du plomb dans la tête. Je me porte à
merveille. Adieu, écris-moi. Bien des choses à Henriet, le Payeur, le Secrétaire général, M. Lambert
et Chambellan. Adieu.   G.

Rien n'annonce encore que l'armistice ne doive
amener la paix. Des officiers autrichiens assistent
tous les jours à nos parades et nous sommes du
mieux ensemble. Sa Majesté est ici.

XIV

LE MÊME AU MÊME [1]

(Schœnbrun, 27 août 1809)

Sentiments d'un oncle. — Envoi d'un rouleau de gravures. —
Protection de Duroc. — Les schals de Vienne. — Le général
Gilly. — Le Congrès à Altenbourg.

Schœnbrum, 27 août 1809.

Enfin te voilà père, mon cher André. Reçois
mon compliment bien sincère, ainsi que mes

---

[1] Fol. 22 et 23. Le texte remplit les folios 22 recto et verso,
23 recto. La suscription : *A Monsieur | Peyrusse, receveur | géné-*
ral du département de Tours, est au fol. 23 verso.

remerciemens de l'empressement que tu as mis à me l'apprendre. Mes inquiétudes avaient déjà commencé. Le nom de Félix est très joli. Il le justifiera, je pense. Tu feras tout pour cela. Si je meurs sans enfants, il sera mon héritier avec Polyte (*sic*), car je vous exclus tous de ma succession. Tu vas te fâcher sur le non-envoi de tes gravures, mais M. Boulanger, avec qui je suis très lié, m'a refusé net, protestant deux défenses de M. de Lavalette, à moins que ce paquet ne soit adressé à ce conseiller d'état pour quelque personnage marquant à Paris. J'écrirai demain à M. Estève pour lui demander son agrément de me servir de son nom pour lui adresser ce paquet, que bien entendu je ferais retirer par Mélan pour qu'il n'y mît pas la main dessus. Écris-lui de ton côté. Il ne part personne pour Paris directement. La gravure de Schönbrunn est une carte que j'ai envoyée à mon père dans une lettre, mais ton rouleau est comme une grosse jambe. Il faut que tu prennes patience. J'ai écrit au colonel du 13ᵉ régiment de chasseurs pour avoir des nouvelles de M. de Brossard. Je n'ai point eu de réponse [1]. Sur quel pied as-tu écrit à Estève? Tu ne lui as sans doute pas parlé de la gratification. Le maréchal veut absolument que je sois le payeur auprès de Sa Majesté. « Il faut », à ce qu'il m'a dit, « que Sa Majesté vous voie, vous connaisse. » Mais c'est à Estève à présenter un rapport à cet égard. Mais comment

[1] Fol. 22 verso.

l'obtenir d'Estève ? A l'armée S. M. est plus facile. Le maréchal Duroc appuyerait. Mais c'est une corde fort difficile à toucher. Tu pourrais glisser un mot à cet égard, lui demander s'il est content de ma gestion ici, et que je t'ai témoigné le désir que M. Estève ajoutât à ses bontés celle de me proposer à Sa Majesté pour payeur. Ne parle jamais du maréchal. Je viens d'envoyer des schals à mes sœurs par un général qui va en Espagne par Lyon et qui connoît[1] mon père : c'est le général Gilly. Papa est sans doute auprès de toi. Je lui ai acheté une douzaine de beaux mouchoirs de nez et de l'Inde qui lui feront plaisir. J'espère qu'il m'attendra avant de se rendre à Paris. S'il faut contribuer à remonter un peu sa garde-robe, je le ferai avec le plus grand empressement[2]. Tout ce que je peux te dire de nouveau, c'est que le congrès a toujours lieu à Altembourg, et que je ne sais pas quand nous partirons. Embrasse bien Pauline pour moi et ton cher petit Félix. Mes respects à Monsieur et à Madame de Cormenin. Adieu.

GME.

[1] *Notre*, effacé.
[2] Fol. 23 recto.

XV

LE MÊME AU MÊME [1]

(Schœnbrun, 19 septembre 1809)

Prolongation du séjour à Schœnbrun. — Voyage de Napoléon
à Austerlitz. — Envoi de gravures.

Schonbrunn 19 septembre [1809] [2].

J'attends toujours, mon cher André, l'autorisation de M. Estève pour lui envoyer sous le couvert
de M. de Lavalette le rouleau de gravures dont je
n'ai pu trouver l'occasion de charger personne. S'il
ne l'accorde pas, j'aurai l'occasion d'un de mes amis
qui part la semaine prochaine et qui m'a promis
de s'en charger. Ainsi prends donc patience. S. M.
doit arriver ce soir de son voyage à Austerlitz.
Quoique rien n'annonce son prompt départ, on
croit qu'il ne tardera pas parce que tout semble
applani. En calculant que Papa est parti fin août
de Carcassonne, je pense qu'il est arrivé à Tours
d'où il eût pû m'écrire. Tu ne m'as pas écrit aussi
depuis longtemps ; il me tarde d'avoir des nouvelles de ta femme et de ton Félix. Je n'ai rien de
nouveau à t'annoncer. Une embrassade à Papa et
à Pauline. Mes respects à M. et à Madame de Cormenin. Adieu.

GME PEYRUSSE.

[1] Fol. 24 recto. Le verso est blanc. Le deuxième feuillet de la
lettre contenant la suscription a été détaché antérieurement.
Lettre écrite sur du papier administratif à en-tête : *Maison de
l'Empereur. Trésor général de la Couronne.*

[2] Cette date est de la main d'André.

XVI

LE MÊME AU MÊME [1]

(Schœnbrun, 28 septembre 1809)

Manque de nouvelles de la famille. — Arrivée du prince de
Lichtenstein. — L'ordre des trois toisons d'or. — Les aigles
décorées. — Eugène de Beauharnais et André Peyrusse. — Le
roi de Prusse et un grenadier. — Le théâtre de Schœnbrun.

Schœmbrum le 28 septembre 1809.

Tu redoubles mes inquiétudes par ton silence,
mon cher André ; il y a près d'un mois que tu ne
m'as écrit. Je t'avois prié d'obtenir d'Estève l'autorisation de lui envoyer à son adresse le rouleau
de gravures ; ni lui ni toi ne m'avez répondu et le
rouleau reste là ? Je compte qu'il partira cette
semaine. Le prince Jean de Lichteinstein est arrivé
hier ici au moment ou Sa Majesté allait partir
pour Fribourg. A la suite de la conférence, le
voyage a été contremandé et tout annonce que la
paix est faite. S. M. vient de créer un nouvel
ordre militaire *des trois toisons d'or*. Il faudra
avoir reçu trois blessures à trois différentes affaires
pour y prétendre. Le nombre des chevaliers est
fixé à mille. Cet ordre sera très rare. S. M. se
réserve de donner cette décoration aux aigles des
régiments qui se seront le plus distingués. Les
drapeaux en seront chargés, et il y aura de droit

[1] Fol. 25. Le texte l'occupe tout entier. Le deuxième feuillet
qui contenait la suscription a été enlevé antérieurement.

dans le régiment où l'aigle sera décoré un commandeur doté de quatre mille francs et un chevalier dans la proportion. Pour le coup je n'aurai jamais de prétention à ces trois toisons. Je ne suis pas placé pour cela. Voilà tout pour le moment, mon cher et tendre frère.

Lorsque je croyois notre bon père Dominique, à table chez M. le receveur général, le pauvre diable est retenu dans son lit par un clou qui s'est changé en tumeur. Ma tante me fait espérer que cela ne sera rien.

S. A. le vice-roi qui m'a entendu nommer chez M. le maréchal Duroc m'a demandé si j'étois ton frère, et si tu étois toujours gai. J'avois envie de répondre comme prétend un grenadier qu'à répondu l'Empereur Napoléon au roi de Prusse qui lui demandait s'il étoit l'empereur Napoléon : « Un peu, je ne sais pas si vous le sçavès. » Mais le maréchal ne m'a pas laissé répondre, il m'a répondu : « Il n'est que ça. » Le prince ne m'a plus rien dit.

Adieu, j'embrasse Pauline, ton fils, — donne moi donc de leurs nouvelles, — et M. et Mme de Cormenin.

G.

Il vient de nous arriver d'Italie un nouveau renfort de chanteur et de chanteuses pour le théâtre de Schönbrun. S. M. nourrit fort bien notre corps et notre âme. Si tu avois une terre, je

---

¹ Fol. 25 verso.

te donnerais des plantes et de graines (*sic*) qui n'existent nulle part qu'ici et dans l'Amérique méridionale. Huit cents viennent de partir pour Malmaison où elles n'existoient pas[1].

XVII

LE MÊME AU MÊME[2]

(Schœnbrun, 3 octobre 1809)

L'intendant de Malmaison. — La nomination de Guillaume Peyrusse et Estève. — Signature de la paix le jour de Saint-François. — Retour en poste à Paris.

Mon cher André, hier M. Bompland, intendant de Malmaison est parti avec ton rouleau, il est adressé à Mélan. J'aurois voulu te l'envoyer plutôt, mais il m'a été impossible. En voilà le compte : il est fait en bloc, tu seras content de tout. Il y a quelques croûtes, mais ce sont des vues du pays.

Estève me marque que tu lui as demandé de me faire nommer par l'Empereur ; qu'aujourd'hui que j'exerce depuis six mois, cela n'est pas possible ; qu'il a fait dans le temps connaître à S. M. le choix qu'il a fait de moi, que je n'ai qu'à bien faire mon service et que cela me comptera. Je m'attendois bien à cette réponse. Nous verrons... La paix est faite, ou se signera demain jour de

---

[1] Le fol. de la suscription a été détaché antérieurement.
[2] Fol. 26. Le texte est au recto, le verso est blanc. Le second feuillet où était la suscription a été détaché antérieurement.

Saint-François. On organise le départ. J'ai presque consommé tous les fonds que j'avois, et je veux prier le maréchal de me permettre de les verser ici au payeur de l'armée qui nous les fera compter à Paris. Par ce moyen je reviendrai en poste, mais j'ai peur qu'on ne me laisse ici pour achever de payer aux blessés évacués sur France (*sic*) la gratification que Sa Majesté lui (*sic*) a accordée. Tu ne m'écris plus, tu ne me donnes aucune nouvelle de ta femme ni de ton fils. Cela m'inquiète. Adieu, adieu.

G. PEYRUSSE.

Schönbrun, le 3 octobre [1809] 1.

XVIII

LE MÊME AU MÊME [2]

(Schœnbrun, 14 octobre 1809)

Nouvelle officielle de la paix

Schönbrun, le 14 octobre 1809.

Je ne conçois rien à ton silence, mon cher André, et j'ai de la peine à me persuader que tu n'es pas malade où qu'il t'est arrivé quelque malheur. Voilà cinq ou six lettres restées sans réponse. Tu as dû à cette heure recevoir le paquet gravures. Elles t'auront fait plaisir.

---

[1] Cette date a été rajoutée de la main d'André.
[2] Fol. 27. Le texte au recto, le verso est blanc. Le feuillet où était la suscription a été enlevé antérieurement.

La paix a été signée ce matin. S. M. l'a annoncée elle-même. Nous ne tarderons pas à repartir
pour France. J'embrasse Pauline et ton Félix.
Adieu.

Gme Peyrusse.

XIX

LE MÊME AU MÊME [1]

(Paris, 30 octobre 1809)

Départ de Vienne. — Retour rapide à Paris. — Estève
à Fontainebleau

Paris, le 30 octobre 1809.

Mon cher André, je suis arrivé ici avant-hier à
quatre heures du soir en parfaite santé. J'ai été
complètement rassuré sur ton compte en apprenant par Mélan qu'il ne t'étoit survenu aucun
fâcheux accident. Estève est à Fontainebleau. J'étois
parti de Vienne le 20 à midy, tu vois que j'ai fait
diligence.

Tu auras reçu les gravures. Plauzolles m'assure
m'avoir envoyé une de tes lettres. Je ne l'ai pas
reçue avant mon départ.

J'embrasse Pauline et Félix. Adieu.

Gme.

---

[1] Fol. 28. Le texte est au recto. Le verso porte la suscription :
A monsieur | Peyrusse receveur général | du département | à Tours.

XX

LE MÊME AU MÊME [1]

(Fontainebleau, 8 novembre 1809)

Estève à Fontainebleau. — Lettre dictée par Estève pour André
Peyrusse. — Espoir de devenir payeur de voyages. — Déjeuner
chez Duroc.

Fontainebleau le 8 oct. 1809 [2].

Je suis à Fontainebleau, mon très honoré frère,
où Monsieur Estève m'a fait un accueil que je ne
méritois pas, mais que je vais faire en sorte de
mériter au plus haut degré.

Ce paragraphe m'a été dicté par M. Estève. Il a
bien voulu, dès mon arrivée, me faire espérer qu'il
me proposeroit à Sa Majesté pour la place de
payeur de voyages de Sa Majesté. Il m'a bien
chargé de te dire que si ta recommandation n'avoit
pas tout fait, elle y étoit entré pour quelque chose.

J'ai reçu ici ta lettre. Je compte que le voyage
finira mercredy, et que je pourrai même [3] partir
plutôt.

Adieu, adieu. GME.

Je suis pressé. Je vais déjeuner chez M. le maréchal.

---

[1] Fol. 29. Le texte est au recto et tient quelques lignes du
verso. Le feuillet où était la suscription manque.

[2] Peyrusse a daté cette lettre et la suivante du 8 et du 9 *octobre*. Il faut lire *novembre*, comme l'indiquent les dates des
lettres précédentes.

[3] Fol. 29 verso.

XXI

LE MÊME AU MÊME [1]

(Fontainebleau, 9 novembre 1809)

Explication de la lettre précédente. — Détails rétrospectifs. — Le
15 août et les décorations. — Sollicitation de Peyrusse. —
Réponse de Duroc. — La place de payeur. — Estève et Duroc.
— Longue négociation. — Machiavélisme et bureaucratie. —
Passage à Munich. — De Vienne à Paris. — Un aimable chef.
— Peyrusse nommé payeur. — La cour à Fontainebleau. —
Plauzolles.

Fontainebleau, le 9 octobre 1809.

Mon cher ami, je t'ai écrit hier dans la chambre
d'Estève et sous sa dictée, et je n'ai pu moi-
même achever ma lettre, parce qu'il m'a enlevé
de mon fauteuil pour aller déjeuner chez le maréchal Duroc, qui l'avoit chargé de m'engager
à déjeuner. J'ai fait partir ma lettre. Elle t'aura
étonné par sa brièveté. Je profite de quelques
instans de liberté qu'Estève me laisse pour causer avec toi de tout mon voyage et de l'utilité
que j'espère en retirer. Mon séjour à Vienne
a été, comme je te l'ai marqué, fort agréable.
Le maréchal m'a traité avec beaucoup de bonté.
Le 15 d'août arriva. L'Empereur désira créer des
chevaliers. Je parle pour moi au maréchal, qui
me répondit qu'il ne pourroit pas me mettre sur la
liste, parce que Sa Majesté ne me nommeroit pas

[1] Fol. 30, 31 et 32, recto et verso. Le folio où était la suscription a été enlevé autrefois.

4

encore, attendu qu'une dotation étant attachée à la chevalerie, il ne seroit pas trop convenable que j'eusse une dotation, M. Estève n'en ayant pas encore, et n'étant pas même encore nommé par S. M. Je deus considérer l'affaire de la chevalerie ajournée pour moi, et je me rattaché à celle de payeur. Je m'y pris de plusieurs manières. J'engagé le maréchal à demander la place pour moi à Sa Majesté. Connaissant la susceptibilité d'Estève, il n'y voulut pas consentir; il m'engagea à faire une pétition, me promettant de la remettre lui-même au cabinet de l'Empereur. Je la lui présenté le lendemain : il ne la trouva pas de son goût, il eut la bonté de m'en faire une lui-même, très flatteuse, fort bonne, et dans laquelle S. M. était suppliée de renvoyer l'affaire au maréchal « pour rendre bon compte de mon zèle et de mes bons services ». Il était convenu que si S. M. en ordonnait le renvoi à M. Estève, mon chef immédiat, la demande me seroit rendue pour être annullée, ne voulant pas que M. Estève se vît forcer la main, et pût voir que j'eusse pû profité (*sic*) de son absence pour me faire nommer sans sa participation. Le maréchal remit la pétition au secrétaire de S. M. Celui-ci me promit que dès que Sa Majesté demanderoit le portefeuille des pétitions, la mienne lui seroit présentée avec une bonne analyse. Je resté tranquille.

[1] La nomination des chevaliers et les deux mille

---

[1] Fol. 30 verso.

francs de dotation dont ils étaient gratifiés avaient réveillé en moi des idées d'ambition. Plusieurs personnes étaient étonnées que je ne le fus (*sic*) pas. Je témoignois de temps en temps mes regrets au maréchal. Vers la mi-septembre, un des secrétaires de S. M. me prévint que S. M. avait chargé M. Maret de se concerter avec le maréchal Duroc et le prince de Wagram pour présenter à S. M. pour le 10 octobre une nouvelle liste des personnes attachées à la maison qui n'avaient pas été nommées chevaliers. Pour le coup, mes instances auprès du maréchal devinrent plus vives, et le même jour il me promit de me porter sur la liste. Il tint parole. Je seus que M. Maret était favorablement disposé pour moi, et qu'il avait dit au cabinet que je méritois cette faveur tout comme un autre. Je lui demande audience. Je l'obtiens et je lui dis : « Monsieur le Maréchal Duroc a eu la bonté de me promettre de me mettre sur une liste à présenter pour vous à S. M. des personnes de la maison qui n'ont point été nommés chevaliers. Je viens réclamer les bontés de Votre Excellence. M. de Bondy m'a promis de joindre ses instances aux miennes. » « Monsieur le maréchal », me répondit-il, « vous a tenu parole, vous êtes sur la liste qu'il m'a envoyée hier. Vous n'avez pas besoin d'appuis auprès de moi, car je sais qu'en vous obligeant, j'oblige beaucoup de monde qui s'intéresse à vous. » Je lui observé que M. le maréchal me faisait craindre que S. M. ne me donnât pas de dotation, n'en ayant pas donné à M. Estève, mais que je ne considérois pas nos deux cas pareils. S. M. ne récompensoit que les présens à l'armée à l'époque du 15 août. Il fut de cet avis. Je me retirai, et de temps en temps on lui parlait indirectement de moi. Ce travail fut distribué en cinq classes. Avant le départ de Sa Majesté, le travail des deux premières classes fut signé, mais pas publié. Le 14 octobre au matin, S. M. demanda le travail des pétitions, et, au moment de l'ouvrir, on annonça M. de Liechstenstein : on n'ouvrit pas le portefeuille. Le soir, au spectacle, M. Menneval me fit part de ce contretemps et m'engagea à lui remettre un double de ma pétition qu'il mettroit le lendemain sur le bureau de Sa Majesté. Il me tint parole. Mais le jugement et la rectitude de S. M. déconcerta toutes mes espérances. Il lut ma pétition et fit mettre en marge [1] « *renvoyé à M. Estève pour faire un rapport* ». Suivant nos conventions, la pétition me fut rendue. Le maréchal vouloit qu'on en fît l'envoi à M. Estève, et, si quelque chose arrivait, le maréchal voulait que je répondisse qu'il m'y avoit engagé. Je ne voulus pas et je fis apprécier au maréchal les conséquences qui pouvoient en résulter (*sic*) pour moi de cette démarche occulte, mais je le prié de demander pour moi la place à M. Estève, et d'en faire sentir l'utilité. Il me le promit, et je brûlai la pétition dans sa cheminée. Il me donna à l'instant même l'ordre d'aller acheter les bijoux pour les cadeaux d'usage. Il m'a

---

[1] Fol. 31 recto.

témoigné sa satisfaction de mon zèle et de mon
bon choix dans ces importants achats, et surtout
d'avoir obtenu un rabais très considérable, quoique
il eût arrêté avec moi le prix de ces objets. Au
moment de son départ, j'étais dans le salon des
officiers ; il me serra la main et m'engagea à me
rendre à Fontainebleau dès mon arrivée, pour
régler avec moi tout ce qui restoit en suspens. Il
ordonna qu'il me seroit fourni quatre chevaux de
poste et que je partirois quand je serois prêt.
J'expédiai mes affaires, et je partis avec le deuxième
service de la maison. J'eus ordre de lui de m'arrêter chez les ministres à Munich, Stutgard et Carlsruhe, pour voir s'il n'y avoit point d'ordre pour
moi. Je traversai Lintz, je cotoyé pour me rendre
à Passau la rive droite du Danube, j'en fus émerveillé. J'ai vu des jolies filles à Lintz. Je séjourné
quelques heures à Passau pour y voir les fortifica-
tions qui sont formidables, et jouir du coup d'œil
que présente le confluent de l'Inn et du Danube.
Le temps me servit merveilleusement dans mon
voyage. J'arrivé à Munic. L'Empereur y était
encore. Je me rendis à Nyphembourg. Le maréchal
me dit de voir M. Otto chez qui l'on avoit laissé
des ordres. M. l'ambassadeur que j'avois déjà vu à
Augsbourg me reçut fort bien. J'y trouvai M. Maret
qui, *proprio motu*, me dit qu'en ma qualité de
méridional, je devois être impatient de savoir le
résultat de l'affaire qui m'intéressoit ; qu'elle était
toujours là ; il me confirma que deux travaux
étaient signés, et que probablement Sa Majesté

finiroit le reste à Paris. Il me confirma que je pouvois compter sur lui. Je lui demandai l'agrément d'aller lui présenter mes devoirs à Paris. « Il faut venir, me dit-il à Fontainebleau où je vais me rendre. »

[1] J'ai profité du temps que S. M. a resté à Munich pour visiter ce que cette capitale offre de curieux, mais j'ai été pour mes peines ; rien de remarquable, le palais semble une caserne ; on dit qu'il est bien meublé. Le chateau de Niphembourg est beau, frais, les jardins sont vastes. Douze heures après le départ de l'Empereur, le service s'est mis en route, et nous sommes arrivés à Stutgard. N'ayant pas trouvé des ordres chez l'ambassadeur, j'ai filé sur Carlsrhue ; jai revu cette résidence avec plaisir. J'ai vu l'ambassadeur et j'ai filé vite sur Strasbourg. J'ai couché dans cette ville, et je me suis mis en route pour Paris. J'ai employé mon temps à mettre mes comptes en règle, et, pour mettre des formes à tout, j'ai demandé à M. le comte Estève l'agrément d'aller lui faire ma cour à Fontainebleau. Dans l'intervalle j'ai reçu une lettre du maréchal Duroc ; il avoit appris mon arrivée, m'engageoit à terminer ma comptabilité le plutôt possible et m'ajoutoit : « M. Estève, à qui j'ai parlé, m'a promis de faire pour vous ce que vous désirez. » J'ai été dîner dimanche à Villiers où M. Lamarre m'a bien accueilli, et je me suis rendu lundi soir à Fontainebleau. Ma pre-

---

[1] Fol. 31 verso.

mière visite a été à M. Esteve. J'ai été fort content de lui. Et il m'a dit que la place de payeur
que je désirois étoit inutile, que S. M. ne voya-
gera plus et qu'il n'y falloit plus songer, qu'il
vouloit de moi des déclarations franches, loyales,
— et un tas de ragoteries et de demie (*sic*) phrases
qui me faisoient courir les champs. C'étoit selon
son usage pour me tourmenter. Mais la lettre du
général Duroc me rassuroit. Il alloit dîner chez le
maréchal, et c'est en nous quittant qu'il me fondit
la cloche, en me disant qu'il avait voulu me tourmenter, et que son rapport était prêt à être présenté à l'Empereur, etc., qu'il voulait donner à
ma place de nouvelles attributions. Nous nous
quittâmes : il annonça mon arrivée au maréchal
qui l'engagea à me mener déjeuner le lendemain.
Je m'y rendis à dix heures, mais avant ce temps
je m'étois rendu chez M. Estève qui m'avoit parlé
de ma place, se donnant tous les honneurs dans
cette affaire. Il fixe ma place à six mille francs
et les frais de bureau, presque nuls, à deux mille,
sans compter l'indemnité de campagne fixée pour
mes prédécesseurs à dix francs par jour toute la
campagne. Nous nous présentâmes chez le maréchal. Si mon amour-propre étoit flatté [1] de toutes
les choses honnêtes, flatteuses et encourageantes
que le maréchal dit de moi à M. Estève, propos
qui se continuèrent tout le temps du déjeuner, je
souffrois cruellement que ces éloges ne donnassent

---

[1] Fol. 32 recto.

à M. le comte de l'ombrage. Il n'aime pas à entendre
louer ses employés. A déjeuner, il fut beaucoup
question de toi, et en revenant à mon affaire : « Ce
sont là deux amis que vous vous êtes attachés.
Vous avez placé l'un, et fait fort bien placer
M. Guillaume, qui est bien gentil et qui a bien fait
son devoir. » M. le maréchal, partant pour la chasse
me renvoya à cinq heures pour travailler avec moi.
A cinq heures, il fut encore dérangé et me renvoya
à aujourd'hui, m'engageant à venir déjeuner avec
lui ce matin tête-à-tête. Il a été l'homme du
monde le plus aimable, le plus affectueux qu'on
puisse voir. Je l'ai quitté plein de gratitude pour
l'accueil aimable que je recevois de lui. Il m'a
ajouté que j'étais le maître de venir manger,
comme à Schönbrun, à la table des officiers de service. Je l'ai remercié. Voilà, mon ami, où en sont
mes affaires. Tu vois que j'ai assez bien mené ma
barque et que surtout j'ai su me concilier, d'une
manière sûre, l'amitié d'un homme bien puissant.
Je te renouvelle de ne jamais parler à qui que ce
soit de la gratification qu'il m'a donnée. Il me l'a
répété. Je me sens capable de tout pour lui. Nous
parlons filles ensemble. Je ne me (*sic*) possède toujours et je ne m'oublie pas un seul instant. Il veut
que j'aille le voir à Paris. Je veux aller voir
M. Maret demain, quoiqu'il n'y ait encore rien de
nouveau, à ce que m'a dit le maréchal.

Le roi de Westphalie est arrivé ce matin. On
attend demain le roi de Saxe. On lui donnera de
belles fêtes. Elles commenceront dimanche. J'avais

promis à M. de Lamarre d'aller à la clôture à
Villiers entendre Mlle Saint-Aubin, mais je crains
de ne le pouvoir. Tu dois penser qu'en arrivant
Plauzolles m'a compté son affaire. Il se mord
les poings de la bévue qu'il a faite de refuser.
J'ai vu aussi Mme Estève. Plauzoles a de très
grands torts, il a bavardé, fait ses embarras, tenu
des propos peu [1] délicats, fanfarons, bêtes, pré-
somptueux. Il a prétendu qu'on lui jetait la demoiselle à la tête, qu'elle n'étoit pas jolie. Enfin, et je
voudrais ne pas le croire, il a eu le projet d'avoir
la place et de trahir ensuite sa parole. Il a manqué
d'égards, de délicatesse, et il a eu des torts que
rien ne peut réparer. Il parle toujours de lui, de
ce qu'il a fait, de ce qu'il était enfin. C'est mon
ami, mais c'est un puant insupportable. J'ai reçu
ici ta lettre. Dès mon arrivée à Paris, je m'oc-
cuperai de ta table, j'aurais voulu recevoir ta
lettre à Vienne pour acheter pour ta femme sa
palatine. J'en ai porté une, que j'ai, en renard gris,
mais je l'ai promise. Je verrai si je puis me dédire.
Adieu. Le voyage d'Espagne aura lieu, mais j'irai
te voir avant. Garde, je t'en prie, pour toi tout ce
que je te dis. Adieu.

GME.

[1] Fol. 32 verso.

LA CAMPAGNE DE RUSSIE

XXII

G. PEYRUSSE A SON PÈRE [1]

(La Ferté, 6 mars 1812)

Peyrusse désigné comme payeur pour la campagne de Russie. — M. de la Bouillerie. — La liquidation des comptes d'Estève. — Plaintes contre Estève. — Incertitude sur les projets de Napoléon. — Discrétion nécessaire. — Souvenir de Bayard.

A Lafferté ce 6 mars 1812.

Quoique j'eusse tous les droits possibles à la place de payeur des voyages, je ne comptais pas, n'ayant pas mon brevet, être désigné par M. de La Bouillerie, et je m'attendais à voir une de ses créatures me remplacer. Il aurait falu avaler le goujon. Ma bonne étoile m'a bien servie (*sic*). J'avais fait tout ce que l'on peut raisonnablement faire pour que le choix tombât sur moi. Hier à neuf heures du matin, S. M. a fait demander un payeur ; je lui ai été désigné sur le champ et je suis parti dans la nuit. Je me dirige sur Dresde. M. de la Bouillerie m'a annoncé son choix avec beaucoup d'affabilité. Depuis quelques jours je

---

[1] Fol. 33 et 34. Le verso du fol. 34 porte la suscription : *A Monsieur | Peyrusse, propriétaire | à Carcassonne | Département de l'Aude.* | — Un timbre de la poste : 73 *La Ferté-sur-Jouarre.* Un cachet de cire rouge : *Trésorerie générale de la couronne.*

m'appercevois que ses preventions se dissipoient. Je lui ai remis hier avant mon départ un travail très important sur la liquidation des comptes d'Estève. Ce sont les états de toutes les recettes et de toutes les dépenses du trésor de la couronne, depuis l'an VIII de la République prouvées d'après les écritures du trésor. La balance de ces deux comptes lui a donné un restant en caisse, qui s'est trouvé être matériellement celui que M. Estève lui a remis. Voilà le premier fondement d'un compte de liquidation bien établi, et le plus essentiel; il en a été fort content ; j'avais la certitude que cela me mettroit bien dans son esprit et qu'il sépareroit dans son esprit les chefs d'avec leur ancien chef. Il me traite fort bien. J'aurai, tant que la campagne durera, neuf cent quarante francs par mois, et il a l'air de vouloir entourer ses chefs de la considération qu'ils méritent, et [1] que cet indeffinissable Estève n'avait jamais voulu nous faire accorder. Il avait l'esprit machiavélique en diable. Je serais déjà bien avancé si ce diable d'enragé n'étoit pas venu me tourmenter et m'embarrer (*sic*) comme il l'a fait en m'offrant sa cousine pour femme, et en fesant par suite de mon refus mille et une extravagances dont tout le monde a rougi pour lui. Les desseins de Sa Majesté sont impénétrables. On fait à Paris sur ses projets des contes à l'infini. On l'envoit en Égypte, à Constantinople, dans l'Inde, etc. J'irai au bout du monde. J'ai une bonne

[1] Fol. 33 verso.

voiture, de bons chevaux, des fourgons où j'ai pas
mal de provisions que je n'entamerai qu'à la dernière extrémité. Je me porte bien, le ciel fera le
reste.

Ne communiqués ma lettre qu'à Reboulh, tout
le reste de la ville m'est indifférent. Ne parlez de
rien, si ce n'est que j'ai reçu ordre de partir pour
être le payeur des dépenses de Sa Majesté, et que
je suis parti tout aussi ignorant que les autres sur
les opérations ultérieures. Comme S. M. a l'air de
mettre beaucoup de mistere à la marche de S. M.,
faites en votre profit à mon sujet. Dites à Fourès
qu'avant de partir j'ai fait remettre dans les bureaux du ministère avec bonne recommandation
(*sic*) [1], mais qu'il n'est pas encore question de
créer le dépôt de mendicité à Carcassonne. Ajoutés
lui que toutes les lettres qu'il m'a adressées pour
son cousin prisonnier ont été reçues en Angleterre
par le bureau. Répondés à ma lettre de suite et
remettés votre lettre à Ginesa, en le priant de me
faire passer sous le couvert du receveur général
du département à Mayence. Vous avez dû être
bien affligé de la perte qu'a fait André de son
dernier enfant. Si jamais je prends femme, ah ! je
vous promets qu'elle aura des hanches et un bon
devant : toutes mes belles sœurs sont des mioches.

Je couche dans une chambre où Bayard à son
retour de Mézières eut quelques privautés avec
Mme de Randan. François I tenait la chandelle. Je

---

[1] Fol. 34.

ne sais pas si je serai aussi heureux que Bayard, quoique aussi brave. Mais je ne vois rien autour de moi qui me le fasse espérer. C'est tout ce que je regrette de Paris, où j'ai laissé deux yeux bien mouillés de larmes.

Adieu, mille amitiés aux voisins et à mes sœurs et frères. Adieu.

G. PEYRUSSE.

XXIII

G. PEYRUSSE A SON FRÈRE ANDRÉ [1]

(Mayence, 27 mars 1812)

Nouveaux détails sur sa nomination. — Voyage en calèche. — Jugement sur un collègue. — M. de Bondy et son billet. — M. de Reiset. — Vins d'Allemagne. — Préparatifs militaires. — Un plan secret.

Mayence le 27 mars 1812.

Je suis arrivé ici le 24 en parfaite santé et sans avoir éprouvé la moindre contrariété. La route m'a paru longue. Je l'ai faite partie à pied, partie en lisant, partie en dormant. J'ai une fort bonne calèche pour cela. J'ai trouvé chez M. Reizet ta lettre du 11 mars qui m'a fait grand plaisir. Je te remercie bien des vœux que tu fais pour moi, et je goute les conseils que tu me donnes. Le choix qu'a fait de moi M. Labouillerie m'a flatté infini-

[1] Fol. 34 et 35. Le texte remplit les quatre pages. Le feuillet de la suscription manque. La lettre est écrite sur du papier administratif avec les en-têtes : *Maison de l'Empereur. Trésor général de la couronne. Comptes finaux d'exercice.*

ment. Je t'assure que je n'y comptais pas, d'autant
que M. le maréchal ne m'avoit pas fort encouragé à
espérer que S. M. demandât un payeur, et qu'en
second lieu il ne voulait pas même pressentir l'empereur à cet égard. Mais ce qu'il me promit, c'est
d'engager M. Labouillerie à me désigner si S. M.
demandait un payeur. Il l'a fait dès la réception
de ses ordres et je suis parti douze heures après.
Guès [1] en a eu un pan de nez ; il m'observait que la
manière dont je m'étois fait connaître de M. de la
Bouillerie en lui présentant les divers comptes
préparatoires de la liquidation de M. Estève et
surtout le résultat fixe de ce qui était en caisse
m'avoient concilié sa bienveillance. L'évidence des
faits le forçait bien malgré lui à me faire ce petit
compliment. C'est un fourbe bien connu de nous
tous, un caméléon tortueux, un ingrat qui, à l'instant même de la chûte d'Estève, s'est dégagé de lui,
et s'est attaché à son nouveau chef en lui donnant
sur toutes nos opérations des préventions fâcheuses,
qui devoient nécessairement amener des préventions contre ceux qui les dirigeoient.

M. de Bondy est un impertinent, qui ne t'a pas
répondu, à ce qu'il paraît. Je remis à son hôtel le
billet que tu avais souscrit. Je ne me rappelle plus
de quelle forme il était. Il est parti sans te le renvoyer. Voilà l'original. Traite cette affaire comme
une affaire personnelle, et fais moi le plaisir d'amener cet honnête créancier à me payer, et charge-toi [2]

[1] La lecture de ce nom est douteuse.
[2] Fol. 35.

d'utiliser ces fonds pour moi. Ne néglige pas cette affaire, je te prie, sans néanmoins te faire un ennemi de ce comte de l'Empire, mais j'ai si peu de chose que je dois le conserver, et le plutôt n'est jamais que le mieux.

J'ai été fort bien accueilli chez M. Rezet. J'y dine aujourd'hui. Tu lui demande du vin, mais le haut prix l'engage à te consulter. L'excellent coûte au moins 18 francs la bouteille. Il espère en avoir de passable à 9 francs. C'est un prix fou, tu verras. J'ai vu le préfet, il m'a fait infiniment de politesses : je les crois sincères parceque je m'y connais un peu. J'ai refusé son dîner, étant engagé chez le receveur général du domaine extraordinaire Corbillé, fort bon enfant. M. Jambon (*sic*) m'a parlé de vous tous avec le plus vif intérêt.

Le plus grand mystère règne toujours dans notre voyage. Beaucoup de troupes, des régiments d'ouvriers de toute espèce, des bataillons de bœufs organisés, des chariots à la comtois, des préparatifs immenses, mais qui n'annoncent pas la guerre. Chacun fait sa fable, sa gazette. La garde file sur Wursbourg. Je pars demain et je me dirige sur Dresde par Fuld, Gotha, Erfurth, etc. Tu m'écriras à cette première ville. Je tâcherai de voir à Francfort M. Gontard, etc. Adieu. J'embrasse Pauline ; tu ne me parles pas de sa santé ; une embrassade à ton beau père, à Félix. Voila une lettre pour Louis, que je te prie lui acheminer, pour qu'elle lui coûte moins de port. Adieu.

GME.

XXIV

LE MÊME AU MÊME [1]

(Fulda, 29 mars 1812)

M. de Bondy débiteur récalcitrant. — M. Mollien. — La princesse Pauline. — Le violoniste Rode. — Un déjeuner allemand. — Une journée à Francfort. — Voyage et excursions. — Hanau et Offenbach. — Le tombeau d'Eginhard.

Fuld le 29 mars 1812.

Je t'ai écrit de Mayence, mon cher André, pour te remettre le billet de M. de Bondy, fais-moi le plaisir de ne pas négliger cette rentrée. Les affaires en vieillissant deviennent toujours mauvaises. Je compte sur toi : il me tardera d'apprendre que tu as en caisse cet effet, ainsi que les intérêts à 6 0/0 depuis le 1ᵉʳ septembre, jour de son échéance. Mélan m'a envoyé à Mayence la lettre que tu m'as écrite à Paris pour me remettre la copie de ta lettre de Duret. Regarde la lettre que je t'ai écrite, lors de ma première entrevue avec M. Gay, je t'ai dit tout ce que te dit l'inspecteur. Ce sont des propos tenus sur M. Molien et sur sa femme à la princesse Pauline, qui a logé à Aix-la-Chapelle chez M. Gay. J'ai dîné chez Rezet comme je te l'ai marqué. Le soir il y a eu un concert où j'ai entendu Rode, qui t'a

---

[1] Fol. 36 et 37. Le fol. 37 verso est occupé par la suscription : A Monsieur Peyrusse, receveur général | du département | Tours | par Paris ; et un timbre-postal : R 2 *Fuld*.

connu dans le Hanovre. M. Gontard le jeune était
du dîné. J'ai été placé à côté de lui ; nous avons
beaucoup parlé de toi. Je partois le lendemain pour
Francfort, il m'a forcé de lui promettre d'aller dîné
chez son frère aîné où il y avait grande réunion.
Je le lui ai promis. J'ai quitté Mayence et je suis
arrivé à point nommé pour dîner chez M. Gontard
banquier. Ce diner par sa longueur m'a excessivement ennuyé, parce que je voulais parcourir
la ville, et je te promets que j'ai une belle idée
d'un dîné à l'allemande. Nous étions quarante
autour d'un fer à cheval. Il y a eu profusion des
vins de toute espèce, entre autres Docheng, Johannisberg. J'aime mieux du bon Bourgogne que
tout ça. Je n'ai pas vu Mlle Hélène Gontard, qu'on
dit bien et qui n'a pas été du dîné, où il n'y
avait que des diplomates et des foireux (la foire a
commencé depuis quelques jours). J'ai de la peine
à me faire à cette politesse allemande ; MM. Gontard surtout sont toujours à s'incliner quand on
leur dit quelque chose d'honnête, et vous prennent
toujours les mains. Ils ont l'air de vous aimer
comme leurs entrailles ; ils ont voulu envoyer
chez moi deux bouteilles de Johannisberg. J'aurais préféré du Xerez qui est fort bon. Je lui ai
demandé des nouvelles de Mlle Williek. Elle est
mariée dans les environs. J'ai quitté la compagnie
au café sous prétexte d'affaires, et j'ai pris congé
de MM. Gontard, leur promettant d'aller leur dire

¹ Fol. 36 verso.

bonsoir au concert spirituel. J'ai fait le tour des
remparts avec M. Corbillé, qui avait voulu m'accompagner. J'ai été enchanté des dehors de Francfort. J'ai vu le monument des Hessois, le jardin de
Bethman. Je suis rentré par le quai pour jouir sur
le pont de la belle vue du Mein. Je suis entré dans
la grande rue qui est fort belle. M. Gontard avait
eu la politesse d'aller à la municipalité réclamer
mon logement chez sa mère, vis à vis la maison
rouge. Tu sens bien que je n'y ai rien accepté, et
que le lendemain j'ai donné un bon trinckel aux
domestiques. Ces pourboires sont assomants, et ces
domestiques allemands sont de grands ladres de
se tenir quand vous sortez de dîner en face de vous,
la main presque tendue. J'ai été au concert. La
salle est laide. Je n'ai vu qu'une femme passable;
la musique bonne. As-tu remarqué le cadran trans-
parent qui est au-dessus de la salle? J'ai été prendre
du thé chez Corbillé, hôtel d'Angleterre. C'est un
fort bel hôtel en face du casino.

Le lendemain, au lieu de suivre les équipages
pour me rendre à Hanau, j'ai passé le pont et je me
suis rendu à Offenbach. Le chemin est charmant.
J'ai vu la capitale du prince d'Isembourg, frère de
celui qui se battit dans ta chambre. J'ai été visité
(sic) l'atelier de voitures de MM. Duk et Kistein
qui est monté dans un très bon genre. En descendant
le Mein pour rejoindre la grand'route, j'ai vu la
résidence du prince qui est assez drollette ; arrivé
à Hanau, on m'a logé chez un conseiller d'état, qui
m'a servi de la soupe aux boulettes. Nous avons ici

un receveur de notre domaine extraordinaire. J'ai
été avec lui visiter Willemsbade, appartenant au
général Lemarrois, et Phillipsruhe, qui appartient à
la princesse Pauline. Ce sont des châteaux de plaisance qui ont été confisqués au prince de Hesse, et
qui sont devenus la propriété du domaine extraordinaire. Avant de partir d'Hanau, j'ai été visiter le
champ de bataille des Prussiens pendant la guerre
de 1743. C'est un champ tout comme un autre.
Aucun des morts qui y sont n'a paru sensible à ma
visite. J'ai avec moi un ancien domestique de
Plauzolles qui est allemand, et pour cocher un
bosniaque qui parle sept ou huit langues. Jusqu'à
Fuld je n'ai rien trouvé de remarquable, de vieilles
tours que d'anciennes chroniques rendent célèbres.
Je voulais aller visiter dans un village le tombeau
d'Emma, fille de Charlemagne, et d'Eginhard, son
chancelier, mais j'ai craint de fatiguer les chevaux.
Je me rends à Dresde par Weymar et Iéna. Je
demanderai en passant sur ce champ de bataille
tout ce qu'il y aura de curieux. Si tu vas à Paris,
tu ne manqueras pas d'aller voir M. de la Bouillerie. Adieu, j'embrasse Pauline Témoigne lui toute
la peine que j'éprouve de la perte qu'elle vient de
faire. Embrasse ton fils pour moi. Mes amitiés à
M. de Cormenin.

Adieu. GME.

XXV

LE MÊME AU MÊME [1]

(Dresde, 20 avril 1812)

Voyage de Dresde à Posen. — But mystérieux. — Excursions.
La conférence de Pilnitz. — Gasconnade.

Dresde le 20 avril [1812] [2].

Je suis arrivé ici le 14, et je pars demain pour
me rendre par Glogau à Posen. Je ne sais ce que
nous deviendrons, personne ne sçait rien. Je crois
que nous sommes destinés à aller fonder quelque
colonie. Dans ce cas, je me charge de la souche
des payeurs. Dresde est une jolie petite ville, riche
en monuments. J'ai vu tout ce qu'il y avait de curieux d'abord dans la ville. Ensuite j'arrive aujour-
d'hui de Kœnigstein, forteresse sur les frontières
de la Bohème, bâtie sur un rocher à 1,900 pieds
au dessus de l'Elbe qui baigne les pieds (sic) de ce
rocher. C'est la plus belle vue de l'Allemagne. Le
puids de la citadelle a 2,800 pieds de profondeur.
Au retour j'ai visité Pilnitz, château de plaisance
bâti sur les bords de l'Elbe dans une situation
charmante. J'ai vu le salon où se tint en 1794 la
fameuse conférence entre Léopold et le roi de
Prusse, à l'issue de laquelle on décida de marcher
sur Paris. Ces messieurs se seraient bien donné de

[1] Fol. 38 recto et verso. Le feuillet contenant la suscription a
été enlevé jadis.
[2] La date est de la main d'André.

gardes de s'engager ainsi, s'ils avaient pu penser
que vingt ans après je viendrais m'asseoir sur leurs
fauteuils. Je suis passé à Leipzik pendant la foire.
J'y ai vu là le tableau de l'Europe [1] en racourci.
Je n'ai pas reçu de tes lettres. Elles me viendront
sans doute à Posen où je serai dans vingt jours.
Je suis pressé pour profiter de l'occasion qui prend
mon paquet. Amitiés et embrassades à Pauline et
Félix. Adieu ; je te recommande mon débiteur.

GME.

XXVI

LE MÊME AU MÊME [2]

(Posen, 11 mai 1812)

Erreurs de la poste à Berlin. — Le payeur général Bernard. —
Les billets de M. de Bondy. — « La belle brune » de l'hôtel
d'Angleterre. — L'armée à Posen. — Mouvements des troupes.
— Un payeur satisfait. — Les conjectures du baron Larrey. —
Les juifs de Posen. — Une juive langoureuse.

Posen le 11 mai.

Comme je ne me rappelle pas le nombre de lettres
que je t'ai écrites, je commence à mettre à celle-
ci le numéro 1. Je vien de recevoir un n° 2 du
8 avril. Ta lettre m'a fait grand plaisir, toutes les
lettres adressées au quartier général s'étoient
amoncellées au quartier à Berlin, et nous n'avons

---

[1] Fol. 38 verso.
[2] Fol. 39 et 40. Le texte n'occupe que le recto et le verso du fol. 39 ;
quelques lignes sur le fol. 40 recto. Le verso est blanc. Pas de
suscription.

pu les avoir que quand le grand quartier général
a été rendu ici. Il arrive tous les jours. J'ai déjà
fait la connaissance de M. Bernard, payeur général,
que je connaissais un peu. J'ai revu Roulet avec
plaisir ; il m'a chargé d'un million d'amitiés pour
toi. J'ai vu aussi M. Lepine, aide de camp du général Girard qui, à l'accent et au son de voix m'a
reconnu pour être de ton sang.

Je te remercie de tous tes soins pour me faire
rentrer ma créance Bondy ; il me tardera bien d'en
savoir le produit dans ta caisse. Ah ! je te promets
que je ne serai plus aussi complaisant avec tous
ces grands titrés, mais il m'étoit bien impossible
de ne pas me mettre dans cette position avec lui.

La belle brune de l'hôtel d'Angleterre est mariée,
ainsi que Mlle Heyder. Je n'ai passé qu'une demie
journée à Francfort. Le temps était beau. J'en ai
profité pour voir les dehors de la ville, le quai,
le port, etc. Cette ville s'embellit tous les jours.

Posen regorge de monde. La maison de l'empereur ne se compose ici que d'un écuyer commandant les équipages de campagne, deux pages, un
fourrier du palais et moi. Beaucoup de chevaux,
piqueurs, cuisiniers, maîtres d'hôtel, etc. La garde
stationne dans la Silésie. La première colonne doit,
dit-on, arriver ici sous peu pour s'y cantonner. Le
maréchal Davoust est à Elbing. Borel est son
payeur principal. Le maréchal Ney passe en ce
moment pour aller à Thorn. Le roi de Westphalie est à ou près de Warsovie. Les troupes sont[1]

[1] Fol. 39 verso.

fort belles, bien pourvues. Nous sommes dans l'ignorance la plus complète de ce qui va se passer. Ici aussi on dit que tout est arrangé entre la Russie et la France. Il en sera ce que l'Empereur voudra. Plus il me fera faire de chemin, plus de plaisir il me fera. Je voyage fort commodément ; je ne manque de rien, je reçois les marques d'égard qui me sont dues, et le mouvement du quartier général m'amuse. Quel contraste avec la tranquillité dont on jouit dans les villes hors des armées! On s'accoutume aisément à cette vie. M. Larrey est ici, chirurgien en chef de l'armée. Sa conversation m'amuse. Il veut toujours conjecturer. La Pologne ne paraît pas très riche, à en juger par les pays que j'ai parcourus. Posen est rempli de juifs à faire peur. Je loge chez M. Izaac Mayer Mamerod. Voilà ce qui s'appelle un nom d'israëlite. Ce sont des braves gens, il y a une assez jolie personne de dix-neuf ans, appelée Henriette, qui sçait un peu le français, fort langoureuse, mais bonne et douce. Je n'ai point de désirs charnels, mais je me plais avec elle. Tu peux adresser tes lettres à Mélan, qui me les fera parvenir franches de port au moyen de la griffe du trésorier. Mille et mille compliments à M. Delahaye. Je ne le savais pas à Tours, sans quoi je ne l'aurais pas oublié dans les lettres que[1] je t'ai déjà écrites. J'embrasse bien tendrement et Pauline et Félix. Adieu, André.

GME.

[1] Fol. 40.

XXVII

LE MÊME AU MÊME [1]

(Thorn, 2 juin 1812)

Posen et la Vistule. — Le cadeau impérial. — La tabatière de
Peyrusse. — Un homme délicat. — Une lettre flatteuse de son
chef.

A Thorn, le 2 juin 1812.

J'ai quitté Posen il y a quelques jours, et suis
arrivé hier ici en parfaite santé. Me voilà sur la
rive droite de la Vistule, qui vaut bien votre Cher
et votre Loire. Je suis sans nouvelles de toi depuis
un siècle. Si tu veux que je t'écrive souvent, sois
exact à me répondre. Voilà copie d'une lettre que
m'écrit mon patron. J'ai été bien flatté et du cadeau et de la manière aimable avec laquelle il me
l'a annoncé. Au retour du voyage de Braunau,
M. de Meternic fit des cadeaux à tous ceux qui
avoient été du voyage. J'en parlé à Estève que
mes prétentions scandalisèrent. Madame de Luçay,
qui était du voyage et que je vis, il y a à peu près
un mois, avant mon départ de Paris, me demanda
tout bonement, en me voyant prendre du tabac

---

[1] Fol. 41 et 42. Le texte occupe le fol. 41 recto et verso ; la suscription est au verso du fol. 42. Sur le recto on a fixé la copie de
la lettre de M. de La Bouillerie dont Peyrusse parle ici. Je crois
inutile de reproduire cette lettre, imprimée déjà dans le *Mémorial
de Peyrusse* (p. 56, note). Cette lettre porte en tête le n° 2, et de
la main d'André la mention: *Répondu par ma lettre n° 5.* La sus-
cription est : *A Monsieur | Peyrusse, receveur général | du dépar-
tement d'Indre-et-Loire | Tours.*

dans une tabatière d'or, si c'était celle que j'avois
reçue de Braunau; ma réponse fut prompte ; elle
me gronda de ce que je n'avois pas fait de réclamation, mais elle goûta l'observation que je fis
que c'était à mon chef plutôt qu'à moi de toucher
cette corde délicate. Elle m'observa qu'elle avoit
toujours pensé que j'avois reçu directement mon
cadeau de l'ambassadeur, et que, comme il était
dans l'intention de Sa Majesté que personne ne fût
oublié, elle feroit de son chef cette réclamation
pour moi. Elle m'a tenu parole. Et certainement, quoiqu'il fût très malheureux pour moi, qui
avois porté tous les bijoux offerts à la suite[1] de
S. M. l'Impératrice, et qui en avois distribué une
partie dans les palais où nous avons séjourné, qui
avois payé toutes les dépenses, d'être le seul oublié,
je n'aurois pas réclamé de mon chef un souvenir
qu'on reçoit, mais qu'on ne demande jamais comme
une chose due. A présent il me tarde de voir la
boëte. Je réponds à M. La Bouillerie : « Je lui
demande son agrément pour la recevoir ; je le prie
de la garder jusqu'à mon retour, et suis très heureux qu'il existe dans ses mains un gage de ma
bonne conduite et de mon zèle. » S. M. est attendue
d'un moment à l'autre. J'ignore si nous resterons
ici longtemps. Ecris-moi toujours au quartier général impérial. Mille et mille amitiés à ta femme ; une
embrassade à Félix et à M. de Cormenin. Adieu.

GME.

S. M. arrive dans l'instant.

[1] Fol. 41 verso.

XXVIII

LE MÊME AU MÊME [1]

(Willkovizky, 25 juin 1812)

Courses de dératés. — Désorganisation de la poste. — La revue du corps d'Oudinot. — Adieu fraises et petits pois. — Prudence financière.

Ce 25 juin 1812.

As-tu sur la carte, mon cher André, la superbe ville de Willkovizky? Eh bien, mon ami, m'y voilà en parfaite santé. Je n'ai point de lettre de toi, mais S. M. en est la cause : elle nous fait courir comme des dératés. A peine son quartier général est formé qu'il le lève, et cette précipitation ne permet pas à la poste de s'installer. Je sçais que j'ai des lettres à Kœnigsberg, mais déjà j'en suis à soixante lieues sur la route de Vilna. Je ne sçais en vérité où Sa Majesté veut nous mener. Elle nous fait voir rudement du pays. Il y a quelques jours que j'ai vu à Insterburg la revue de tout le corps du maréchal Oudinot. C'était un spectacle superbe. Mes rapports avec leurs Excellences les ducs de Frioul et de Vicence ont recommencé. Je suis très content de leur affabilité. Adieu pour cette année fraises et petits pois. Il n'y faut pas songer. Mes amitiés à Pauline, une embrassade à Félix. Louis me marque qu'il a été malade. Dis-

[1] Fol. 43. Le verso est blanc. Le feuillet contenant la suscription manque. En tête de la lettre : n° 3.

moi quelque chose de M. de Bondy. A la première occasion que j'aurai, je t'enverrai mes appointements de mars, avril et mai, auxquels je n'ai pas touché. Il vaut mieux les avoir chez toi que dans ma caisse. Adieu.

Parles moi du préfet. GME.

_____

XXIX

LE MÊME AU MÊME [1]

(Vilna, 5 juillet 1812)

Passage du Niémen à Tilsitt. — Les ponts. — Les Cosaques. — Pas d'engagement sérieux. — Occupation de Vilna. — Calme et activité de l'Empereur.

Vilna (Lithuanie Russe) le 5 juillet 1812.

Je n'accuse que la précipitation avec laquelle nous marchons du retard que je mets à recevoir de tes nouvelles. Je t'ai écrit le 25, je crois, de Wiklovsky (sic). Sa Majesté avait fait quelques démonstrations pour passer le Niemen à Tilsitt. Cela avait attiré de ce côté un corps de l'armée russe. Mais dès que S. M. s'est aperçue qu'ils étaient là en observation, elle s'est hâtée de faire forcer de marche à l'équipage des ponts, et en moins de quatre heures, trois ponts ont été lancés et faits

[1] Fol. 44. Le texte occupe le recto. Le feuillet qui portait la suscription a été enlevé. La lettre est écrite sur du papier portant l'en-tête : *Trésor général de la couronne.*

à vingt-six lieues de Tilsitt, près du village de Kanen en allemand ou Kowno en polonais. Cent vingt mille hommes ont passé toute la nuit; quelques escadrons de cosaques, placés sur les hauteurs qui dominent le fleuve, ont échangé quelques coups de fusil avec les tirailleurs jetés sur la rive droite pour protéger les ouvriers. S. M. s'est portée sur la route de Vilna. Elle s'attendait que l'entrée de cette ville lui serait disputée. Il y a eu quelques coups de sabre, mais pas d'engagement sérieux. S. M. est entrée à Vilna assez à[1] temps pour arrêter le feu que les Russes avaient mis à leurs magasins, qui sont assez considérables. La ville a été respectée; l'on trouve ici à peu près tout ce qu'il faut. Les Russes ne paraissent pas bien décidés à mordre. Peut-être veulent-ils amener S. M. à combattre sur un terrain préparé. Ces deux colosses se rencontreront et se heurteront enfin. Un jour la terre tremblera de ce choc. Notre armée est immense et se porte bien; jamais je n'ai vu l'empereur si calme et si actif. Si tu écris à Estève, rappelle moi à son souvenir. Adieu, j'embrasse Pauline et Félix. Je te quitte, étant pressé pour profiter d'une occasion qui va en France. Adieu.

GME.

[1] Fol. 44 verso.

XXX

LE MÊME AU MÊME [1]

(Witepsk, 1ᵉʳ août 1812)

A la suite de l'Empereur. — Bivouac en forêt. — Retraite du grand duc Constantin. — Séjour et repos de l'armée à Wittepsk. — Discrétion commandée. — Plans politiques. — Un appartement de garçon. — André Peyrusse et Duroc. — Disgrâce d'Estève. — Bienveillance de M. Daru. — Mariage et avancement.

Au quartier général de Wittebsk, le 1ᵉʳ août 1812.

Ma dernière était de Vilna, mon cher André. J'ai quitté cette résidence le 17 juillet pour suivre les mouvemens de l'Empereur et suis arrivé ici le 29 juillet, en fort bonne santé, quoique j'aie fait une route de plus de cent lieues dans des pays arides; heureusement que j'avais avec moi ma cantine et que bivouaquant au milieu d'une forêt, je buvais du bon vin, je mangeois de l'excellent biscuit et de la très bonne salade, et avais dans un de mes fourgons un très bon lit fait avec des peaux d'ours. Nos troupes ont toujours marché depuis Vilna en arrière des Russes; enfin ils avaient pris position à Ostrovana, à deux lieues de Wittepsk dans une position superbe, et faisaient mine de vouloir nous arrêter. Sa Majesté s'y est portée de sa personne, et, dans les journées du 25 et du 26, 80,000 Russes commandés par le grand duc Cons-

[1] Fol. 45 et 46. Le texte occupe le fol. 46 verso jusqu'au milieu. Au dessous est la suscription : A monsieur | André Peyrusse, receveur | général du département | d'Indre-et-Loire. | Tours.

tantin, ont été chassés par l'armée d'Italie et la cavalerie du roi de Naples, avec une telle précipitation que l'affaire n'a pas été générale. Le grand duc Constantin s'est jeté dans Vitteps, a brûlé le pont et s'est dirigé sur Saint-Pétersbourg et sur Moskou, mais déjà sur les deux routes on l'a gagné de vitesse. Cette armée n'a pas de plan fixe. Sa Majesté les déconcerte par ses manœuvres ; elle est toujours là où on ne la croit pas. Nous voilà établis à Vitepsk. Sa Majesté y est entrée le 28 au matin. Cette ville est assez jolie : elle est la capitale du gouvernement russe de Vitepsk [1] dans une jolie position sur la Duna; elle renferme douze mille habitants. Sa Majesté paraît devoir s'y établir pour quelque temps. Nous sommes à cheval sur les deux premières grandes routes de Russie. Nous commençons à éprouver de fortes chaleurs et à n'avoir presque pas de nuit. Notre armée est toute en avant. Je crois qu'on la laisse reposer : on ne fait pas sept cents lieues impunément.

Je trouve ici ta lettre du 22 juin. Je ne m'attendais pas à l'attention de Chambellan pour te faire savoir par son frère que j'avais reçu une tabatière. Je ne suis pas accoutumé à de telles marques d'intérêt de sa part. Que voulais-tu que je te fisses savoir de Thorn? En second lieu on a ordre d'être très circonspect. Les bulletins sont destinés à parler des opérations de l'armée. J'apprends avec plaisir que M. de Bondy s'est exécuté. Ne le rate

---

[1] Fol. 45 verso.

pas au 31 septembre (*sic*), et, à cette époque,
marque moi la somme dont je dois te débiter. Tu
fais des plans : j'en fais aussi. Nous reconstruisons
le royaume de Pologne, dont les limites seront
Riga d'un côté et le Niéper à son embouchure de
l'autre; nous reprenons à la Russie les provinces
turques qui lui ont été cédées. Je les distribue aux
Autrichiens et un peu aux Turcs. Tu les chasses de
Constantinople, je les y laisse, et je pense que
le but unique de la guerre est d'arrêter[1] pour
longtemps les progrès effrayants que ferait l'empire Russe et de rendre son influence moins forte
que la nôtre. Je suis enchanté de coopérer à
d'aussi grands résultats. Tu vois que j'ai l'orgueil
de la mouche du coche.

Je t'ai marqué, je crois, que j'avais en partant
donné congé de mon appartement. Je m'y trouvais
fort bien, mais j'étais si fatigué d'entendre qu'il
fallait que j'y misse un palan pour y hisser les
amis qui venaient me voir, que, me trouvant aussi
trop haut, j'ai pris mon parti. J'ai distribué par ci
par là mes meubles en garde, et, si tu veux, en mon
retour je louerai et meublerai à frais communs
un petit appartement qui pourra te servir quand
tu viendras à Paris. Avec ce que j'ai, il me faudra
peu de chose, et au moins nous serons chez nous.

M. le grand maréchal m'a assuré n'avoir pas
eu ta lettre. Je lui ai parlé de ton affaire. Il m'a
dit que tu avais eu grand tord de refuser d'être de

---

[1] Fol. 46.

la députation. Je ne sais pas si tu ferais bien de lui
écrire ici ou d'attendre son retour à Paris, où il
pourrait mieux te servir auprès du grand chancelier. Que penses-tu? Si tu prends le parti de lui
écrire ici, tu enverras ta lettre à Mélan pour qu'il
me l'adresse sous le timbre du trésorier, mais je
crois que tu ferais mieux d'attendre son retour. Tu
feras ce qui te conviendra. — Je crois, au contraire,
qu'Estève restera longtemps enfermé dans sa terre.
Toi qui le connais à fonds (*sic*), à quoi le juges-
tu propre? Il voulait une intendance d'armée.
— Vous n'engraisserez guère au régime auquel
vous soumet votre préfet. Cela ne durera sûrement pas. Je fais beaucoup ma cour à M. Daru, il
me reçoit fort bien; il me disoit hier [1] de ne pas
être si discret dans mes visites et qu'il me rece-
vrait toujours avec grand plaisir. Le grand quartier général a resté à Vilna. Roulet est très bien
dans les papiers de M. Bernard. Adieu, cher
André. J'embrasse Pauline et Félix, et je t'embrasse aussi sincèrement que je t'aime. Tu ne
manqueras pas de voir M. La Bouillerie, de lui
demander ce qu'il me réserve à mon retour. Je lui
ai écrit il y a quinze jours pour le prier de me
faire confirmer payeur, lui assurant que j'atta-
chais à ce titre fixe la certitude d'un mariage
avantageux, etc. Tu parleras dans ce sens. Adieu.

Mes amitiés à Chambellan et mes respects à
madame.

[1] Fol. 46 verso.

XXXI

G. PEYRUSSE A SON PÈRE [1]

(Smolensk, 19 août 1812)

Marche et engagements de Witepsk à Smolensk. — Confiance de la ville et de la garnison. — Topographie difficile. — Assaut de Smolensk. — Les Russes rejetés sur Moscou. — Ney blessé. — Les soldats enivrés. — Le gouverneur de Smolensk mort au champ d'honneur. — Gasconnade.

Smolensk 19 août 1812.

Mon cher père, je vous ai écrit de Witepsk. Depuis le 14, Sa Majesté était à la poursuite des Russes qui évitaient tout engagement sérieux. Sept à huit cents prisonniers, onze pièces de canon et beaucoup de morts avaient été jusqu'à ce jour le résultat des petits engagements qui avoient eu lieu. Les Russes se sont ralliés sous le canon de Smolensk : ils étaient bien convaincus que, attendu que, dans le 17ᵉ siècle, ils employèrent deux mois à en faire le siège et que la place ne se rendit à leurs armes qu'après neuf assauts, nous emploierions au moins autant de temps. L'armée, la garnison, les habitants qui apparemment ne connaissent pas M. de Vauban, étoient dans la plus intime croyance que la place était imprenable. Elle est à la vérité d'un accès difficile. Elle bat la grande route; elle est environnée de ravins dans lesquels on ne peut pas être couvert. Des bois de quatre à cinq pieds de hauteur couvrent les ouvrages extérieurs. La ville

1. Folio 47 et 48 recto. — Le verso est occupé par la suscription : *A Monsieur | Peyrusse père | Carcassonne | Aude.*

6

est entourée d'une très épaisse muraille en brique
et à créneaux comme la cité[1]. Elle est flanquée de
huit grosses tours où l'on peut établir de l'artillerie. Les portes sont masquées. L'intérieur de la
ville est un sol très inégal, et plusieurs couvents
sont établis sur des butes et font un bon genre de
batterie, de sorte que la ville peut être prise et se
défendre encore du haut des couvents. S. M. se fit
rendre compte de la place dans la soirée du 15; le
16 il fit tâter l'armée par une nuée de tirailleurs qui
pendant toute la journée firent un feu très soutenu,
et auquel les ennemis ripostèrent très franchement. On essaya de pénétrer dans les faubourgs[2],
mais on ne put s'y maintenir. La nuit arriva et
suspendit la fusillade, qui dura jusqu'à onze heures
du soir. Le lendemain on recommença de plus
belle. L'engagement devint général ; il y eut
de fort belles charges. On tourna la ville dont
le feu était très vif et très soutenu. Ces tiraille-
mens ennuyèrent l'empereur. Il somma la ville de
se rendre. La réponse n'ayant pas été satisfaisante,
on commença à la canonner et à faire pleuvoir sur
elle une grêle de bombes et d'obus. Bientôt le feu
s'étant manifesté dans le faubourg gagna la ville.
L'embrasement devint général et la ville fut toute
en feu. Ce fut pour moi un spectacle horrible. Nous
étions avec S. M. à six cents toises de la place. La
garnison n'y put tenir : elle commença à se décourager et à enlever son artillerie. Nos tirailleurs s'ap-

[1] La *Cité* de Carcassone.
[2] Fol. 47 verso.

perçurent que le feu se ralentissoit, enfoncèrent
les portes et pénétrèrent dans la ville à travers
une grêle de bale, de boulets, de mitraille. Chaque
maison était une forteresse : tout ce qui fut rencontré n'eut pas de quartier. Il y eut de la résistance sur les buttes de l'intérieur. Trois divisions
formant la garnison repassèrent le pont en grand
désordre, le brûlèrent, et purent se joindre au gros
de l'armée établie sur les hauteurs de l'autre côté
du Niéper. Elles firent un feu continu sur la place
et sur nos pontonniers qui commençaient à faire
des préparatifs pour les ponts. S. M. entra hier à
dix heures dans la place. Quatre ponts furent bientôt faits et jetés, malgré une pluie de mitraille, et le
maréchal Ney passa malgré tout obstacle cette nuit
et ce matin. Il a tourné la position[1] des Russes
et les a rejetés sur la route de Moskou, où il les
poursuit avec vigueur. Le feu est encore dans
la ville et les faubourgs ; on fait tous ses efforts
pour l'arrêter. La générale a battu cette nuit pour
que tout le monde se rendît à son poste et obser-
ver (sic) les progrès du feu. Par prudence je suis
sorti avec mes fourgons, et je me suis rendu au
camp. La ville n'est qu'un monceau de cendres.
C'est dommage ; elle était jolie, élégament batie.
Il y avait douze mille habitants que les Russes ont
amené (sic). On ne connaît pas encore les détails
de ces trois journées. Je sçais que le maréchal
Ney a eu une balle dans la cravate qui lui a

[1] Fol. 48.

occasionné une forte contusion. Les Russes ont
perdu beaucoup de monde. Pour enflammer leurs
soldats, ils les avoient enivrés. Un de leurs généraux, qu'on croit le gouverneur de la ville, a été
trouvé mort sur la place d'armes. C'était là où il
devait mourir, comme moi je dois périr sur ma
caisse. Nous ne sommes plus qu'à 85 lieues de
Moscou. Nous présumons que nous ne tarderons
pas à y arriver. Ce fameux Dniéper si chanté par
les Grecs sous le nom de Tanaïs est bien peu de
chose ici. Adieu, mon cher père, je me porte aussi
bien qu'on peut se porter en Russie. J'embrasse
tous les miens. Bien des choses à Reboulh et à
toute la famille. Je ne vous écrirai plus que de
Moskou, et là je serai à mille lieues de vous.
Adieu.   Gme.

XXXII

G. PEYRUSSE A SON FRÈRE ANDRÉ [1]

(Smolensk, 19 août 1812)

Récit détaillé de l'assaut et de la prise de Smolensk.

Smoleng, le 19 août 1821.

Nous sommes dans Smoleng depuis hier matin.
Depuis le 14 on harcelait les Russes; à la suite
de quelques charges on leur avait fait sept à huit

---

[1] Fol. 49 et 50. Le verso du fol. 50 est occupé par la suscrip-
tion : *A monsieur | Peyrusse receveur général | du département
d'Indre-et-Loire | Tours.*

cents prisonniers, tué beaucoup de monde et pris
onze pièces de canon. Les routes présentoient
l'image d'une retraite précipitée, on désespérait de
jamais les atteindre. Ils regardaient cette place
comme un boulevard assuré; ils s'y sont bien
établis à l'extérieur et dans l'intérieur le 15. Dans la
journée du 16, on a commencé de les tâter, ils ont
tenu bon. La canonnade et la fusillade ont duré
la journée; la place était inabordable; elle est
entourée de ravins dans lesquels on est à découvert et environnée d'une très haute muraille en
brique crénellée et flanquée de grosses tours. L'intérieur de la ville est rempli de petites monti-
cules boisées. Après une sommation, S. M. s'est
décidée à faire lancer des obus dans la place.
Pendant cet intervalle nos tirailleurs pénétroient
dans les faubourgs et ne pouvaient s'y maintenir.
L'attaque a recommencé le 17, sur toute la ligne
avec beaucoup d'acharnement. Le feu a commencé
de gagner dans les faubourgs. Il s'est prolongé
dans la ville. Enfin à neuf heures du soir la ville
était embrasée. Nos troupes ont profité du désordre
que causoit cet embrasement pour pénétrer à
main armée dans la place. Elles ont trouvé la
garnison abandonnant la place et amenant ses
canons. Il y a eu un engagement : tout ce qui n'a
pu passer avant l'incendie du pont a été tué. Les
trois divisions qui étaient dans la ville ont rejoint
le gros de l'armée en bataille sur les hauteurs[1]

---

[1] Fol. 49 verso. Peyrusse a effacé après *hauteurs* les mots: *de la*.

en avant de la rive droite du fleuve, et s'y sont
établies pour gêner par une grêle de mitraille et
de boulets l'établissement des ponts. S. M. est
entrée le 18 à dix heures du matin ; les ponts ont
été jetés sur tous les points du fleuve : il n'est point
très considérable, se trouvant presque à sa source.
S. M. en active la construction par sa présence. Le
corps du maréchal Ney a débouché dans la journée et s'est engagé. Toute la journée la canonade et la fusillade se sont fait entendre. Les
Russes n'ont pu tenir dans leurs positions et se
sont précipités sur la route de Moskou. La canonade et la fusillade se font entendre de très
loin. J'ai suivi tous les mouvements me trouvant
toujours au quartier de l'Empereur. L'embrasement de la ville m'a pénétré d'horreur, et hier à
mon entrée, je n'ai vu que des monceaux de
cendres. C'est bien domage. La ville était grande et
jolie. L'armée, la garnison, forte de vingt et un
mille hommes, et les habitants étaient persuadés
que Smoleng était imprenable. L'honneur des
Russes était intéressé à ne rendre la place qu'à la
dernière extrémité, les Polonais ayant depuis 1668
voué à l'exécration la famille du général de leur
nation qui ne put la deffendre contre eux. Les
ennemis ont perdu beaucoup de monde. Le soldat
était ivre. Cent cinquante mille hommes sont autour
de S. M. qui jouit d'une santé parfaite. Nous [1] ne
connaissons pas les détails de cette bataille. Le

---

[1] Peyrusse avait écrit d'abord : on.

maréchal Ney a reçu une bale dans sa cravatte qui
lui a occasionné une forte contusion. Le général
Dalton a été blessé [1]. Le gouverneur militaire de
Smoleng a été trouvé parmi les morts. Il avait au
moins l'intention de tenir deux mois. C'était le
temps que les Russes avoient mis à le conquérir
dans le 17ᵉ siècle.

J'aurai l'honneur de vous faire part du suivi [2].

J'avois fait cette lettre détaillée pour M. de la
Bouillerie. Mais je vais la transcrire plus au net.
Je me porte bien, quoique un peu fatigué. Je ne
sçais où tu es. J'adresse ma lettre à Mélan qui te
la fera passer où tu seras. Adieu. Mille et mille
amitiés à Pauline. Une embrassade à Félix.
Adieu.   Gᴹᴱ.

XXXIII

LE MÊME AU MÊME [3]
(Mosaïsk, 10 septembre 1812)

La bataille de la Moskowa ou de Mosaïsk. — 73,000 coups de
canon. — Héroïsme des soldats russes. — Calme de Napoléon.
— Bagration et Kutusov blessés. — Marche sur Moscou. —
Bivouac pénible.

Mosaïsk, le 10 septembre 1812.

Qui n'a pas vu la bataille livrée le 7 près Mosaïsk
n'a rien vu, mon cher André. Placé au bivouac de
Sa Majesté, entouré de la garde, j'ai vu un peu,

[1] Fol. 50 recto.
[2] Cette ligne est effacée dans la lettre de Peyrusse.
[3] Fol. 51 et 52 recto. Le verso du fol. 52 est occupé par la suscription identique à celle de la lettre précédente.

mais j'ai entendu la plus épouvantable canonade
et la fusillade la plus vive qu'on puisse immagi-
ner. L'attaque a commencé le 5 par notre droite.
Les Russes se sont défendus avec beaucoup d'acharnement. Il y a plusieurs redoutes prises et reprises;
enfin leur grande redoute, hérissée de vingt-quatre
bouches à feu, ayant été emportée par les cuiras-
siers et les Saxons, nous avons été maîtres de la
grande route. Tout a été culbuté, enfoncé, sabré,
mitraillé; il s'est tiré 73,000 coups de canon. Vu
les morts, les blessés, les prisonniers russes que
j'ai vus, j'estime que la perte de l'ennemi peut être
évaluée de vingt-cinq à trente mille hommes; ils
ont eu beaucoup d'officiers de marque tués. C'est
ce que témoignent des croix placées sur beaucoup
de tombes. Notre perte n'est pas à beaucoup près
aussi considérable. Les Russes étaient ivres et ajus-
taient mal. Mais il fallait les démolir pour les tuer.
Figure-toi qu'un soldat ivre, prenant un de nos
feux de bivouac pour le sien, est venu pour y allu-
mer sa pipe. Ils se sont ralliés sous les murs de
la ville. S. M. s'en est approchée le 8 au soir,
mais elle n'a pas voulu [1] y entrer. Dans la nuit,
ils ont évacué dans le plus grand désordre. Nous
y sommes entrés hier matin, trois cents Kosaques
pillaient encore la ville quand les fourriers sont
entrés pour faire le logement de l'Empereur. A trois
heures un quart, le 7, au milieu d'une détonation
effroyable, lorsque mes cheveux se hérissaient,

---

[1] Fol. 51 verso.

Sa Majesté était assise au bord de la Moskowa et disait : « Voilà comme on gagne les batailles. » Ce mot venu jusqu'à nous m'a[1] fort rassuré. Le brave général Montbrun a été traversé par un éclat d'obus ; son successeur le général Caulincourt a été tué d'un coup dans la poitrine, à trente pas de la grande redoute qu'il venait d'emporter d'assaut. Les Russes étaient si enragés que, bien que la redoute fût prise, ils tiraient des coups de fusil dans la redoute au milieu de la mêlée. et ceux qui échappaient à la mort se réfugiaient sous les palissades et continuaient leur feu. Ils sont tout à fait démoralisés, ils ne se battent plus que pour leur propre conservation. Leur général en chef Kutusow a été blessé ainsi que Bagration. On assure qu'ils veulent se rallier sous Moscou. Il faut qu'ils se dépêchent. Nous ne sommes d'ici qu'à vingt-quatre lieues de Moscou, et le canon qu'on[2] entend de fort loin annonce que nous sommes déjà à six lieues en avant. Je me porte coussi, coussi. Le bivouac ne m'amuse pas. Je n'ai plus de vin, etc. (*sic*). Mais j'ai bon courage. Nous avons pris beaucoup de canons et un général russe fort vieux. Adieu. Je ne sais pas où tu es, car nous allons si vite que la poste ne peut nous suivre. Mille embrassades à Pauline, à Félix. Adieu.

GME PEYRUSSE.

[1] D'abord : *nous a*, effacé.
[2] Fol. 52 recto.

XXXIV

LE MÊME AU MÊME[1]

(Moscou, 15 septembre 1812)

Entrée à Moscou. — Première impression.
Contentement personnel.

Moskou le 15 septembre 1812.

Je suis entré ce matin à Moscou à la suite de
S. M. Les Russes avoient eu au combat du 7 la
mesure de ce dont nous étions capables, et ils ont
deviné que l'armée française aurait fait le diable
pour arriver ici. Aussi y est-elle entrée sans obstacle. Cette ville est immense; elle a neuf lieues
de tour. Elle est riche en palais, en bâtiments
publics. L'armée se ravitaillera bien. Je suis en
mon particulier bien aise d'être arrivé. J'étois un
peu fatigué de coucher à la belle étoile. Adieu, je
te quitte voulant proffiter de l'estafette qui doit
partir de fort bonne heure.

J'embrasse Pauline et Félix.

GME.

---

[1] Folio 53 recto, verso blanc. Le feuillet qui devait contenir la
suscription manque.

XXXV

LE MÊME AU MÊME [1]

(Moscou, 21 septembre 1812)

Entrée à Moscou. — Capitulation. — Premiers incendies. —
Incendie bientôt général. — Retraite de Napoléon à Petrowski.
— Dangers du trésor. — Abondance et gaspillage. — La ville
mise à sac. — Dénuement de l'armée victorieuse. — Espoir
d'une prochaine nomination.

Au Palais du Kremlin, à Moscou, le 21 septembre 1812.

Je t'ai écrit le 15 courant, pour t'annoncer mon
arrivée à Moscou. J'étais loin de m'attendre alors
que nous serions forcés de quitter cette résidence,
pour ne pas être victimes de la plus lâche perfidie.

Le 14, un général cosaque se présenta aux avant-
postes de Sa Majesté et déclara que si Sa Majesté
voulait ménager la ville, il ne serait fait aucune
résistance. Sa Majesté répondit que les capitales de
Vienne et de Berlin attestaient sa modération, et
qu'il était disposé à la même modération à condition qu'on ne brûlerait ni les ponts ni les magasins. Nous entrâmes le 15. Le quartier général
s'établit dans un quartier appelé le Kremling. C'est
une espèce de forteresse, entourée d'un double mur
en brique crénelé, et dans l'enceinte sont bâtis
l'arsenal, le palais du Sénat et le palais de l'Empereur.

[1] Fol. 54 et 55 tout entiers; au bas du folio 55 verso, la suscription identique à celle des lettres précédentes. La plus grande
partie de cette lettre est imprimée intégralement dans le *Mémorial* de Peyrusse.

Dans la soirée quelques incendies éclatèrent. On les attribua à l'imprudence et à la négligence des soldats peu habitués à faire du feu dans des maisons de bois. Bientôt une fusée fut lancée, et de toute parts (*sic*) on vit éclater des incendies tout autour de notre quartier. Il n'existait dans la ville ni pompes ni pompiers. On ne put pas arrêter le feu qui dans un instant dévora tout ce qu'il rencontra. Dans la nuit les principaux palais et édifices publics furent incendiés. Plusieurs incendiaires russes furent saisis avec des torches et saucissons de poudre inflammable. Une bande de malfaiteurs avaient obtenu à Cronstac leur liberté à la condition qu'ils commettraient ce crime attroce; le gouverneur de la ville avait ordonné tous les apprêts. Ces animaux sauvages étaient gorgés de vin. La ville était en feu. Tous nos regards se portaient sur l'arsenal, et nous ne fûmes pas peu étonnés, malgré la vigilance et la surveillance la plus minutieuse, de voir éclater le feu au milieu des appartements de l'arsenal. Sa Majesté se rendit sur les lieux, quelque danger qu'il y eût à courir pour sa personne. Elle ordonna des dispositions telles que bientôt on se rendit maître du feu. Il en était autrement dans un des plus beaux quartiers de la ville, appelé le Palais Royal; plus de six cents magasins étaient en flammes. La masse de feu qui embrasait la ville attirait une colonne d'air qui excitait l'incendie d'une manière affreuse. **Sa Majesté était à peine rentrée au palais que nous vîmes le feu éclater dans le haut de la tour du**

château près des cuisines ; au même instant deux
incendiaires furent[1] saisis, l'un allant mettre
le feu aux fourrières (dépôt de bois) du palais,
l'autre s'introduisant dans les combles avec un
saucisson et un briquet ; ils furent amenés à Sa
Majesté ; interrogés, ils avouèrent qu'ils avaient eu
ordre de leurs officiers de mettre le feu. On en fit
une prompte justice. Un de nos piqueurs saisit un
soldat russe au moment où il alait mettre le feu au
pont, il lui cassa la machoire et le précipita dans
la rivière.

Sa Majesté, ne pouvant sauver la ville et étant
bien convaincue que des feux souterrains étaient
placés partout, se décida à quitter son palais. Elle
fut s'établir à Pétrovski, chateau impérial à deux
lieues de Moscou. Nous eûmes toutes les peines du
monde à déboucher. Les rues étaient encombrées
de décombres, de poutres embrasées, nous nous
grillions dans nos voitures ; les chevaux ne voulaient pas avancer. J'avais les plus vives inquiétudes pour le trésor. La nuit du 16 au 17 vit
éclater de nouveaux désastres, rien n'était mé-
nagé ; la flamme présentait un développement de
plus de quatre lieues. Le ciel était en feu. Le vent
mollit un peu dans la journée du 18. Faute d'aliment, le feu ne fut pas aussi considérable. Nous
rentrâmes à Moscou, et nous vînmes nous réins-
taller dans le Kremlin. On a saisi tous les soldats
russes qui se trouvent ici pour les interroger. Il

[1] Fol. 54 verso.

est plus que certain que le gouverneur de la ville comptait surprendre ici une partie de l'armée et la livrer aux flammes ; mais nulle autre troupe que la garde n'avait eu la permission d'y stationner. Le projet était de couper toutes nos communications et d'anéantir les ressources que cette immense ville pouvait nous offrir. Sous ce dernier point de vue ils ont un peu réussi ; mais il reste encore des provisions de toute espèce et des approvisionnements suffisans. Leur barbarie n'est retombée que sur leurs compatriotes. Vingt-cinq mille blessés russes portés ici de Mozaïsk, ont été victimes de cette férocité, à laquelle on assure que le grand duc Constantin et plusieurs grands de Moscou ont contribué. On rend à l'Empereur Alexandre la justice de croire qu'il est étranger à cet acte de barbarie. La ville est presque déserte. Nos troupes sont en avant et tout autour, bien pourvues et bien délassées. La ville est magnifique. Le palais que nous habitons est superbe. C'est un mélange d'architecture gothique et moderne. C'est dans ce palais que les czars venaient de Moscou se faire couronner. Ils arrivaient au palais de Petrowski, où nous avons séjourné, et se mettaient en marche pour Moscou par une [1] route superbe. Le café, le thé et le sucre sont ici pour rien. On ne sait qu'en faire. Nos soldats se sont tous mis à l'eau sucrée. On a sauvé peu de pelleteries ; on en voit en gros renard, une quantité immense ; chaque soldat en a une ;

[1] Fol. 55 recto.

mais rien de bien joli ni de bien rare. J'en ai acheté
une en astrakan noir qui ne décharge pas sur les
habits. Je ne connais encore que trois chales de
cachemire. Les deux (*sic*) sont jolis, le preneur ne
veut pas les vendre. Le troisième a été coupé et
partagé entre deux soldats pour en envelopper du
stockfish et a été payé 40 francs. Je l'ai acheté
250 francs à Roustan, valet de chambre de S. M.
Tu ne te fais pas idée du désordre qui a régné les
premiers jours. On a trouvé immensément de vin
de toute espèce. J'ai renouvellé mes cantines à
bon marché. A présent que tout est dans l'ordre,
on espère que quelques boutiques qui ont échappé
aux flammes s'ouvriront car nous avons besoin de
tout. On ne trouve pas une blanchisseuse.

Je n'ai rien trouvé de rare. Je songerai à ta
commission. Nous voilà établis ici. Je ne sais point
combien de temps. Je n'ai pas des lettres de toi
depuis un siècle. Tu me parleras de ton voyage en
Bretagne à Paris (*sic*). Tu me diras si tu as vu
M. Labouillerie. J'ai reçu de lui une lettre charmante. Il ne demande pas mieux que de m'être
utile pour la place de payeur, si M. le grand maréchal juge la présence d'un payeur continuellement
utile dans tous les voyages. Tu me parleras de
M. de Bondy. Son billet doit être échu et rentré.
Adieu, cher ami. J'embrasse Pauline et Félix.
Adieu.   GME.

Mes respects à Madame Chambellan, mille amitiés à son mari, à Henriet, à Roman, etc.

XXXVI

LE MÊME AU MÊME [1]

(Moscou, 22 septembre 1812)

Difficultés d'une correspondance régulière. — Intrigues de bureau. — Projets de carrière. — Protection de Duroc. — Pelisses et cachemires. — Vues de Moscou. — Nouveaux incendies. — Une parisienne. — Tableau de Moscou en ruines.

Au palais du Kremling, à Moscou, le 22 sept. 1812.

Je t'ai écrit hier, mon cher André, et je m'empresse de t'accuser la réception de ta lettre du 20 juillet qui ne me parvient que dans le moment avec une lettre de Mélan à peu près de la même date. Quel retard immense ! Si Mélan n'était pas si bizarre tu pourrais lui envoyer mes lettres, il les remettrait à M. Vallée qui tous les trois ou quatre jours m'écrit par l'estaffette, ou plutôt tu pourrais lui [2] adresser franc de port ta lettre. C'est même ce dernier parti qu'il faut prendre. J'ai déjà relu ta lettre plusieurs fois, tant elle m'a fait plaisir. Tu ne me parlais dans ma lettre que de mes lettres de Wilna : tu en auras reçu bien d'autres depuis. Je vais répondre à ta lettre article par article.

Je pense que M. Bondy t'aura payé à la réception de mes lettres.

Je vois avec plaisir que tu es à peu près avec

[1] Fol. 56 et 57. Le texte les occupe tout entiers. Pas de suscription.
[2] A M. Vallée.

M. Kerkariou sur le même pied qu'avec M. de Lambert.

Je n'ai jamais pu deviner la cause des préventions qu'on a données à M. de La Bouillerie sur mon compte. A son entrée dans l'administration, il aura jugé de moi par la besogne sotte et inutile à laquelle Estève m'avait occupé. Chambellan aura ajouté à peu près qu'on m'avait casé suivant mes moyens ; en voilà assez pour m'avoir mis dans le principe fort mal dans son idée, mais j'ai pu m'apercevoir au fur et à mesure que j'avançais avec succès dans l'énorme travail qu'il m'avait donné, auquel j'étais fort étranger et dans lequel Chambellan avait prétendu que je succomberais, combien sa confiance renaissait. Le jour où je lui ai donné le dernier résultat juste, il m'a confirmé payeur, et certainement s'il avoit eu des préventions contre moi, il ne m'auroit pas remis dans une place agréable, dont il auroit bien pu gratifier quelques unes de ses créatures. Voilà ce qu'il m'écrit. Déjà depuis quelques [1] jours, je pressens le maréchal qui me dit d'attendre encore : je connais que le moment n'est pas favorable. S. M. a autre chose à penser. Je ne lui ai pas même communiqué la lettre du patron. Je saurai décidément alors sur quoi compter. Mon projet est de chauffer raide mon affaire, car je fesois encore hier soir la réflexion, que tu as faite toi-même, de ne pas me laisser éblouir par le présent, et de songer à ne

[1] Folio 57 verso

pas aller m'asseoir sur les bancs des commis, surtout quand on reçoit des tabatières des souverains. J'ai toujours la place de payeur des voyages dans la tête, mais moi-même je ne me fais pas illusion, et hors le cas de guerre je n'en vois pas l'utilité ; mais je la ferai mousser, et, si je ne réussis pas, je me cramponne à M. Daru qui m'accueille fort bien et auquel j'ai fait accepter dans un moment de disette douze bouteilles vin de Bourgogne de bien bonne qualité. Le maréchal a de fort bonnes intentions pour moi. Il me disait l'autre jour que j'étois travailleur, fort actif, qu'il aimoit cela. J'ai payé avec lui tous les blessés sur le champ de bataille, etc. Il a pu juger de mon activité. Mais il n'a pas de places à sa disposition. Je ne m'endormirai pas, je te le promets. La retraite d'Estève et le ballotage dans lequel nous avons flotté m'a beaucoup contrarié et humilié, et je veux sortir de cet état incertain. — Je t'ai parlé hier des pelisses. J'espère trouver quelque chose de joli. Jusqu'à présent pas de chale de cachemire : tu auras un gilet. Le cachemire que j'ai ne vaut rien pour la femme : au surplus tu verras. Pas de perles, pas de diamants. Tout cela a fui loin de nous. — Je te réitère que je n'ai plus de logement à Paris. J'ai prévu le coup et j'ai donné congé. Je t'ai parlé dans une de mes lettres d'un projet d'ameublement d'un petit appartement commun à nous deux [1] : tu m'auras communiqué tes vues à cet égard. Je t'ai dit tout

---

[1] Fol. 57 recto.

ce que j'avais à te dire sur M. le duc de Frioul quand (*sic*) à tes prétentions. Mais hazarde ta pétition à l'empereur. Parle de tes services et envoi (*sic*) la moi par l'entremise de M. Vallée. Je verrai et M. le grand maréchal et M. Menneval. Je t'écris toujours par l'estafette par le canal de M. George ou de M. Vallée.

L'incendie de quelques maisons vient de temps en temps réveiller nos inquiétudes. On estime les trois quarts de la ville brûlés. On croit très positivement que c'est un plan proposé par les Anglais de nous attirer à Moscou, et de tomber sur le quartier de l'Empereur et sur la garnison, bien persuadés au milieu de l'incendie et du désordre d'une ville livrée au pillage (*sic*). Le général Bacler Tolli (*sic*), ministre de la guerre, avait partagé cette opinion, mais l'empereur Alexandre, auquel on peut rendre la justice de croire qu'il est étranger à ce terrible attentat, avait ôté au général Tolli le commandement du corps qui couvrait Moskou. Le général Kutusof, général en chef, a désapprouvé cet acte féroce et a répondu qu'il valait bien mieux deffendre la ville jusqu'à la dernière extrémité. La chose était bien possible, car Moskou a des dehors qui peuvent bien la deffendre ; mais rien n'a arrêté le gouverneur ; pressé par le grand duc Constantin, échauffé par quelques seigneurs inconsidérés, il a ordonné la ruine de la ville. Cet ordre cruel n'a été que trop exécuté. C'est un **spectacle déchirant : on ne voit pas une figure humaine, les rues sont encombrées de caisses, de**

barriques, de poutres charbonnées. Pas un tail-
leur, pas un cordonnier. Et comment atteindre
les Russes pour se venger d'un attentat aussi
inouï ? Ils se retirent sans cesse [1] et veulent,
dit-on, se retirer derrière le Volga. Comment
traiter avec de pareils anthropophages ? Si j'étais
l'Empereur Napoléon, je marcherais sur Saint-
Pétersbourg et mettrais la ville en cendres. On a
sauvé ce matin un magasin de deux cents milliers
de poudre, et on a trouvé à côté des barils une traî-
née d'huile d'aspic conduisant à un réservoir, où, à
coup sûr, le feu aurait été mis tôt ou tard. Tous
les palais portent un caractère de grandeur et de ri-
chesse. Il y a encore sur pied des établissements
superbes. On arrive à Moscou à travers un bois
sur une butte et la ville se découvre à une demie
heure en demi-cercle. Il y a deux cent quarante
églises, qui ont chacune, comme toutes les églises
grecques, cinq dômes. C'est une forêt dans les airs.
L'arsenal est magnifique. Les rues sont larges. Le
palais royal est superbe. Il était rempli de magazins. Il a été consumé. Il est huit heures du soir,
et je vois de mes croisées l'hopital des Enfants
Trouvés en feu depuis une heure. Cependant la
garnison est sur pied nuit et jour. Mais comment
découvrir des feux cachés sous les planchers ? Il
paraît que nous allons rester ici quelque temps.
Je cherche des vues de Moskou, mais on n'a encore
rien trouvé. Adieu. J'embrasse Pauline et Félix.

GME.

———

[1] Fol. 57 versö.

Fâche-toi de ma lettre.

Mélan me marque que Ranchoup a découvert une intrigue qu'avoit sa femme derrière son quartier, qu'il y a eu séparation de biens et de corps, plus de logement, toilette, etc., que madame est exilée à Lyon, et que le mari ne veut pas la recevoir. En as-tu su quelque chose ?

XXXVII

LE MÊME AU MÊME [1]
(Moscou, 14 octobre 1812)

L'incendie de Moscou. — Indignation de l'armée. — Description de Moscou. — Le Kremlin. — Préparatifs d'hivernage. — Dénûment de l'armée. — Le maréchal Duroc et M. La Bouillerie. — Un punch au madère.

Moscou, le 14 octobre 1812.

S'il n'y a pas mille ans, il y a au moins un siècle et davantage que tu ne m'as écrit, mon brave André. J'ignore dans quel coin du globe te trouvera ma lettre, et j'espère que la première me parlera de ton voyage en Bretagne et à Paris ; et je t'ai écrit depuis notre rentrée à Moscou. L'exemple terrible que S. M. a tiré des incendiaires a totalement arrêté ceux qui auraient pu avoir les mêmes intentions ; ils ont tous été saisis, pendus et exposés sur la place publique. Les Russes sont de grands barbares. Par cet acte d'une lâche férocité, ils ont

---

[1] Fol. 58 et 59. Le texte occupe le fol. 58 et 59 recto avec quelques lignes au verso. La suscription est au verso, identique à celle de la lettre précédente.

enseveli sous les ruines de Moskou, la tradition de
leur pays et leur patrie tout entière. Ils sont à
vingt lieues de nous, tourmentés par l'incertitude
dans laquelle les jette les mouvements et la manœuvre de Sa Majesté. Il y a l'autre jour (*sic*) une
affaire assez sérieuse entre leur aile gauche et
le corps du prince Poniatoski. Il a enlevé deux
redoutes. Depuis lors on ne s'est pas tiré un seul
coup de fusil. Nous nous sommes installés dans le
Kremling; on a déblayé la ville. Je l'ai déjà par-
courue en tous sens. Ce qui reste en palais et en
édifice atteste une grande magnificence. La ville
se présente bien. Elle est composée de grands quartiers enfermés les uns dans les autres. Nous occu-
pons le quartier appelé le Kremling, dans l'enceinte
duquel sont bâtis les palais du Sénat, de la Bibliothèque, l'arsenal, l'ancien palais des tsars bâti en
1400. C'est un bâtiment gothique sur lequel on a
bâti des bâtiments modernes. La rivière de Moskowa traverse la ville. Elle est encaissée sous les
murs du Kremling par un fort beau quai en pierres.
Il y a au moins quatre cents églises. Elles ont
toutes, comme les églises grecques, un clocher
surmonté d'un dôme entouré de quatre tours. Les
églises sont riches. L'église du couronnement qui
est dans le Kremling est magnifique. Elle renferme
les tombeaux des czars. Toute l'église est lam-
brissée de [1] plaques d'argent doré, mais la ville est
déserte. Il n'a resté que les esclaves. Nous sommes

---

[1] Fol. 58 verso.

parvenus à rassembler quelques comédiens français, échappés à la proscription. On a monté un
théâtre. S. M. a donné 12,000 francs pour les premiers frais. Nous avons eu déjà deux représentations que nous sommes forcés de trouver bonnes,
mais pas un cotillon, ce qui est glacial. S. M. passe
presque tous les jours des revues. Un chanteur
italien donne tous les deux jours un concert avec
une voix agréable qu'il a payée bien cher. On
bâtit un théâtre au palais. On fait ramoner les
cheminées et on s'installe pour hiverner. Il fait
déjà grand froid. Chacun est à peu près muni
d'une pelisse, d'un nez, d'un bonnet et de bottes
fourrées. Quelques démarches que j'ai pu faire,
je n'ai trouvé ni piqué, ni mousseline, ni chale de
cachemire, autre que celui dont je t'ai parlé. Rien
de délicat en fourrure de femme. J'ai quelque chose
que je te ferai voir pour ta femme. Les moyens de
transport seront bien difficiles. Pas une gravure,
pas une vue de Moskou, pas une médaille, pas
la moindre curiosité dans aucun genre. Enfin il
n'y a pas une seule boutique ouverte, pas un seul
un seul (*sic*) marchand. On est à la queue chez les
tailleurs et les bottiers français. C'est bien dommage,
nous envisagions Moskou comme la terre promise.
Je voudrais bien qu'en dédommagement S. M.
nous menant (*sic*) l'été prochain à St Pétersbourg.
Le maréchal me traite toujours avec bonté. Je
t'ai marqué dans ma dernière que M. de la
Bouillerie m'avait exprimé d'une manière très
gracieuse le désir de me faire obtenir la place de

payeur, si S. M. jugeoit [1] la place utile. Il m'engageoit à consulter le maréchal, etc. Le maréchal
s'est empressé d'écrire le 24 septembre à M. de la
Bouillerie pour lui témoigner combien il serait
utile au bien du service et aux intérêts de Sa
Majesté qu'il y eût toujours dans les voyages un
payeur ; que plusieurs fois il en avoit fait sentir
l'utilité à M. Estève ; qu'il l'engageait à proposer
la création de cette place à S. M. ; et qu'il lui « recommandait de faire tomber son choix sur moi,
qui remplissait depuis longtemps cette place avec
autant de zèle, d'intelligence que d'intégrité. Ce
sont ses propres expressions. Le secrétaire m'a
communiqué sa lettre. J'attends à présent que
M. de la Bouillerie s'exécute. Vallée me marque
qu'il a les meilleures dispositions pour moi. Mélan
me l'a confirmé. M. Méneval m'a promis de choisir
un bon moment pour mettre ce rapport sous les
yeux de S. M. et de lui insinuer d'en faire le renvoi au maréchal. Je ne m'endors pas, je t'assure.
Je veux que cette campagne me soit utile de toute
manière. Pour ne pas l'oublier, je te fais mille
compliments de la part de Denié et de Majou, aide
en Égipte du général [....] [2]. Tu auras été à Paris.
Tu auras vu M. de la Bouillerie : tu auras fait
rentrer mon Bondy, etc. Tais-je [.....] [3] de M. de
Brancourt qui va s'établir à Tours [.....] [4] te l'a
recommandé pendant mon absence.

---

[1] Fol. 59 recto.
[2], [3], [4]. Les points remplacent des mots enlevés par une déchirure de papier.

Notre armée est en observation. On assure que depuis le 4 de ce mois, il ne s'est pas tiré sur la ligne un seul coup de fusil. Nous voyons venir. Nos soirées sont tristes, mais comme nous regorgeons de thé, de sucre et de citrons et que nous avons passablement de vin, nous buvons du vin chaud, tantôt chez l'un, tantôt chez l'autre. Je donne ce soir mon punch au vin de Madère, et je veux surprendre ma société par un plat de fruits secs au sucre excellent. Je voudrais bien faire passer dans ton office du sucre et du café, dont j'ai une abondante provision, mais à neuf cents ou neuf cent cinquante lieues, comment l'effectuer? Tu auras du thé chinois parfait [1]. Adieu, cher André, écris-moi souvent, et pour que tes lettres me parviennent aussi promptement que les miennes, envoie-les à M. Vallée qui m'écrit trois fois par semaine. J'embrasse Pauline, Félix et M. Cormenin, sans compter le cher auditeur que je voudrais bien voir ici. Adieu.

GME.

[1] Fol. 59 verso.

XXXVIII

LE MÊME AU MÊME [1]
(Borovsk, 27 octobre 1812)

Départ de Moscou précipité. — Bataille de Maiavoslavetz. — Les Kosaques et les houras. — Le bivouac de M. Daru. — Indiscrétion d'un agent de change. — Dévastation de Moscou. — Une comédienne française.

Gouvernement de Kalouga, Borovsk, le 27 octobre 1812.

Mon cher André, notre départ de Moskou a été si précipité qu'il m'a été impossible de te l'annoncer. Depuis nous avons été constamment au bivouac. Nous avons quitté Moskou le 19. Nous avons pris la route de Kalouga. Ce qui s'est passé nous prouve que S. M., ayant décidé d'opérer sa retraite pour faire prendre aux troupes les quartiers d'hiver, a voulu, avant de partir, donner aux Russes la mesure des forces qui lui restaient encore : leur affaire s'est engagée dans la plaine de Borovsk le 23. Les Russes ont été refoulés jusqu'à Maiavoslavetz. Leurs positions bien défendues ont été enlevées à la bayonete. La ville a été prise et huit mille (*sic*) ont été tués ou mis hors de combat. L'affaire a été très meurtrière, elle a duré soixante heures. Après cet adieu rien moins que fraternel, S. M. a fait volteface pour prendre la route de

---

[1] Fol. 60 et 61 recto. — Le verso est occupé par la suscription : *A Monsieur | Peyrusse receveur | général du département | à Tours. Rue du Luxembourg, n° 1. Indre-et-Loire.*

Vereya où nous arriverons ce soir, et nous continuerons successivement notre retraite sur Minsk ou sur Vilna. L'armée russe n'inquiète pas notre marche. Les Kosaques nous suivent et font de temps en temps quelques houras. Mais on les surveille. Je t'écris au bivouac dans ma voiture, les chevaux attelés et attendant à tout moment l'ordre de nous mettre en route. Tes deux lettres de Paris du 30 septembre et 7 octobre m'ont été remis ce matin, elles m'ont fait grand plaisir[1]. Je te remercie des détails que tu me donnes sur ta conversation avec M. de la Bouillerie. Je n'ai pas le temps de t'entretenir encore de cette affaire, la boule est à présent lancée. Nous verrons ce qu'il fera. J'ai soupé hier au bivouac de M. Daru, qui m'a engagé avec beaucoup d'affabilité, et m'a placé à sa droite.

M. Leroux est un indiscret. Je croyais qu'un agent de change devait ne pas parler des affaires qu'on lui confie. Je n'ai pas du tout d'inquiétude sur les fonds que je te confie. C'est parce que je sçavois que tu étais absent et que craignant (*sic*) que ma lettre ne fût ouverte par ton caissier que j'avais fait cet envoi à M. Leroux. Je vais lui écrire avec de la bonne encre. J'avais dit à Plauzole de n'en pas parler, dans le cas où il te vît, pour ne pas faire de mutation de fonds avant mon arrivée, pouvant en avoir besoin et en disposer même avant mon départ de Russie. Ces messieurs

---

[1] Fol. 60 verso.

sont des bavards, et j'apprends à les connaître. On a annoncé [1] le passage de l'empereur; je ferme ma lettre pour pouvoir la remettre au directeur de l'Estafette qui marche à sa suite et qui expédie dès que Sa Majesté l'ordonne.

Adieu. GME.

Dans la nuit du 23 au 24, on a fait sauter dans Moskou les principaux édifices qui restaient sur pied. C'est [2] des justes représailles des actes de férocité dont les Russes se sont rendus coupables. J'ai vu à Moskou Madame Aurore Bursey, directrice de la Comédie française. Elle m'a chargé de te dire bien des choses. Elle n'a pas la langue dans sa poche.

XXXIX

LE MÊME AU MÊME [3]

(Dorogobuch, 3 novembre 1812)

Retraite de l'armée. — Cosaquades. — Explosion du Kremlin. — Souvenirs de Moscou. — Discussions fraternelles. — Une recette générale. — Difficultés de carrière. — Le Borystène.

Je t'ai écrit de Borovsk le 27 octobre. Depuis nous continuons notre retraite en bon ordre, sur

[1] Fol. 61 recto.
[2] Peyrusse avait écrit d'abord : *une*.
[3] Fol. 62 et 63. Le texte remplit le fol. 62 et le fol. 63 recto. Le verso est occupé par la suscription : *A Monsieur Peyrusse, receveur général du département d'Indre-et-Loire. Tours.* Timbre de la poste : *Trésorerie générale de l'État.* En haut, de la main d'André: écrit le 14 décembre 1812.

le même chemin qui nous a conduits à Moscou.
Quelques cosaquades ont lieu sur les derrières,
mais on fait bonne contenance. Je ne sçais pas
même dans quelle ville de Pologne nous irons
prendre de nouvelles positions et hiverner; on
nous donne à penser que nous irons la campagne
prochaine à Saint-Pétersbourg. Ces barbares mé-
riteraient bien qu'on brulât leur capitale et qu'on
finit la campagne en brûlant le port de Cronstad.
Ce serait les payer de la même monnaie qu'ils nous
ont servie à Moscou et affaiblir un peu le poids
qu'ils ont dans la balance. Quelques jours après
notre sortie de Moskou, les Cosaques sont entrés
dans Moskou, mais le maréchal duc de Trévise qui commandait la ville leur a tenu tête.
Quelques heures après sa sortie le Kremling et les
principaux édifices qu'il renferme ont [1] sauté en
l'air. On a mis le feu aux édifices que les flammes
avoient épargnés. Dans quelques années l'étranger
pourra demander sur quelle rive de la Moskova a
existé Moskou.

On n'a pas trouvé un seul magasin de gravures.
Je n'ai pu, ni moi ni bien d'autres, me procurer
aucune vue de Moscou. S. M. les a fait dessiner
par son bureau de topographie. Rien de curieux,
rien de joli : des pelisses d'hommes bonnes pour
se rouler. J'ai quelques peaux de petits gris, et une
fourrure d'une autre espèce que tu verras. On n'a
pu rien trouver de joli, on n'a pu choisir. Pauline

[1] *Été*, effacé.

verra ce que j'ai et elle choisira. Je n'ai pu me procurer aucun tableau de la famille royale. J'ai eu seulement le portrait à l'huile d'Alexandre que j'emporte dans [1] ma voiture. Si nous allons à Saint Pétersbourg, je sais ce que tu désires. Nos goûts sont à peu près les mêmes et je songerai à toi.

Tu te formalises aisément. Je n'ai pas voulu t'adresser ce que j'ai envoyé à Leroux par deux raisons : la première pour que Chambellan ton caissier n'en fût pas instruit d'aucune manière, non que je craignisse que par suite son frère fît quelques observations qui pussent me nuire, mais pour lui éviter tout propos à cet égard ; en deuxième lieu il m'est nécessaire d'avoir, tant que je serai ici mes fonds disponibles à la première vue. Je t'en expliquerai les motifs [2] et tu les apprécieras. Et cesse de soupçoner ma confiance en toi. Chacun doit faire ses affaires le mieux qu'il peut. J'ai écrit à Leroux de se charger de mes fonds, de les faire fructifier jusqu'à mon retour, et d'accueillir mes dispositions lorsque j'en ferai sur lui en compte courant. Tu me parles toujours de recettes générales, mais toi ou moi connaissons mal le terrain. Je suis très lié avec le chef de division du ministère d'Etat. Je vois beaucoup M. Menneval, et ces messieurs m'assurent que ces places ne se donnent et ne se donneront qu'à de grands protégés et en récompense de grands services. La place

[1] Fol. 62 verso.
[2] *Qui tiennent*, effacé.

de payeur est une chimère après laquelle je cours,
j'en conviens ; mais dans la ligne où je suis embar-
qué, je n'ai de droits acquis que pour cette place.
Il me sera plus aisé, et je serai plus hardi, une fois
nommé, à faire valoir la considération que me
donne cette place et à obtenir en cas qu'à la fin [1] sa
nullité [2] soit reconnue à obtenir un autre emploi [3]
plus considérable. Ensuite, mon ami, la boule a
été lancée. Si je ne réussis pas, je me tournerai
d'un autre côté. Je ne veux pas vis à vis du
maréchal Duroc avoir l'air de flotter [4]. Il peut, il
veut me favoriser dans ma demande et ne me trai-
terait surement pas aussi favorablement pour une
autre d'une nature aussi différente.

Je t'écris sur les bords du Borysthène. Ce fleuve
a été bien chanté : je le trouve bien au-dessous de
sa réputation. S. M. marche au milieu de l'armée
à très petites journées. Le temps est superbe, mais
froid. Je t'ai parlé de Madame Bursey qui rentre en
France. Elle a obtenu de se rallier à notre convoi
en partant de Moskou. Adieu, cher André, tu me
parleras sans doute de Madame de Ranchoup et
de ses avantures.

GME.

A Dorogobuch, le 3 novembre 1812.

---

[1] Fol. 63.
[2] Peyrusse avait mis d'abord : *la nullité de cette place.*
[3] *Qui,* effacé.
[4] *Sur plusieurs places : un,* effacé.

XL

LE MÊME AU MÊME [1]

(Gumbinen, 17 décembre 1812)

Retraite. — Sauvetage des fonds. — Perte de ses effets. — Départ de l'Empereur.

Gumbinen, le 17 décembre 1812.

Mon cher André, je ne t'ai pas écrit depuis long-temps, mais j'ai fait prier de vive voix Mélan, par un officier d'ordonnance expédié à l'Empereur, de t'écrire que je me portais bien. Depuis environ un mois le service des estafettes est interrompu, et nous ne pouvons communiquer avec la France. Notre retraite continue. Nous sommes pressés. J'ai été assez heureux de sauver sur des chevaux et des traîneaux tous les fonds qui m'avoient été confiés, mais j'ai été forcé de brûler mon fourgon pour que l'ennemi ne s'en emparât pas. J'ai perdu presque tous mes effets. J'ai sorti de ma vache quelques chemises. Adieu pelisses et tout ce que je portois de Moskou [2]. Mais je conserve de la force et de l'énergie. J'ignore où l'armée se réunira. Le roi de Naples la commande. J'ai ordre de rester pour faire le service. Je ne reçois de lettres de personne. Cela me désole plus que les 25 degrés de

---

[1] Fol. 63 *bis*, recto et verso. Le feuillet contenant la suscription a été enlevé antérieurement.

[2] Fol. 63 *bis* verso.

froid que nous éprouvons, et auxquels il est bien difficile de s'accoutumer. Tu auras appris avant la réception de ma lettre l'arrivée de S. M. Elle nous a quittée le 5 décembre. M. Attalin, officier d'ordonnance, est dépêché en courier. Il m'a promis de jeter cette lettre à la poste. Adieu, cher André. J'embrasse Pauline et Félix. Si tu écris à mon père, fais moi le plaisir de lui donner de mes nouvelles. Adieu, adieu.   GME.

_____

XLI

G. PEYRUSSE A SON PÈRE [1]

(Gumbinen, 17 décembre 1812)

Arrivée à Gumbinen. — Difficultés de correspondre. — G. Peyrusse et Murat. — La première garnison de Murat.

Gumbinen le 17 décembre 1812.

Je suis arrivé ici en bonne santé, et je n'ai que le temps de vous embrasser, voulant profiter du départ de M. de Mortemar que le roi dépêche à S. M. l'Empereur et Roi.

Adieu. Mille amitiés à la famille Reboulh, etc. Vous avés dû être en peine sur mon silence, mais il m'a été impossible de vous écrire, faute de commodité. Adieu.

GME PEYRUSSE.

_____

[1] Fol. 64 et 65. Le texte est au fol. 64 recto, le post-scriptum au verso. Le fol. 65 recto est blanc. Au fol. 65 verso est la suscription : *A monsieur | Peyrusse père | à Carcassonne | Département de l'Aude.*

8

¹ L'Empereur en partant d'ici m'a fait donner l'ordre de continuer mon service auprès de S. M. le roi de Naples. S. M. m'a accueilli avec infiniment de bonté. Elle m'a demandé de quel pays j'étois. — « Sire, de Carcassonne. » — « Ah! ç'a été ma première garnison, c'est un joli pays. » Il ne m'a pas dit : « Vilain, ôte-toi de là. »

———

XLII

G. PEYRUSSE A SON FRÈRE ANDRÉ ²

(Mariembourg, 31 décembre 1812)

Arrivée en Allemagne. — Repos. — Le payeur Roulet
fait prisonnier à Vilna. — Compliments de bonne année.

Mariembourg, le 31 décembre 1812.

Je t'ai écrit je ne sçais pas d'où, mon cher André. Les gazetes t'en ont plus dit que je n'aurais osé t'en dire ; tu auras pu apprécier que personne de nous n'a été à la noce. Après le passage du Niemen, nous nous sommes rendus à Gumbinen ; de là à Kœnigsberg où S. M. le roi de Naples se trouve. Je me suis rendu ici avec le matériel de la maison de S. M. l'Empereur et roi pour attendre le roi, qui, dit-on, se rendra à Dantzik. Je me repose un peu ici. Tu dois être rentré à Tours. Si tu as été inquiet sur mon silence, mes dernières lettres

¹ Fol. 64 verso.
² Fol. 66 recto et verso. Le folio contenant la suscription a été enlevé.

ont dû te tranquiliser. Je l'apprens avec peine que l'ami Roulet a été pris par les Kosaques aux portes de Vilna. Son convoi suivait le mien. J'ai forcé de voiles pour entrer. Il n'a pas été aussi heureux. C'était un bon garçon. Je le regrette bien sincèrement. Prisonnier avec vingt-six degrés de froid, il n'y a pas d'état plus affreux. Je te fais mon compliment de bonne année, et je te prie d'agréer mes [1] vœux les plus sincères pour que toi, ta femme, ton fils et tout ce qui t'intéresse, soient heureux. Adieu. Tu te fâcheras que je t'en écris bien peu, mais une occasion pour Paris s'offre et je veux en profiter. Adieu.

GME.

XLIII

LE MÊME AU MÊME [2]

(Posen, 20 janvier 1813)

Détails sur son journal. — L'échauffourée de Vilna. — La ville envahie par les Cosaques. — Manque de sang-froid de Murat. — Fourgon abandonné. — Dangers de la retraite. — Entrée en Prusse. — Défection des Prussiens. — Marche dans la Prusse orientale. — Avancement compromis. — Payeur des voyages. — Jalousie des bureaux. — Protection de Duroc. — Une chambre à souvenirs. — Le général Colbert. — L'âpre Desgenettes.

Posen, le 20 janvier 1893

Mon brave André, j'ai reçu dans le temps ta lettre du 16 décembre, et j'ai reçu hier ta lettre du premier

---

[1] Fol. 66 verso.
[2] Fol. 67, 68 et 69 recto. Le fol. 69 verso contient la suscription : *A Monsieur | Peyrusse | receveur général du département d'Indre-et-Loire | Tours.*

janvier. Je te remercie bien sincèrement des vœux
que tu m'adresses pour la nouvelle année. Je l'ai
mal prise (*sic*). Il n'y a que la lecture de mon journal qui peut me mettre à même de satisfaire d'une
manière parfaite au désir que tu me témoignes de
connaître mes aventures. Toutes mes journées y
sont enregistrées, les événements redoutés ou arrivés y sont fidèlement tracés. Jusqu'à Vilna, quoique
nous eussions été harcelés tous les jours par les
Cosaques, mon affaire allait bien; je m'étais fait
aux houras, je marchais péniblement, ayant les
doigts des pieds un peu gelés. Je n'avois plus de
calèche, il me restait mon fourgon. Je regardais
Vilna comme la terre promise, je rêvais d'avance
au plaisir que j'éprouverais d'être deux ou trois
jours tranquille et de pouvoir me restaurer un
peu. Mon rêve ne fut pas de longue durée. A la
porte de la ville nos équipages furent attaqués.
J'avais d'autant plus d'inquiétude dans le moment
où l'on annonça la présence des Kosaques que la
porte de la ville était encombrée et qu'il ne paraissait pas y avoir de l'espoir d'entrer. La peur me
donna des forces. Nous nous fîmes faire place,
nous entrâmes à dix heures du soir morts de froid
et de faim. T'ai-je dit que dans cette soirée Roulet,
qui était derrière moi avec son convoi, fut pris?
Je l'ai beaucoup regretté. Il aura bien souffert.
Nous entrâmes. Le désordre était dans la ville. Le
lendemain nous devions partir à midi, nous ne par-
tîmes qu'à sept heures. Les Kosaques avaient me-
nacé les faubourgs. A dix heures nous arrivâmes

à la montagne qui se trouve à trois lieues de Vilna ;
elle est excessivement raide. Le verglas la rendait
impraticable. Elle était en outre obstruée de voitures et de caissons renversés. Je passai la nuit à
chercher des routes, à essayer des passages ; mes
chevaux et moi nous ne pouvions rester debout.
Le passage étant impossible, j'espérais que le lendemain il se désobstruerait. Ce jour fatal vingt-
cinq degrés de froid m'anéantirent. Le refluement
des fuyards qui échapaient aux [1] Cosaques, maîtres
de la ville depuis neuf heures du matin, causa
un affreux désordre ; l'encombrement augmentait ;
enfin il fut tel que rien ne put passer. Déjà les
Cosaques gagnaient la hauteur, emmenant avec eux
du canon. Le Roi consulté fit dire qu'il n'y avait
pas un instant à perdre pour sauver tout ce qu'on
pourrait à Sa Majesté. Je reçus l'ordre d'enlever
de tout mon fourgon tout ce que je pourrais, de le
charger sur des chevaux et de gagner la hauteur
de la montagne où l'on se ralliait. Je ne sais où je
trouvai des forces. Je pris de toutes parts des sacs
que je trouvai sur des voitures ; je rompis mes
caisses d'or, et je renfermé tout mon or, mes
roubles, mes bijoux dans des sacs.

Je pris des hommes de la Maison [que je trouvai [2]] ; je leur donnai à chacun un cheval à conduire,
je pris quelques effets et mis le feu à tout le reste,
et me voilà cheminant à pied avec mon convoi.

C'était des culbutes continuelles. La foule nous

[1] Fol. 67 verso.
[2] Ces mots en surcharge.

pressait; nous nous séparâmes, et nous eûmes le
malheur de ne pouvoir nous rallier que le lendemain à quatre lieux de là. L'idée de n'avoir rien
perdu me soutenait. J'en avais grand besoin. Nous
fûmes harcelés jusqu'à Kowno. Ces diables d'enragés n'étaient pas contents de la belle capture faite
au défilé de Vilna. A Kowno même embarras aux
portes. Dispersion de mon convoi. Les uns entrent,
les autres n'ont pas eu assez de force pour pousser
la foule et pénétrer dans la ville. Je passai la nuit
à la recherche des absents. Je les rallie. Le lendemain je partis de Kovno. Horrible embarras sur
le pont. Je perdis mon domestique. Le soir à la
couchée il ne me rejoignit pas. Deux jours après,
j'appris, à n'en pas douter, qu'il avait été kosaqué
avec presque tout ce qui avait resté (*sic*) à Kovno. Il
avait de l'argent à lui, trois mille francs et des effets
à moi sur son cheval; il aura voulu se deffendre
et il aura péri. J'arrive à Kœnigsberg sans que
mes inquiétudes aient jamais cessé. J'y passe une
bonne nuit. Les autres furent plus agitées [1]. On
apprend la défection des Prussiens qui ouvraient
par là aux Russes le chemin de Kœnigsberg. Je
file sur Mariembourg. Je m'y repose quelque temps
et je file ensuite par la rive gauche de la Vistule
jusqu'à Bromberg. Les Prussiens que je visitais
tous les soirs me semblèrent aussi dangereux que
les Kosaques. Je traverse la Vistule à Marienverder. Je fus coucher à Neuburg; le 13 à Bromberg.

[1] Fol. 68 recto.

J'appris que les Kosaques venaient d'entrer le 12 au matin à Marienverder, et forcer le vice-roi et le maréchal Victor à se porter sur Nenburg. Dans la soirée, j'appris qu'ils avaient été vus aux environs de Culn à douze lieux de moi. Je fis mon paquet et partis dans la nuit très proprement pour Posen d'où je t'écris. A présent fais ton compte : depuis le 19 octobre, je n'ai pas eu un moment de tranquilité. Ce n'est pas moi qui te dirai pourquoi on ne garde pas les villes où l'on avait décidé de s'établir. Je ne dois te dire que ce qui m'est arrivé. Ma santé n'a pas été un instant altérée. Tout le monde a eu la diarrhée ; il n'est presque personne qui n'ait eu quelque maladie sérieuse. L'exercice m'a préservé de tout et, semblable au chène, j'ai durci dans l'eau. D'ici je ne sçais quelle direction prendra le vice-roi qui a pris le commandement de l'armée en l'absence du roi de Naples. Le duché de Varsovie prend des mesures extraordinaires pour en imposer à l'ennemi. En voilà assés de la guerre. Mon journal te dira le reste. Parlons de nos affaires.

[1] Je ne sçais si je t'ai dit que M. Labouillerie avait présenté le rapport de ma nomination à S. M. Il arriva à Krasnoé le 16. Le moment n'était pas bon. Tous les papiers venus ce jour-là de Paris, travaux des ministres, etc., tout fut brûlé. Cela me contraria. M. le grand maréchal a eu la bonté de m'écrire à son arrivée à Paris que mon rapport allait être représenté. Je vis dans l'espoir,

[1] Fol. 68 verso.

mais j'ai peur que le mot *des voyages* ne crispe l'Empereur. Si S. M. n'en veut pas, je serai en droit de lui demander autre chose. J'apprends avec plaisir tout ce que t'a dit M. Vallée sur les bonnes intentions de M. Labouillerie. Ses lettres me le confirment, mais conçois-tu combien j'ai dû être contrarié du départ brusque de l'Empereur ? Au moment de son départ, j'allais directement lui demander la recette du sixième arrondissement vacante à Paris : mes bateries avaient été dressées pour cela. Je sçavais que le travail du ministre sur cette affaire avoit été brûlé à Krasnoé, et que la place étoit toujours vacante. Si j'avais suivi S. M. à Paris, j'aurais fait agir M. La Bouillerie, mais l'ordre de rester ici a derrangé tout mon plan. Ah! qu'il me tarde d'être invariablement fixé quelque part !

Que penses tu de toutes les mesures de S. M. ? Est-ce pour préparer la paix, est-ce pour préparer la guerre ? Resterais-je ici pour attendre une prochaine campagne ? Ce seroit un peu dur. J'ai encore la demande à S. M. Tu dois penser que, jusqu'au moment du départ du maréchal, l'occasion favorable ne s'est jamais présentée, et j'ai toujours entrevu la possibilité de la placer sous ses yeux lors des divers règlements de comptes que j'aurai à faire avec lui. Il se déride souvent avec moi dans ces circonstances. Je redoute peu les propos qu'a pu[1] tenir Chambellan sur l'argent envoyé

---

[1] Fol. 69 recto.

à Leroux. C'est un jaloux dont la malignité donne à tout ce que je fais une couleur noire. Il n'a qu'à éplucher mes opérations. Je ne crains . rien. Qu'il me tarde qu'il f..... (*sic*) le camp de l'administration : son esprit brouillerait une province. Tu ne me parles pas de M. de Bondy. Je n'augure rien de bon de ton silence. J'ai cependant bien besoin que mes petites rentrées s'effectuent. Tu ne m'as pas répondu sur le projet d'appartement. J'ai quitté le mien comme tu sais. Vous le trouviez tous trop élevé,... c'était pourtant un bijou. Je ne sçais, si je rentre, où j'irai. J'ai envie de prendre la chambre de *l'hôtel des Colonies* ou tu brûlas pour la belle P... de R... P. (*sic*)[1]. Adieu, cher ami, en voilà beaucoup et surtout beaucoup de désordre. *Mon chancelier te dira le reste.* Où est le papa Cormenin ? Je l'embrasse partout où il sera. Continue à remettre tes lettres à M. Vallée : elles m'arrivent bien sûrement. J'embrasse Pauline et Félix.

J'ai soupé hier avec le général Colbert. Il me charge de le rappeller (*sic*) à ton souvenir. L'apre Desjenetes, après avoir échapé aux Kosaques pendant fort longtemps, est venu (le fait est presque sûr) se faire kosaquer à Vilna. Il leur aura fait quelque harangue, mais ces canards n'entendent pas la langue française. Il manque dix-sept payeurs ou adjoints à l'appel ! Quel honneur pour le corps ! *Ridendo dicere verum quid vetat.* Adieu, cher ami, je t'embrasse.   Gme.

[1] Pauline de Ranchoup.

XLIV

LE MÊME AU MÊME [1]

(Berlin, 10 février 1813) .

Quartiers à Berlin — On réforme la maison de l'Empereur, — Logé chez l'habitant. — Délicatesse et café au lait. — Difficultés de la retraite — Intercept des communications avec la France. — L'Empereur et la garde. — La harangue du 17 novembre. — *Veillons au salut de l'Empire.* — Le passage de la Bérézina. — Le journal de la retraite. — Le payeur général Bernard : sa disgrâce. — Domestique disparu. — Peyrusse en Don Quichotte. — Montre volée et reconquise. — « Enchanté de Berlin. » — Le traîneau de Kovno et la tabatière de Cormenin.

Berlin, le 10 février 1813.

Nous étions à Posen, mon cher André. S. M. a ordonné que nous viendrons prendre nos quartiers ici. La maison va se réformer. Nous devons être prêts à rentrer en campagne dans les premiers jours d'avril. Nous pressons l'achat de nos chevaux et la confection de nos voitures et je reste ici pour payer. Mon logement a été fait dans le Quartier Neuf et dans la rue Williemsstrasse (*sic*) chez un conseiller des finances, brave homme qui est fort étonné que je ne veuille pas me faire nourrir par lui. Je ne veux rien ; j'achète ma bougie, et tous les matins la femme de chambre me porte du café à la crème que je paye, et je dîne chez le restaurateur avec M. l'écuyer Saluces, avec qui je

[1] **Fol. 70 et 71. Fol. 71 verso blanc. Pas de suscription.**

suis ici. Par ce moyen je suis plus libre sans
être aux crochets de personne. Indépendamment
de mon traitement, mon administration me paye
douze francs par jour d'indemnité : je puis aller
et faire encore quelques économies.

Ta lettre du 25 janvier que j'ai trouvée ici m'a
fait le plus grand plaisir. J'ai bien pressenti la
peine que mon silence te ferait éprouver. Je n'ai
cessé de t'écrire qu'alors qu'il y a eu impossibilité.
Outre l'accident de mes doigts, notre communication avec la France était interceptée ; nous étions
sans gîte. L'Empereur avait une barraque et quand
nous étions assez heureux pour trouver un abri,
nous nous y trouvions ammoncellés. Ce n'est qu'à
Gumbinen où nous avons eu un peu de relâche ;
encore même n'avons nous pas dû nous y endor-
mir.

Depuis Moskou jusqu'à Smorgoni S. M. a toujours marché à petites journées, entourée de sa
garde. C'est la seule arme qui, malgré ses pertes
journalières, a continué à faire corps et à présenter une masse, bien faible à la vérité. Les équipages de l'Empereur le suivaient. Ils se sont successivement affaiblis, diminués et éteints. On avait
été obligé de prendre les chevaux de ma calèche
pour remplacer deux autres chevaux de caisson. Successivement, les caissons étoient brûlés
ou pris, et les objets les plus précieux furent
enfermés dans mon caisson, dont on ne comptait
se défaire qu'à la dernière extrémité. Quant à moi,
je me donnais tous les soins possibles pour leur

procurer un peu de nourriture [1]. Je faisais casser
la glace pour leur procurer de l'eau, et la nuit je
les surchargeais de couvertures pour les garantir
du froid. Je tâchais de suppléer au défaut de courage et d'énergie de mes postillons, reconnaissant
bien qu'ils ne pouvaient être plus malheureux.
Nous voyions tous les jours l'Empereur, il paraissait affecté de nos désastres, mais il conservait
cette liberté de tête, cette indépendance des situa-
tions et un caractère fortement trempé qui domine
les circonstances. Aussi, tandis que le danger, le
malheur, la présence de l'ennemi, l'éternelle criail-
lerie des Cosaques absorbaient et éteignaient nos
esprits, le sien n'en conservait que plus d'essor et
plus d'apropos.

Un jour, — c'était le 17 novembre à onze heures,
— sur le chemin de Dombrowna à Orcha, le
temps était affreux. L'armée était en désordre, les
Kosaques étaient en vue et nous avaient débordés.
S. M. fait arrêter la garde, il leur témoigne qu'il [2]
compte toujours sur leur courage et sur leur fidélité; il espère qu'ils ne se laisseront pas entraîner
par l'exemple de ces jeunes soldats peu accou-
tumés aux privations et aux chances d'une retraite, etc.; qu'il les ralieroit à Orcha et qu'il
espéroit concourir avec eux à l'exécution de ses projets. Après ce discours, la musique commençait
l'air « *Où peut-on être mieux...* » — « Non, non,
Veillons au salut de l'Empire. » — Cette pensée et

[1] Aux chevaux.
[2] Fol. 70 verso.

cet à propos de l'Empereur me firent une impression que je ne puis exprimer. Il marchait presque continuellement à pied. Enfin il nous conduisit sur la Bérézina. Ce passage est un phénomène ; il est le fruit des manœuvres de l'Empereur. Les Russes auroient pu nous faire le plus grand mal. Tu me demandes comment, si nos armées se sont ralliées là, nous avons pu être inquiétés sous les portes de Vilna. Tu n'en seras pas étoné quand tu sçauras que nous avons été suivis et pressés par les Kosaques jusqu'à Bromberg près de Thorn. Je t'envoie pour te satisfaire mon journal depuis notre retraite : il commence à la première prise de Smolensk. Lis-le bien, ne le communique à personne, et renvoie-le moi par l'estaffète bien sûrement. Je dois le refaire d'une manière moins laconique : ce n'est qu'un extrait de ce que je voyais sur le terrain.

Le pauvre Roulet a été pris avec son convoi sous les murs de Vilna. Le payeur général Bernard a éprouvé les plus grands désastres, la perte de tous les trophées venus de Moscou et annoncés dans le *Moniteur*, des millions d'argent, presque toute sa comptabilité, les acquits, etc. Les payeurs ont éprouvé le même sort. Ces malheurs, joints à la perte de presque tous les livrets, de presque toutes les revues et registres d'inspecteurs aux revues, vont rendre cette liquidation impossible. Le ministre, qui est loin de pouvoir apprécier les embarras et la position ou il s'est trouvé [1] et sur-

[1] Bernard.

tout l'impossibilité où il était de vaincre les hommes et les éléments, ne voit en lui qu'un comptable volé et le suspend de ses fonctions en le faisant remplacer par Ferino. Cet événement a été pour nous tous un coup de foudre. Il n'espère plus qu'en la justice de l'Empereur, qui a été témoin de toutes les causes forcées qui ont amené un si triste résultat.

N'entendant plus parler de mon brave Frédéric, je le crois tué. Je perds un brave homme qui m'était bien attaché, un cheval, des effets et trois mille francs que j'avais mis dans le portemanteau. J'en ai instruit [1] M. Labouillerie, mais il fait la sourde oreille. Je remercie bien la Providence de m'avoir conservé la santé. Tu m'as connu remuant, actif, mais si tu m'avais vu avec une barbe de vingt jours [2], sale comme un cochon, m'agiter, me remuer, marcher, crier après les postillons, fouetter les chevaux, franchir les rivières, gravir les montagnes, me faire faire place l'épée à la main, tu m'aurais plaint, mais tu aurais ri du nouveau Don Quichotte. Je n'avais rien d'humain que la parole. Je mangeois de bric et de brac. Je dois à cette perpétuelle agitation la conservation de ma santé, car je n'ai eu les pieds et les mains gelés que lorsque j'ai été obligé par un froid excessif d'ouvrir mon fourgon, de le décharger, de détordre des sacs gelés pour y enfermer mes affaires, et de conduire ensuite mon cheval la tête

---

[1] Fol. 71 recto.
[2] Peyrusse n'avait pas l'*héroïsme* de Stendhal.

haute pour qu'il ne tombât pas. Il est un événement que je n'ai pas voulu mettre dans mon journal. A la montagne de Vilna, mon cheval tombe, il m'entraîne, je roule un peu, ma montre tombe, un soldat s'en empare, je cours à lui, je le jette à terre, je saisis ma montre, et, en nous débattant, la chaîne lui reste dans les mains, je casse dans ma main le verre et je me fais une très forte entaille. On nous entoure, la fusillade se faisait entendre. Je craignois pour mon cheval resté sans guide, je lui abandonné la chaîne disant que nous nous reverrions. Je ne l'ai plus cherché. Tu vois que je n'ai pas été cette campagne tout à fait une poule mouillée. Les circonstances font les hommes. On ne peut pas voir un élan plus généreux que celui dont la France offre le spectacle. Hâtés-vous, et que nous puissions aller dans le sein de nos maîtresses échanger nos lauriers pour des myrthes. Denié se portait bien à Konisberg. Je ne l'ai pas vu depuis.

Je suis enchanté de Berlin; je loge près de la porte de Brandebourg dans le quartier des ministres. La ville est superbe, les établissements publics magnifiques. Je n'ai rien à faire qu'à courir et je vais bien employer mon temps. En fait de gravures tu as tout ce qu'on trouve ici. Je vois chez les marchands d'estampes Kutusoff et Lord Wilington et quelques traits de la vie du Grand Frédéric, les vues des principaux édifices de Berlin, etc. Si tu veux quelque chose, marque le moi

Tu ne me dis rien de M. de Bondy... Adieu, cher

André, une bonne embrassade à Pauline, à Félix ; mes amitiés aux deux Cormenins (*sic*). Louis, qui fait toujours le plaisant, veut que je lui envoie pour mettre sur une tabatière le[1] dessein du traîneau que j'ai acheté à[2] Kovno, et dans lequel je me suis placé avec toute ma boutique. Adieu, cher André.

Gme.

XLV

LE MÊME AU MÊME[3]

(Magdebourg, 5 mars 1813)

Les Cosaques à Berlin. — Les habitants. — Vile et lâche canaille. — Soulèvement spontané en Prusse. — Les Berlinois fraternisant avec les Cosaques. — Retraite à Magdebourg, puis à Halberstad. — Souvenir d'Élise. — Souvenirs de Berlin. — Une lettre de l'ange.

Magdebourg le 5 mars 1813[4].

Tu auras vu, mon cher André, par la lettre que j'ai écrite à Mélan que nous avons encore été relancé à Berlin par ces vilains Kosaques ; ils semblent désespérés que nous leur ayions échapé.

[1] *Modèle*, effacé.
[2] *Vilna*, effacé.
[3] Fol. non folioté, intercalé entre les folios 71 et 72. Le texte le remplit tout entier recto et verso. Au bas du verso la suscription : *Monsieur Mélan, chef au trésor de la couronne pour Monsieur Peyrusse receveur général rue Neuve du Luxembourg, premier hôtel à gauche en allant à la rue Saint-Honoré. Paris.*
[4] Le mot *février* a été effacé et *mars* mis en surcharge.

Ils sont entrés à une heure après dîné par plusieurs portes. Je les ai moins redoutés que les habitants de Berlin. Quand on vient de Moskou, on a une certaine trempe qui ne vous fait pas voir les objets double. J'ai jugé les Cosakes pour de la vile et lâche canaille, et, s'ils sont venus nous troubler, c'est que les habitans l'ont bien voulu ; néanmoins ils nous ont bloqué pendant trois jours. Tu vois que la campagne continue toujours pour moi.

En France quand on voulut armer spontanément le peuple, on répandit partout le même jour la nouvelle de l'approche des brigands. Les Prussiens ont eu la même finesse et pour nous engager à évacuer leur pays, ils nous disoient les Kosaques partout. J'ai vu du haut de l'observatoire des jeunes gens de la ville communiquer avec les Kosaques, s'amuser avec eux au maniement de leurs lances, etc., leur donner des carabines et des vivres. Nous avons secoué la poussière de nos pieds et sommes passés sur la rive gauche de l'Elbe. Nous voilà à Magdebourg d'où je défie tous les Kosaques du Don d'escalader les murs. Mais le gouverneur ne peut pas nous garder dans sa place ; nous sommes des hôtes trop embarrassans. En attendant des nouveaux ordres nous nous rendrons demain à Halberstad... Nous nous approchons d'Hanovre. Je voudrais bien que nous fussions dirigés sur ce point, théâtre de tes exploits [1]

[1] Fol. 71 *bis* verso.

9

mais je ne l'espère pas. C'est trop loin du point central. Tu as vu le maréchal Duroc, à ce que m'a dit Mélan : je suis fâché de ne pas l'avoir appris par toi et surtout je désire qu'il t'ait donné un peu d'espoir.

On me mande de Paris qu'on t'a vu dimanche 21 aux Tuileries, et qu'on aurait bien désiré te donner un baiser pour moi. C'est mon Élise qui m'a donné de tes nouvelles. Après moi, tu es la personne qui lui plairait le plus.

Tu es venu passer ton carnaval à Paris, tu as bien fait. Le mien a été fort triste. Nous avons ici beaucoup de cohortes qui deviendront de bons soldats. Tu auras vu M. la Bouillerie : j'attends de toi une lettre détaillée de ton séjour. Tu auras reçu mon journal et tu me l'aura renvoyé. Mes trois journées à Berlin méritent un bel article. Dégoûté, craignant de ne pas m'en sortir les chausses nettes, je n'ai rien acheté, mais n'aies pas de regrets. Je n'ai vu rien de curieux, un mauvais Kutusof, croûte, et Wilington général anglais : tout cela ne méritoit pas le cadre. J'ai acheté pour moi des gravures de 36 francs représentant les monuments de Berlin.

Remets ta lettre à Mélan et engage bien celui-ci à la porter à M. Danet, secrétaire du courrier. Embrasse Pauline, papa Cormenin et Cormenin. Adieu, cher André ; tout à toi.

G. PEYRUSSE.

Dis à Mélan que je viens de recevoir sa lettre du

24 février, qui en renfermait une de mon ange,
dont je le remercie.

Ah! comme nous aurons à causer, mon cher
André. En arrivant, je veux aller passer huit jours
avec toi pour bavarder.

XLVI

LE MÊME AU MÊME [1]

(Fulda, 11 avril 1813)

Voyage d'André Peyrusse à Paris. — Maître Bondy. — Projets
d'arrangement du journal. — Magdebourg. — Les Cosaques à
Leipzig. — Comme des étourneaux. — La caisse à sec. — Le
printemps.

Fuld le 11 avril 1813.

Je ne reçois que ce matin, mon cher André, ta
lettre du 17 mars. J'étais fâché contre toi, tu as
été à Paris, tu as vu le maréchal Duroc, à ce que
m'a marqué son secrétaire, tu auras dû voir nos
messieurs, tu ne m'as pas accusé la réception de
mes notes et tu ne me dis pas un seul mot de
maître Bondy. Ta lettre ne me satisfait que sur un
seul point. Tu as lu mes notes et tu les as rendues
à Mélan. Je goûte tes observations pour l'extension à leur donner: mon projet a toujours été tel,
mais alors, comme je ne voyageais pas en amateur,
mon esprit n'était pas assés libre pour une statis-

[1] Fol. 72 recto et verso. Pas de suscription.

tique. Ma dernière était, je crois, de Magdebourg.
Une citadelle ne pouvant convenir à une maison
qui aime la liberté, j'ai fait un bon dîner chez
M. le général en chef Lauriston, vu la citadelle, la
prison de Trenk, les bottes de l'empereur Othon,
et je me suis rendu à Halberstad. Quelques partis
de Kosaques ayant passé sur la rive gauche de
l'Elbe du côté de Brunswick, nous nous sommes
portés sur Gardlinburg, enfin à Gotha. Les Kosaques
s'étant encore avancés en avant de Leipsik et sur
Iéna, nous nous sommes rendus à Fuld, d'où je
t'écris. Je ne pense pas que nous en sortions, parce
que, le prince de la Moskowa ayant commencé son
mouvement sur notre flanc droit, nous sommes
couverts. Tu vois que je suis toujours en camp
volant, et que je fais une guerre d'observation. Ces
misérables Cosakes se répandent comme des étourneaux ; ils s'étoient encore avancés le 7 et le 8 sur
Rudolstad et Saafeld. Quand S. M. voudra qu'il
en soit fait justice, ils auront vécu. Le printemps
commence à renaître et avec lui se dessinent les[1]
sites de ce pays. La maison reste à Fuld. Je vais
demain à Francfort. Peut-être je pousserai jusqu'à Mayence, car ma caisse est à sec, et je vais
chercher des fonds en attendant qu'il m'en vienne
de France. Adieu, cher André, embrasse bien
tendrement pour moi et Pauline et Félix, et
mille amitiés à messieurs Cormenin père et fils.

GME.

[1] Fol. 72 verso.

LES CAMPAGNES
D'ALLEMAGNE ET DE FRANCE

XLVII

G. PEYRUSSE A SON FRÈRE ANDRÉ [1]

(Neumarkt, 4 juin 1813)

Maladie à Mayence. — Voyages à Fulda. — 230 lieues en sept jours. — Après la mort de Duroc. — Regrets personnels. — Le grand écuyer Saluces. — La croix bleue. — Incendie du trésor dans une grange. — Sang-froid de Peyrusse. — Des napoléons à l'eau-forte. — Affaire de famille. — L'amie de Boulanger. — Mécontent, quoique... battu.

Au quartier général à Neumarkt, le 4 juin 1813.

Je n'ai pas de tes lettres depuis longtemps, mon cher André. Je ne sçais pas même si je ne suis pas un peu en retard avec toi. Mais j'ai plusieurs excuses à te donner et qui le justiffieront. D'abord j'ai été malade à Mayence quand Sa Majesté y est arrivée. Je me suis traîné comme ça jusqu'à Bichoffrerda à neuf lieux en avant de Dresde, d'où j'ai été envoyé à Fuld pour y chercher de l'argent qui nous a manqué. J'ai fait grande diligence. Elle naissait des vives inquiétudes que me donnait la

[1] Fol. 73 et 74 recto. Le verso porte la suscription : *A Monsieur Peyrusse, receveur général du département. Tours. Indre-et-Loire.*

route sur laquelle des partis de Cosaques et des
partisans se montraient, mais il falait arriver : j'ai
fait mes deux cent trente lieux dans sept jours et
j'ai même éprouvé des retards, faute de chevaux.
J'arrive et j'apprends la cruelle catastrophe qui me
prive d'un bien grand protecteur. Je suis désolé de
ne l'avoir pas assisté dans ses derniers moments.
Quoiqu'il souffrit le martire, il a survécu vingt-sept
heures à sa blessure. Il a eu le ventre traversé par
un boulet qui lui a fait huit trous aux entrailles. Il
a conservé toute sa connaissance et il est mort
comme un héros. S. M. l'a honoré de sa visite. —
« Eh bien, mon pauvre Duroc », en lui prenant la
main, « vous devez bien souffrir. N'avez-vous rien
à me dire ? » — « Non, Sire, j'ai toujours été un
honnette homme et fidèle sujet de Votre Majesté. Je
n'ai qu'un regret de ne pouvoir plus la servir. Mes
comptes sont en règle... » — « Vous laissez une
fille... » — « Oui, Sire, mais je lui laisse assés de
fortune pour être heureuse... » Les sanglots étouf-
faient la voix de S. M., qui fut entraînée par le
duc de Dalmatie. S. M. fait une perte irréparable.
Son corps a été embaumé et transporté militairement à Mayence. Je fais une grande perte :
il m'avoit beaucoup promis cette campagne, et
il avait assuré M. l'écuyer Saluces qui lui avait
parlé de moi avec bonté qu'il demanderoit la croix
bleue pour moi cette campagne. A propos de
M. de Saluces, il est, je crois, major du régiment
des gardes d'honneur qui s'organise à Tours. Tu
l'auras sans doute vu. Pries-le de me recomman-

der au grand écuyer avec le même intérêt qu'il avoit parlé de moi au maréchal, et qu'il ajoute la promesse que M. le maréchal lui avait faite pour moi d'obtenir de S. M. la croix bleue, fondée sur tous les titres que m'a donnés la conservation du trésor de S. M. aux dépends de tous mes effets et de ma vie. Pour que la lettre arrive sûrement, tu l'enverras ou feras envoyer à Mélan, qui me l'adressera par l'estaffette et je la remettrai moi-même. Soigne cette affaire[1]. Mais comme un malheur n'arrive jamais sans l'autre, tu sçauras que le 30 mai tous les équipages de S. M. avoient été parqués dans une grande grange, crainte des Kosaques, qui, la veille, avoient entamé un convoi. J'étois dans une des écuries de ce batiment à travailler. A une heure, on a crié : « Au feu ! », j'ai ramassé mon portefeuille ; je n'étois pas hors de l'écurie, que le feu y pénétrait ; tout étoit en paille. J'ai donné mes papiers à garder à un grenadier et me suis jeté sur mon caisson pour le faire sortir, mais l'action du feu a été si prompte et si active que j'y étois à peine arrivé que j'étois étouffé par la fumée et entouré par les flames. Dans un clin d'œuil (sic), tous les batimens de ferme ont été enflamés. Par une cruelle position j'avais mis mes deux portemanteaux dans le fourgon, où je les croyais plus en sûreté que dans mon écurie. Tout a été brûlé, et je suis sans chemise, moi et bien d'autres. S. M. a perdu toute sa garde-robe,

[1] Fol. 73 verso

mais elle a été peu sensible à cet événement, elle
a dit : « Eh bien ! c'est une cosaquade. » Ce n'est
pas tout. Tu vas dire. « L'or qui est dans le fourgon ne
brûlera pas... » mais tu sçauras que j'étois de moitié
dans mon fourgon avec la pharmacie. Il y avoit
seize caisses de drogues, qui ont entretenu un feu
tel que j'ai un bon sixième de mon or fondu
comme du machefer mêlé avec du fer, des cristaux et du charbon. J'ai fait de suite au prince
major général ma déclaration de ce qu'il y avait
dans mon fourgon, et, comme Sa Majesté allait
partir, je lui ai demandé un bataillon pour me
protéger dans les recherches que j'allais faire ; à
5 heures j'ai pu parvenir à faire faire par les sa-
peurs de la garde un chemin dans ce foyer pour
aller sur le lieu où stationnait mon fourgon. La
place n'était pas encore tenable ; cependant nous
nous y sommes maintenus. J'avois avec moi six
hommes, nos recherches ont été très actives et
très laborieuses. Tous mes napoléons qui ne sont
pas fondus sont noirs comme le [1]. Lorsque il
fut devenu constant qu'on ne pouvait plus rien
trouver, j'ai tout renfermé et fait à l'instant le
procès verbal que j'ai mis très en règle et que
j'ai fait certiffier par le [2] grand prévôt de l'armée,
viser par M. le grand écuyer, et envoyé à M. La
Bouillerie le lendemain avec ma situation, de laquelle il conste que j'avois en caisse la somme
déclarée au prince major général. Je m'occupe à

---

[1] *Un mot illisible.*
[2] Fol. 74.

laver à l'eau forte mes napoléons pour les besoins du service, et à compter ceux qui peuvent l'être pour pouvoir constater le déficit, que je ne crois pas devoir être bien considérable. Tu vois, mon ami, que chacun a ses traverses.

Depuis trois jours nous sommes ici dans un trou à huit lieux de Breslau, où le prince de la Moskowa est depuis trois jours fort tranquille. M. le grand écuyer est à trois lieux et demi d'ici, et je crois que dans quelques jours nous apprendrons du bien bon. Les avant-postes se regardent sans se rien faire. Je voudrais cependant, avant que cela finisse, qu'on fit une belle peur aux Berlinois pour celle qu'ils m'ont faite.

As-tu réfléchi à ma longue lettre et où est-tu de cette affaire? Que sont ces cinq ou six cents francs que ta demandés Mion pour quelque affaire? Et ce qu'elle en fait? Dans le même instant je leur envoyait pour elle et pour l'abé six cents francs sans qu'il m'en eût été fait la demande. Je ne voudrois pas qu'elle fît du commerce ; elle n'y entend rien, et elle est toujours la dupe de son bon cœur. Je reçois des lettres de M. La Bouillerie pleines de bienveillance. Dans sa dernière il me marque qu'il fera valoir mes services avec le plus vif empressement auprès de S. M. Adieu, cher André, j'embrasse Pauline et Félix du plus profond de mon cœur. Ecris-moi. Adieu.   Gme.

Tu as bien raison d'avoir trouvé superbe la maîtresse de Boulanger. Je ne puis pas la voir sans quelle (*sic*) velléité : nous mitonerons cela. Madame Ranchoup est à Paris depuis longtemps. Le sçais-tu et sçais-tu quelque chose ? Ce diable d'homme, qu'est-ce qu'il veut encore ? n'est-ce pas assez que d'être cocu ?

XLVIII

LE MÊME AU MÊME [1]

(Bautzen, 10 juin 1813)

Veni, vidi, vici. — Les demoiselles de Dresde. — Paiements en roubles et en papiers. — L'honnêteté du payeur mise en cause. — Comptabilité en règle. — M. de Ségur et M. de Saluces. — Nouveaux détails sur l'incendie des équipages. — Adèle. — Le trésorier Bernard.

Bautzen, le 10 juin 1813.

Je reçois, mon cher André, ta lettre du 29 mai ; elle s'est croisée avec ma dernière de Neumark ; tu auras vu que nous avions assez bien rangé les affaires et que S. M. peut dire le *veni, vidi, vici*. Nous rentrons à Dresde sous des arcs de triomphe. Toutes les villes que nous traversons sont aux pieds de S. M. Les jeunes demoiselles viennent offrir des fleurs. Quel changement subit s'est opéré ! Tout fuyait à notre aspect il y a peu de jours : aujourd'hui tous les visages sont riants. Nous arriverons demain à Dresde où quantité de per-

---

[1] Fol. 75 et 76. Le texte les occupe tout entiers. Pas de suscription.

sonnages du plus haut rang sont attendus. J'y
sçais rendu le duc d'Otrante. Qui diable a pu te
parler de roubles? Tu as eu raison de penser que
je suis incapable de faire la moindre cochonerie
dans ma gestion. J'ai reçu des roubles papier, j'en
ai fait recette, j'en ai dépensé, j'ai fait dépense et
j'ai le solde en cette monoie, mais ce n'est pas ce
qui a motivé la lettre que les bureaux m'ont écrite.
Elle est du 18 novembre. On me recommandait de
faire motiver par les parties prenantes la portion
du payement que je leur faisois en cette monoie.
Cette lettre ne m'est arrivée que le 12 décembre.
A cette époque j'avais envoyé à Paris toutes les
pièces et acquis payés en argent et en roubles sans
distinction. J'ai répondu que j'avais connu trop
tard la décision de Mr. le trésorier; qu'au surplus
on connaissait la décision de S. M. [1] qui m'avait
prescrit de ne payer le personnel qu'à raison
d'un tiers en roubles; qu'ils pourroient vérifier
si je leur en comptais plus ou moins; que j'ignorais leurs intentions; que je leur envoyais un état
par service des roubles employés, les invitant à le
faire signer par les chefs du service qui se trouvoient
à Paris, et qu'enfin, si cette preuve ne leur suffisait
pas, de m'envoyer les acquits pour partie du payement desquels j'avais donné des roubles et que je
les ferais refaire, ne désirant rien tant que de
prouver mes opérations [2] et les roubles payés et non

---

[1] Fol. 75 verso.
[2] Peyrusse avait d'abord écrit : « et ces acquits sur lesquels les
deux paiements ne sont pas stipulés montent à. »

prouvés par la partie se montent à 32,000 francs,
sur lesquels il y a 21,000 francs pour le grand
maréchal seulement. C'est une bêtise, mais c'est
plus régulier que de distinguer. J'en avais eu
l'idée, mais au lieu de faire des états émargés sur
laquelle (*sic*) la partie prenante mettait simple-
ment *reçu* et son nom, il aurait fallu pour chacun
une quittance séparée de l'état, et un simple état
aurait fait un volume énorme que je n'aurais pu
envoyer par l'estaffette, voie qui est très sûre et
me garantit l'arrivée de ma comptabilité. Ils ne
m'ont rien répondu après les avoir mis au pied
du mur. Je suis imprenable sur tous les points de
ma comptabilité et je ne crains pas toute la cour
des Comptes réunie. Qui t'a parlé de cela? Dis
le moi?

J'ai vu hier M. Salex qui m'a donné de tes[1]
nouvelles en me chargeant d'une lettre pour sa
femme que je te remets ci-joint. Tu auras vu par
ma lettre que je connais beaucoup M. de Ségur et
plus particulièrement M. de Salluces, qui a pour
moi beaucoup d'amitié. Je l'ai prié de le voir pour
lui demander une lettre pour le grand écuyer,
dans laquelle il lui rappellera tout ce que le maréchal Duroc lui avait promis pour moi. Vas le voir :
c'est le meilleur enfant du monde ; il est en grande
faveur auprès de S. E. le grand écuyer, il m'est
fort attaché. Je ne puis pas te donner une lettre
pour lui, parce que je ne connais pas les individus

---

[1] Fol. 76 recto.

qu'il faut recommander ; mais soit Ségur, soit Saluces, ils seront bien aises de faire ta connaissance et tu seras extrèmement satisfait d'eux.

T'ais-je dit que dans la soirée du 30, dans un village près Neumarkt tous les équipages de S. M. ont été incendiés dans une grange, et que l'action du feu a été si rapide et si prompte qu'on a eu à peine le temps de sauver les chevaux ? J'avais mon écurie dans le bâtiment. Je travaillais, mes papiers étoient étalés : j'ai eu à peine le temps, dès qu'on a commencé à crier au feu, de sortir de l'écurie avec mes papiers jetés pêle-mêle dans ma capote et de quitter l'enclos. Il a été de toute impossibilité de sortir une seule voiture. Mon fourgon a été incendié et le feu a été d'autant plus vif que j'avais seize caisses de pharmacie. J'ai eu 125,000 (*sic*) d'or mis en fusion et mêlé avec du fer, du charbon et des cristaux. Je suis entré dans l'enceinte lorsqu'on a pu s'y maintenir et j'ai enlevé tout ce qui étoit à moi. J'ai dressé procès-verbal d'une manière très authentique et je l'ai adressé à Paris. Les napoléons qui me restent propres à la circulation sont très noircis, mais je parviens à les nétoyer à l'eau forte, au savon et aux cendres. Cela m'a bien vexé, d'autant que j'ai perdu tous mes effets généralement quelconques. Je n'ai pas un mouchoir. Apparemment c'était écrit.

Bernard est à Mayence. Je n'ai pas ouï dire qu'il dût être employé. Le ministre a été comme les procureurs généraux qui opinent toujours pour la plus forte peine.

Je vois que notre grande affaire est entre les mains de Sabarthes et que je m'étais trompé au sujet de Thoron[1]. Le nom de mon père est cependant sur leurs livres. Je ne puis pas me rappeler pourquoi.

Toutes les Amaryllis du monde ne me feront jamais renoncer à la foie (*sic*) jurée à mon Adelle. Comment, mon ami, peux-tu me proposer de

... chercher une grecque, amant d'une troyenne.
J'ai mon honneur ensemble et ma gloire à venger !

Adieu, cher ami, je t'écrirai plus longuement de Dresde. Une ambrassade à Pauline, à Félix et à MM. Cormenin père et fils.

Gme.

XLIX

LE MÊME AU MÊME [2]
(Dresde, 25 juin 1813)

L'avancement et les protections. — Pour remplacer Duroc. — M. Daru. — Moins d'esprit que Dominique. — La Comédie-Française à Dresde. — Gratifications aux blessés. — Activité de Napoléon. — Une ode de Cormenin.

Dresde le 25 juin 1813.

Je t'ai écrit il n'y a pas bien longtemps, mon cher André, pour te parler de M. de Salluces, je

---

[1] Fol. 76 verso.
[2] Fol. 78 et 79 recto. Le verso blanc. Pas de suscription.

ne t'avais pas remis de lettre pour lui sachant qu'il n'était pas à Paris. Tu n'en auras pas moins fait la demande que je sollicite de lui. Je te remets aujourd'hui une lettre pour lui, lis-la, cachète-la, et vas la lui porter. Je lui annonce qu'un premier travail vient d'être demandé par l'Empereur et fait. Il concerne le militaire. M. Fain m'a assuré qu'il en serait fait un autre pour le civil. J'ai donné ma demande au grand écuyer, qui l'a reçue avec bonté, me permettant d'espérer. Je me suis fait recommander à lui par le duc de Plaisance, les comtes de Lobau, de Bausset, de Turenne. M. Fain m'a promis aussi de dire un mot dans l'occasion. M. Daru aura demain ou après demain ma visite, et je ne doute pas de sa bonne volonté. Cependant s'il avait eu l'esprit présent, il aurait pu prendre S. M. par ses paroles. A Gorlitz il était question de faire un prêt à l'armée. M. le comte Daru fut questionné ; on me demanda ; les huissiers furent assez bêtes pour ne pas me trouver, j'étais à mon cercle. Enfin, ne me trouvant pas, Sa Majesté dicta à M. Daru un ordre pour moi. « M. le baron Peyrusse... » « Sire, il n'est pas baron. » — « M. le chevalier Peyrusse... » — « Sire, il n'est pas chevalier. » — « Il n'est donc rien, ce payeur, répartit vivement Sa Majesté? » — « Sire, pas encore, » répondit M. Daru, et cela resta là. Dominique le comédien eut plus de présence d'esprit. Louis XIV lui envoyoit un plat où étoit une perdrix, il sceut bien dire, « et le plat aussi? » — « Oui, le plat avec, » lui répondit le roi.

Enfin je veux espérer. Il n'en coûte rien. Hazarde de m'envoyer ta demande courte. J'en parlerai à M. Daru et à Fain, et tu ne dois pas douter que je ne fasse tout ce que je pourrai, et bien sûrement plus pour toi que pour moi. Par orgueil je suis au supplice quand il faut demander pour moi, parce que je trouve que je donne un grand avantage sur moi à ceux que je sollicite.

Je croyais me reposer à Dresde et jouir un peu de la Comédie française qui nous est arrivée. Mais depuis cinq jours j'ai reçu la commission *flateuse* de distribuer la gratification de S. M. à treize ou quatorze cents blessés. Cela durera encore quelques jours. Enfin c'est le métier. Lundy Mlle Georges débute dans *Phèdre*. S. M. loge dans un fort beau chateau à l'extrémité du faubourg. Le déjeuner et le dîner que nous allons y prendre nous font faire de l'exercice. Je ne te parle pas de paix parce que nous ne savons rien ; tout ce que je peux te dire. c'est que S. M. ne s'endort pas. Elle passe tous les jours en revue trois ou quatre mille hommes qui filent[1] sur l'armée. La ville se remplit de personages illustres. Le roi de Westphalie est arrivé avant hier. Adieu, embrasse Pauline et Félix, M. Cormenin. Dis au poète, s'il est près de toi, que j'ai vu dans les journaux de littérature allemande son ode à la nymphe de Blanduze. Adieu. L'ordonnateur Martellière me charge de le rappeler à ton souvenir. Adieu.

GME.

[1] Fol. 78 recto.

L

LE MÊME AU MÊME[1]

(Dresde, 17 juillet 1813)

Un envoi d'argent indiscret. — L'affaire des roubles papier. —
Nouvelles justifications. — Lettres à M. de Labouillerie. —
Plaintes contre André. — Un joli mot du général Gros. —
Les dettes paternelles. — Toujours l'avancement. — Les bancs
des commis — Daru. — Labouillerie et Estève. — Illusions
durables. — Élise. — L'épée du général Gros. — Nouveaux
détails sur l'incendie du trésor. — Pertes personnelles. —
Fièvre gagnée dans les hôpitaux. — Voyages et déplacements
de Napoléon. — Armistice. — Congrès à Prague.

Dresde le 17 juillet 1813.

J'ai à répondre, mon cher André, à tes deux
lettres du 18 juin et 6 juillet.

Je suis contrarié que tu t'obstines à me dire que
j'ai mis de l'indiscrétion dans le prompt envoi des
20.000 francs à Leroux. C'était en septembre de l'an
passé. Je lui envoie 15,000 francs sur Plauzolles
qui m'avait chargé de faire des payements pour
lui, et m'adressant à un agent de change, je pensais
avoir à faire à un homme sûr. Mais comment Chambellan a-t-il pu avoir la malice et la bêtise de
croire que sur 30,500 roubles valant au taux fixé
31,500 qui [2] sont entrés pour un tiers d'après
l'ordre de S. M. dans les paiements d'indemni-

---

[1] Fol. 79, 80, 81, 82 verso. Le texte les remplit tout entiers.
Il n'y a pas de suscription. — Au haut de la lettre, une note de
la main d'André : *Répondu le 28 juillet* 1813.
[2] *Ont été*, effacé.

tés et de gratification, mais que la partie prenante
n'a pas constaté, j'ai pu gagner 20,000 francs?
Pour faire du bénéfice dans une espèce de ce
genre, il falait payer en roubles et faire dépense
sur mes livres en argent, et puis acheter des
roubles sur place au cours pour réintégrer dans
ma caisse ces valeurs qui en étaient sorties sans
les écrire : mais il aurait dû réflexir qu'en arrivant
à Moskou j'avois fait connaître l'ordre de S. M. de
ne donner que le tiers en roubles et que personne
n'était assez sot pour le dépasser et mettre dans
le cas le maréchal (*sic*) de faire une vérification de
livres. Comme je payais par émargement sur états
il n'y avait pas assez de place dans la marge qui
était comme celle-ci[1], pour établir à côté de
chaque nom le bordereau distinctif des monnaies...
J'y avais pensé avant qu'ils me le marquassent,
mais comme je sçavais devoir payer fort peu de
cette manière, je laissai couler. M. Labouillerie
m'a écrit, comme je te l'ai marqué, pour me rappeler la lettre du 12 novembre que je ne reçus
qu'après lui avoir adressé toutes mes pièces qui
n'étoient encore que provisoires, et que les parties devoient reprendre encore pour les rendre
régulières. Je lui adresse en réponse les états[2]
par service de l'emploi des roubles, l'engageant
à les faire présenter aux chefs de service pour
qu'ils les certifiassent, lui offrant de me renvoyer

---

[1] La marge de l'original a 3 cent. 1/2. Peyrusse a écrit dans
cette marge : « Que veux-tu mettre là? Le nom seul. »
[2] Fol. 79 verso.

les quittances sur lesquelles les payemens n'étoient pas distingués pour que je les fisse refaire. Que pouvais-je de plus ? Je ne crus pas devoir aller au fait et faire sentir la bassesse et la malice d'une si perfide insinuation... Il ne m'a pas répondu. Je n'ai pas voulu le tenir quitte. Je lui ai écrit encore l'autre jour pour lui confirmer l'envoi de ces états, le priant de me faire connaître ses intentions « n'aimant tant rien que de prouver toutes mes opérations jusque à l'évidence... ». Ils m'auront bien compris s'ils veulent me comprendre. Si je ne craignais de m'avilir à me justiffier, je témoignerais à M. Valié ma surprise de s'être abaissé à des soubçons si bas, qui ne peuvent sortir que d'une âme atroce et perfide..., et toi aussi tu t'es laissé persuader... ! mais quand l'univers entier m'accuseroit d'un crime, tu devrois lui opposer l'estime que tu as pour moi...! ce Chambellan est un jaloux, un drôle et un ingrat. Moi qui ne lui ai jamais fait que du bien... et surtout dans la personne de son frère! C'est M. Valié qui t'a parlé de cela que tu aurais dû pulvériser (*sic*) tous ces soubçons et démasquer cette longue intrigue... Mais je te connais faible, tu te seras pincé la lèvre, tu auras rougi et voilà tout. De mes yeux, au contraire, dans un pareil cas, serait sorti la foudre vengeresse de l'innocence opprimée... Je te vois rire, tu aurais bien plus ri l'autre jour d'un propos tenu par le général Gros. — « Que fais-tu là et où tu vas? » — « Et, mon général, je vais à la visite. » — « Et quetce (*sic*) que tu as? »

— « Je suis miope. » — « Tiens, je te croyais
allemand ! »

C'est une petite digression pour reposer ma tête
que ces deux pages m'ont soulevée.

[1] J'ai écrit à mon père dans le sens de ce
dont nous sommes convenus. Je lui mande de
bien asseoir son affaire, et que mon côté (*sic*) je
suis prêt. J'avais toujours pensé que nous devions
davantage. Est ce bien persuadé que les créanciers feront abandon des intérêts? Il faut le croire,
mais je connais les comerçants : bien que jusqu'à ce jour ils aient classé au rang des oubliettes
leur créance, il suffira qu'on leur en parle pour
leur donner des prétentions qui doubleroient et
au delà notre dète. Il faut que Sabarthes les aye
tous sondé avant de rien entreprendre. J'y emploie-
rai touts autres fonds que ceux qui sont chez toi.

Eh ! mon ami, qui plus que moi doit sentir combien il me serait pénible d'aller siéger sur les
bancs des commis du Trésor et surtout de ne pas
être titulaire de ma place de payeur des voyages?
M. de Labouillerie s'installait à peine dans notre
administration lorsque je suis parti, il pouvait
même avoir des préventions contre moi (tu as veu
d'où était parti le coup) quoiqu'il m'eût assuré du
contraire... Il a fait son organisation, il ne m'a pas
compris... C'est tout naturel... Il m'a trouvé en
entrant dans une besogne qui n'était pas de son
goût... Mais aujourd'hui quelle carrière suivre...?

[1] Fol. 80 recto.

Quitter le Trésor, c'est me jeter hors de toutes
mes mesures. Cependant j'ai pris mon parti, j'ai
dans le bureau de M. Daru un bon ami qui me
tient au courant des places; je fais ma cour à Son
Excellence... M. Labouillerie connaît ma position
et dans le cas où je ne réussirais pas moi même, je
crois qu'il me pourvoirait... Mais que me ferait-il
donner...? Mon ami, c'est s'abuser que de penser à
une recette générale... Ton exemple ne doit pas
m'encourager et m'enhardir. C'est un autre temps...
La demande n'est pas ce qui me coutera le plus,
mais l'espérer... folie... Voila ce que m'écrit
M. Labouillerie. Sa lettre me paraît franche; c'est
une autre tête que celle d'Estève... après lecture
renvoie la moi.

En arrivant à Bautzen dans la voiture du duc de
Plaisance, je me sens appeller au déboté, je me
tourne et je vois Salex; il m'a dit des choses fort
obligeantes et ne m'a pas demandé de l'argent. Je
lui ai offert mes services pour tout autre chose
que pour cela; il allait à son régiment... nous
nous sommes séparés [1]. Henry R... est un sot,
mais que faire? Puisque c'est son plaisir d'être tar-
tuffié... qu'il le soit... Amen! — Mon ami, il est
des illusions qu'il ne faut jamais détruire. — Je
sçais que mon Elize n'est pas jolie, ce n'est pas ce
qui m'a séduit, si je puis me servir de ce terme,
mais les circonstances de notre connaissance, sa
naïveté, sa candeur (je me f..s [2] de toi comme tu

[1] Fol. 80 verso.
[2] En toutes lettres dans l'original.

vois); enfin je l'ai, je la garde. Je n'aime pas le changement que veux-tu que j'aille courir. Elle est à ma mesure, elle est gentillette, elle ne m'est pas d'un entretien fort coûteux, ni d'un trop fort appétit. Que veux-tu...? nous laissons voguer la galère... au diable la maîtresse de Boulanger...! Mais ce n'est bon que pour des passades... encore même il n'est pas possible d'en faire avec elle... mais elle est bête comme trente-six dindons, comme... Gros...! S'il m'entendait, il tirerait son épée qu'il appelle *Marie Antoinette*. Et puis la donzelle est fort chère, mais quels pieds et quelles mains, tu dois te les rappeller, ils sont énormes? mais elle rachète ces imperfections par une chute de reins voluptueuse et par un sein d'albâtre... enfin nous la connaissons, tu m'as cette obligation, si cela en est une... j'ai par ci, par là à Paris, quelque chose qui vaut cela, je t'assure... — Voila la lettre du 18 juin bien disséquée.

Passons à celle du 6 juillet.

Je te remercie de la lettre de Saluces, j'en suis content... c'est M. Fain qui le premier m'a averti [1] que S. E. était chargée d'un travail pour la Croix de l'union, mais il était ordonné seulement pour la maison militaire et devait être remis sous très peu de jours; je ne dus pas compter être de cette fournée; je remis le lendemain une demande au Grand Ecuyer. Le soir S. E. eut la bonté de me dire qu'il l'avait reçue et que je pourais compter

---

[1] *Qu'il*, effacé.

qu'il choisirait l'occasion de me rendre service il a donné une pareille assurance au Comte de [1] Lobau, Turenne, Bausset et M. le duc de Plaisance qui ont tous été assés encouragés pour me dire que, d'après leur entretien avec le Grand Ecuyer, je pourais compter sur lui. M. Fain m'a aussi promis de lui parler pour moi : cela ne peut tarder. Je voulais que Son Excellence saisît l'occasion [2] de parler de moi en présentant à l'approbation de S. M. le contrôle nominatif des 10,500 blessés que je viens de payer dans les hopitaux de Dresde, étant assisté de M. le Grand Ecuyer; mais l'Empereur a signé ce travail au moment de partir, et l'a signé sans travail avec Son Excellence.

Je ne puis pas remettre la demande à S. E. elle ne s'en mêlerait pas, mais à Mrs Daru, Fain ou Mounier ; quand il en sera temps je verrai lequel des trois peut m'ettre pour toi plus utile. — J'aurais autant de plaisir de te la voir [3] confier que de l'avoir moi-même, quoi qu'elle me dut être d'une plus grande utilité dans ma position précaire, enfin cela nous irait bien à tous deux, d'autant qu'elle est d'un joli poste ; pourquoi n'as-tu pas signé receveur général, et ne dis-tu pas que tu es membre du Collège électoral? Il me semble que cela n'aurait pas nui. Si c'est un oubli envoie m'en une autre, tu [4] peux avoir le temps.

---

[1] Fol. 81.
[2] Il y avait d'abord *d'en.*
[3] *L'avoir,* effacé.
[4] *Ne,* effacé.

Je ne crois pas que le Trésor perde beaucoup...: les bureaux ne me disent rien. Je suis on ne peut plus en règle. J'ai fait deux procès-verbaux[1], un de l'incendie pour constater l'événement, et les objets trouvés et emballés, onze témoins l'ont signé, le Grand Prevot l'a certifié et le Grand Ecuyer. Par une ordonnance de la garde. nous nous sommes transportés à l'endroit où était la caisse contenant les matières extraites du feu: le dénombrement a été fait, je me suis chargé en mettre de ce que j'ai trouvé; nous avons pezé l'or fondu, et le renvoi en a été fait à Paris... J'avais déclaré au moment de l'incendie au Major général[2] que j'avais 309,000. Le lendemain j'ai arretté mes écritures. J'en ai envoyé copie à M. la Bouillerie. J'ai fait s'aretter ma balance: elle a donné le même résultat, la même somme. Je la connaissais. Je la fesais au moment où le feu a pris dans la grange... Tu vois que je suis en règle... Il peut manquer quelques mille francs, mais j'avais ordre de ne pas me tenir trop longtemps sur les derrières du quartier général qui[2] venait de marcher en avant. Juge combien ce départ m'amusa: nous sçavions les Cosaques à une très petite distance, heureusement le prince de Neufchâtel m'avait laissé un bataillon qui me garda militairement. Quand j'entrais quatre heures après dans cet enclos, c'était un véritable four; j'étais là comme la Salamandre, à la différence

---

[1] Ces deux procès-verbaux sont imprimés dans le *Mémorial*; ils occupent les folios 83 et 84 du manuscrit.
[2] Fol. 81 verso.

près que je me brulais les pieds et les mains. — Je
t'envoi les deux procès verbaux, tu les liras et tu
me les retourneras. C'est moi qui les ai fait, le
premier surtout [1] est bien limé. Tu verras... « et
lorsqu'il fut bien constant que toutes les recherches
devenaient vaines, etc. »... pour qu'on ne me
dise pas, « si vous aviez cherché encore, etc... »

M. Labouillerie a accordé sur ma demande quatre
cents francs aux deux domestiques pour perte de
leurs effets, et il m'a demandé mon état de pertes,
je les ai fixé à mille pour ne pas paraître exigent.
2 bons portemanteau valaient mieux que cela : j'eus
ce jour-là une cruelle journée. Je travaillais, comme
je t'ai dit, dans la grange. mes papiers étaient étalés, j'étais derrière mes chevaux, tout à coup des
cris inhumains se font entendre: « Au feu, sauvés
les chevaux, les voitures ; » déjà le feu se fesait voir,
déjà les chevaux renaclaient, je saute sur mes
papiers, ils furent mis dans le plus grand désordre.
En sortant de l'écurie je trouve un grenadier, je
lui donne tout à garder, ma montre tenait par une
clef à l'écritoire du portefeuille ; je crie à mes gens
de faire sortir les chevaux, ils ne voulaient pas,
je saute sur mon caisson pour tacher de le faire à
bras, j'y aurais peut-être réussi, si j'avais été le
premier de la tête, mais déjà la flame était jetée
dans l'enceinte par le vent, et tu (*sic*) le tour du
bâtiment qui était comme ça ▓▓▓▓▓ prit feu.
C'était une couverture de paille : j'eus toutes les

[1] *Tu*, effacé.

peines du monde à gagner la porte obstruée par des diables de mulets qui ne voulaient pas sortir. Ils furent victimes de leur entêtement, ce fut un désordre affreux : tous les parcs, les bureaux près de nous gagnaient au large, les chevaux couraient, les maisons éparses çà et là dans le village s'enflamaient ; enfin le grand parc faillit sauter, mon domestique effrayé lacha les chevaux un moment [1] ; le feu, la frayeur les emportèrent, je les perdis, je les fis suivre... ; ils me rejoignirent fort tard, je perdis une bride... ; enfin j'étais comme un fou. Je ne trouvais plus mon brave grenadier avec mon portefeuille, le régiment était parti, j'envoyé un gendarme pour joindre les régiments de la Garde qui étaient partis il y avait quelques heures, lui donnant ordre de donner quatre-vingts francs au brave homme qui s'en était chargé : c'était un chasseur. Le brave homme l'avait sur son dos, et, ne m'ayant pas trouvé, il l'apportait à Neumark. Pendant que tout cela se passait, j'étais dans le feu à me bruler les pieds et les mains pour enlever mon or. Juge comme mon sang devait bouillir... Enfin ce ne fut pas tout, je fus à Neumark, et, après le versement fait des napoléons qui étaient tous noirs, il a fallu les nettoyer ; je n'avais pas d'eau forte, j'ai été obligé d'aller à Breslau en chercher. Je les ai nettoyés au nombre de 9,000, cela m'a un peu brûlé les mains, mais aujourd'hui je suis dur comme une enclume ; cependant il ne

---

[1] Fol. 82 recto.

faut pas faire le brave, car, si je t'en écris si long,
c'est que je suis depuis cinq jours retenu sur mon
canapé par une fièvre que j'ai gagné dans les hôpitaux, et par des clous qui me font bien souffrir,
mais qui se présentent bien. Le contrôle par régiment et par sommes payées que j'ai été obligé d'établir sur deux cents pages pour dix mille cinq
cents blessés m'a beaucoup échauffé. J'étais très
pressé par le Grand Ecuyer. qui lui-même était
pressé par l'Empereur qui voulait savoir son compte
avant de partir. Enfin si tout ce que je fais
depuis dix-sept mois ne me vaut pas quelque
chose, je dirai qu'il n'y a qu'heur et malheur
dans la vie, — et qu'on est injuste à mon égard.
Je te félicite sur la grossesse de Pauline ; je
l'engage à se bien ménager; j'irai vous voir à
mon arrivée, mille et mille choses à M. Cormenin.

Voilà le billet de 2,050 francs ; renouvelle-le pour
un an en y ajoutant les intérêts, et joins-y l'affaire
de Bondy et donne-moi un petit bordereau, et
envoi moi tout ça sous le couvert de Mélan.
Adieu [1]. S. M. partie le 10 a été à Torsgau,
Magdebourg, Vittemberg et elle est rentrée par
Leepsig. Avant son départ on parlait d'une prolongation d'armistice qui devrait finir le 10 août,
et de la réunion du Congrès à Prague. Tout en
est là encore aujourd'hui; l'activité de S. M. est
toujours infatigable, elle ne dort pas ; rien n'annonce
la paix, rien n'annonce la guerre. M. de Meternik

[1] Fol. 82 verso.

était ici ces jours passés, la tête haute, et le diplomate que tu le connais. Notre armée est fort belle, brillante de jeunesse et de santé. La Garde a quarante-cinq mille hommes et deux cents pièces de canon. Qu'ils y viennent!

LI

LE MÊME AU MÊME [2]

(Dresde, 29 juillet 1813)

Entrevue de Peyrusse avec l'Empereur. — Peyrusse payeur de l'Empereur. — Incertitude de la situation politique. — Affaires d'argent.

A Dresde le 29 juillet 1813.

Rien de nouveau pour notre affaire, mon cher André. S. M. est partie comme tu l'auras appris pour Mayence et le grand écuyer pour Prague. Nous sommes ici nos maîtres et nous en profitons pour prendre un peu de beau temps.

La veille de son départ S. M. m'a fait appeler. Présumant qu'elle voulait avoir la situation de ma caisse, j'en avais préparé un sommaire. S. M. a voulu connaître le détail de mes dépenses et la nature de mon service auprès d'elle. Je me suis empressé de lui porter un état général de toutes

[2] Fol. 85 et 86 recto. Le verso porte la suscription ordinaire avec la mention suivante de la main d'André : *Reçue le 3 août et acheminée par Mélan qui a fait passer à Dresde celle reçue hier de Tours.*

mes recettes et de toutes mes dépenses depuis le commencement de la campagne. Elle en a été satisfait. Elle m'a fait beaucoup de questions aux quelles j'ai répondu suite (*sic*). Elle dit ensuite qu'il (*sic*) allait faire faire un travail sur la situation, qu'elle écrirait à M. la Bouillerie et qu'elle me ferait donner connaissance de sa lettre. On me l'a effectivement communiquée. S. M. m'a fait expédier un ordre qui portait pour suscription : « à M. Peyrusse, mon payeur. » J'ai été fort content de ce que S. M. m'a fait l'honneur de m'appeler : elle ne connaissait pas la nature de mon service. M. Fain en me [1] communiquant la lettre de S. M. à M. de la Bouillerie m'a confirmé que je ne devais plus me considérer comme un payeur de la maison, mais comme le payeur de Sa Majesté, puisque je ne pouvais plus dépenser ce qu'on allait me donner que sur les ordres de Sa Majesté.

J'ai été enchanté que S. M. ne revînt pas ici et que ce ne fût qu'à Paris où M. le grand écuyer fût dans le cas de le rejoindre, si la paix se conclut. Nous ne savons pas ce qui se passe; nous sommes tous à Dresde et tout paraît fort gai. Les gros personnages nous donnent l'exemple des parties de campagne et nous faisons comme eux. Nous verrons comme cela finira. Je crois pour ma part que tout finira bien.

Fais-moi le plaisir de tirer francs 6,000 sur M. Leroux, agent de change n° 14, à présentation, et tu

[1] Fol. 85 verso.

m'en créditeras à intérêt. Je l'enverrai encore quelqu'autre chose que nous réunirons à cette somme pour faire un billet [1]. Si tu [2] fait [3] passer ta traite par la caisse [4] comme je n'en doute pas, ne dis pas dans ta traite que tu tires pour mon compte. Je préviens aujourd'hui Leroux de cette disposition pour qu'il l'accueille à sa présentation. Adieu ; une embrassade à Pauline, à Félix et à M. Cormenin. Adieu.

G<small>ME</small>.

LII

LE MÊME AU MÊME [5]

(Dresde, 28 août 1813)

La bataille de Dresde. — Marche d'Oudinot sur Berlin. — Deux lapins. — La nomination non encore faite. — M. Georges. — Discrétion imposée. — Affaires de famille.

Dresde le 28 août 1813.

J'ai reçu, mon cher André, tes deux lettres des 7 et 16 août. Nous avions quitté Dresde le 15 août et nous nous étions portés sur Läemberg ; il paraît, par le résultat, que S. M. avait eu l'intention de se dégarnir du côté de Dresde pour engager les Autrichiens à déboucher par la Bohême. Après

---

[1] *Tu ne*, effacé.
[2] *Peux me*, effacé.
[3] *Pas*, effacé.
[4] Fol. 86.
[5] Fol. 87 et 88. La lettre de Peyrusse remplit ces deux feuillets entièrement. Elle est interrompue. Le feuillet qui en contenait la fin est perdu.

avoir battu et repoussé les Russes à Läemberg,
Sa Majesté est revenue sur Dresde comme la
foudre : déjà les Autrichiens étaient tout autour
de la ville, et opposaient des redoutes à tous les
débouchés de la ville. A notre descente à Dresde,
nous avons été salués par une grêle de boulets et
d'obuses lancés des bateries de la plaine ; c'était le
26 ; à dix heures du matin, les Autrichiens montraient quatre-vingt mille [1] sur les hauteurs de la
ville et plus de vingt-cinq redoutes autour de la
ville ; la journée a été employée à faire déboucher
les troupes, qui ont exécuté ce mouvement avec la
plus grande intrépidité. Nous avons essuyé dans
la ville une petite pluye d'obuses et de grenades,
mais notre sourcil n'en a pas froncé, à huit heures,
l'ennemi avait été forcé de s'éloigner avec perte. Le
27, à six heures du matin, par un temps affreux,
S. M. a attaqué l'armée ennemie forte de cent dix
mille [2] ; leur centre occupait une position répu-
tée imprenable : ils ont longtemps tenu, mais les
manœuvres de S. M. les ont découvertes ; les positions ont été enlevées à la bayonete. à trois heures
on en était maître, et le résultat connu était alors
dix mille prisonniers, huit drapeaux [3], douze
pièces de canon [4], deux généraux ; toutes les
routes par où l'ennemi pouvait espérer la retraite
étaient occupées par quatre-vingts escadrons commandés par le roi de Naples, et on devait s'attendre
à des résultats plus brillans encore. — La jeune

[1], [2] Suppléez *hommes.*
[3], [4] *Et,* effacé.

garde a fait merveille, plusieurs des généraux qui la commandaient ont été blessés, Tendall. Dumoustiers et autres. Nos régiments de cavalerie se sont bien montrées. Le 23ᵉ dragons a chargé sur des bateries [1] les ont enlevées et les ont conduites au palais ce matin. A neuf heures du soir les routes de Pirna, de Petersvalde et de Freyberg étaient occupées par notre cavalerie. Ce matin on a annoncé que le roi de Naples avaient dans la [2] soirée et dans la nuit ramassé plus de onze mille prisonniers et seize pièces de canon. Il arrive à tous les instans des déserteurs et des prisonniers [3]. L'Empereur a annoncé ce matin que les Autrichiens avaient perdu en blessés et prisonniers au moins près de quarante mille hommes et que le reste aurait la plus grande peine de se relever. Ajoute à tout cela la démoralisation que donne un si grand échec après l'assurance qu'avaient donnée à leurs troupes les deux empereurs, qui avaient assuré qu'ils entreraient à Dresde le 26.

On est indigné contre l'Autriche vis-à-vis de laquelle S. M. n'a aucun tort : c'est de sa part un aveuglement et une perfide déloyauté qui, d'alié de médiateur, l'a rendue notre ennemie [4] : au premier choc elle est culbutée. Le canon tone toujours, mais fort loin. — Tous les résultats ne sont pas encore connus. L'armée n'a pas posé les armes

---

[1] *Et*, effacé.
[2] *Une*, effacé.
[3] Fol. 87 verso.
[4] *Et*, effacé.

depuis le 26 au soir, et malgré la pluie, le vent et la neige, elle a témoigné le plus grand courage et un dévouement absolu.

Le duc de Reggio marche victorieusement sur Berlin, et, si le général Moreau et Bernadote y sont, comme cela paraît positif, ils en verront de grises ; ils[1] auront à faire à deux lapins, les ducs de Reggio et Davoust, qui marchent combinés sur cette capitale.

M. de Labouillerie m'a quitté le 12 ; mon affaire n'a pas été emportée d'emblé pour deux raisons. La premier c'est parce que dans cette même soirée, S. M. a appris la rupture de l'armestice (*sic*) (le 11) et que dès lors, elle a tout ajourné. En deuxième lieu, c'est qu'ayant été accollé dans le rapport avec Mr Georges, caissier général, Sa Majesté, avant de se déterminer à la[2] donner à ce dernier, a demandé à Mr de Labouillerie si le caissier général du trésor public et de la caisse d'amortissement avaient la croix. Sur la réponse qu'a faite mon patron que le premier l'avait et que le second ne l'avait pas encore, S. M. n'a rien répondu. — M. de Labouillerie en me faisant part de cet événement, m'a témoigné les plus vifs regrets de n'avoir pas réussi. — J'avoue[3] que j'en suis un peu la cause : dans le premier rapport que Mr de Labouillerie avait fait, il demandait pour moi la croix, ou douze mille francs d'indemnité ; je lui fis supprimer ce

---

[1] *Ont*, effacé.
[2] La croix dont il a été souvent question plus haut.
[3] Fol. 88.

dernier article, son intention était bonne, il voulait me faire avoir l'une ou l'autre, mais il y avait aussi à craindre que S. M. put croire que l'un pouvait dans mon esprit compenser l'autre; et j'ajoutai s'il ne pensait pas que Mʳ Georges méritât comme moi la croix? C'est son ami intime, et la personne que Mʳ de Labouillerie considère le plus. Il loua ma modestie et eut la bonté de me dire qu'il ne croyait pas que Mʳ Georges eût aux yeux de S. M. les mêmes droits que moi... Il réfléchit ensuite et me renvoya au lendemain: effectivement le lendemain nous fûmes présentés tous les deux. Tu sais ce qui s'est passé... la circonstance seule a occasionné, j'aime à le penser, du retard dans cette affaire... Le 16 à Bautzen, il y a eu un travail de croix pour la garde: c'était un travail fait pour le 10 août et qui avait été ajourné. Mʳ Fain a représenté le rapport, S. M. a fait encore consulter l'almanach pour savoir si le caissier de la caisse d'amortissement avait eu la croix; sur la réponse négative, S. M. a passé outre. Mʳ Fain a eu la bonté de me prévenir de cet incident, et de m'engager à demander à M. de Labouillerie un rapport pour moi seul; je lui ai écrit en conséquence. J'attends sa réponse. — Tu vois, mon cher ami, qu'il faut que je dévore bien des contrariétés, et qu'on ne peut rien obtenir sans beaucoup de peines. Ce qui me dédomage un peu, c'est l'intérêt bien prononcé de mon patron, et la manière prompte et flateuse avec laquelle il a cherché à me récompenser.

Alla-Kerim, mon cher ami, Alla-Kerim! — Mais

sur les communications que je te fais, garde le plus profond silence : M⁰ Labouillerie m'en a imposé l'obligation : ainsi à personne ! A personne ! J'exclus tous Cormenin de cette confidence ; quand j'aurai réussi, je le dirai à tout Babylone. — Je suis toujours payeur de la couronne, mais S. M. m'a ordonné une réserve [1] très considérable dont je ne puis disposer [2] qu'en vertu de ses ordres : c'est une confiance qu'elle m'accorde directement et que M⁰ Fain m'assurait que je devais fortement apprécier. — Il est bien que tu m'aie donné crédit au 12 août des six mille francs pour Leroux ; tu auras eus (sic) de plus les huit mille francs que je t'ai envoyés ; tu me feras connaître l'époque à laquelle je dois te débiter cette somme. M. de Saluces n'est pas arrivé ; j'ajouterai à la pétition « Membre du conseil général de la commune et du Collège électoral », et je surveillerai cette affaire comme la mienne propre, je t'en réponds. — Il y a des gardes d'honneur à Gotha ; deux de mes amis ont été nommés chefs d'escadrons ; ils sortent des officiers d'ordonnance ; on m'a dit qu'ils feraient parti de la garde, mais non sous le titre d'hussards. M. le Comte de Lobau m'a proposé si je voulais être quartier maître d'un de ses régiments : je lui ai répondu que je n'accepterais que dans le cas qu'il me promettait de me faire continuer dans mes fonctions à l'époque où l'on formera de tout ce

[1] *Dont*, effacé.
[2] Fol. 88 verso.

corps, un corps de garde du corps, si on en vient
là, ce que je ne crois pas.

Je ne [1] connais pas plus que toi les morveux
dont tu me donnes les noms : nous les verrons
venir. — Eh bien ! comment mènes-tu notre
grande affaire? Mion m'écrit qu'elle t'a donné
l'adresse de Sabarthés et que tu ne lui a pas encore
écrit. Elle t'engage, me dit-elle, d'écrire à Airoles
pour qu'il aide mon père dans cette affaire ; je suis
de cet avis ; il est au fait des affaires et très discret,
et nos intérêts seront en bonnes mains. Fais, casse,
brise, j'approuve tout, et fais pour moi comme pour
toi, mais surtout recomande bien que l'affaire soit
menée de front et vite, et que touts les obstacles
aient été levés.

LIII

LE MÊME AU MÊME [2]
(Dresde, 8 septembre 1813)

Lettre de famille. — Affaires de famille. — Vandamme. —
Lobau. — Chartrand. — Mariage d'Adèle. —Les effusions de
Cormenin. —Junot en Illyrie. —Le chien du général Moreau. —
Bernadotte, Oudinot et Ney.

Dresde, le 8 septembre 1813.

J'ai reçu tes lettres du 5, 20 et 26 août, mon
cher André ; j'ai lu avec infiniment de plaisir la
lettre de famille que vous m'avez écrite ; j'ai

---

[1] *Crois pas*, effacé.
[2] Fol. 89 et 90, recto. Le verso du fol. 90 porte la suscription
ordinaire. En tête il y a de la main d'André : *écrit le 20 septembre*.

remarqué que le gentil Félix écrivait bien pour son âge ; les quatre lignes de Paulinette m'ont fait grand plaisir.

Je vois que notre grande affaire marche bien, mais j'aurais désiré que la lettre de Sabarthes dont tu m'as remis copie fût moins vague. Il ne te fait pas connaître *s'il y a espoir de trouver tous les créanciers, quelle est la somme fixe que nous coûtera cette affaire, si ces créanciers renoncent aux intérêts, au nom de qui doit se faire la demande de réhabilitation.* Enfin qu'as-tu terminé toi même auprès de mes frères et sœurs, qui ne pouvant coopérer comme nous, sont décidés néanmoins à y participer par l'abandon en notre faveur d'une partie de leurs droits? Chacun de nous six doit payer un sixième, et celui qui ne le pourra pas doit être censé l'avoir reçu de toi ou de moi, et lui en assigner le remboursement sur une partie de ce qui lui reviendra dans l'hérédité. Est tu (*sic*) d'accord sur tout cela?

Il me paraît inutile de déplacer des fonds jusqu'au moment précis de leur emploi. S'il peut convenir à Rivals de fournir successivement les fonds nécessaires pour ce payement, cela sera comode. Tu pourras disposer des quatorze mille francs que tu me viens (*sic*) de recevoir pour moi. Je te fournirai le reste sur Leroux ; mais assure toi bien, mon cher André, qu'aucune circonstance qu'on peut prévoir ne vienne arrêter [1] la marche de cette

[1] *Cette*, effacé.

affaire. Lorsqu'elle sera une fois commencé, tout doit être convenu, arrêté avant de payer le premier créancier, et ce fait une fois certain, il faut recommander à Sabarthés de ne pas perdre un seul jour. J'attends de ta part une réponse à cette lettre qui satisfasse aux observations que je te fais.

Nous rentrons hier pour la quatrième fois à Dresde, S. M. est allée placée en position sur la Neisse à Gorlits trois corps d'armée qui n'avoient pas été très heureux le jour où nous étions victorieux devant Dresde [1].

La présence de S. M. a suffi pour retremper toutes les âmes. Le général Vandame, tenant le 27 aout la gauche de notre armée, s'est laissé emporté par sa fougue : il a éprouvé un échec, et il a été fait prisonnier ; ces deux événements ont dû arretter la marche de S. M. ; le comte de Lobau a pris le commandement de ce dernier corps qu'il a réorganisé, et dont S. M. a passé hier la revue. — Le fameux Chartrand, qui avait été, il y a environ deux mois, nommé colonel d'un des régiments de ce corps a été fait général... Le matin je l'avais vu, il m'avait dit qu'il allait demander ce grade à S. M. *Audaces Fortuna Juvat...*

Mlle Adèle s'est mariée...! Je devais m'attendre à cette défection, on ne demeure pas absent pendant deux ans impunément. La non-réussite de cette affaire avait froissé mon amour propre, et, tout en désirant que cette affaire pût réussir, je n'en con-

---

[1] Fol. 89 verso.

servais pas moins de la rancune contre le père et
la mère ; si je voulais même me bien interroger,
je crois que je pourrais te dire que je comptais
peu sur la réussite, et que la nouvelle que je
devais perdre à jamais l'espoir, ne m'a pas beaucoup affecté ; ils m'avaient marchandé, je ne
voyais pas clair dans toute leur affaire... Enfin
c'est une affaire à jamais baclée. Mitonnons
M. Manteau, et si la campagne finit bien pour
moi, tu tateras le terrain ; je ne connais pas la
demoiselle, mais le père me paraît un galant
homme. Moins que jamais c'est aujourd'hui le
moment d'occuper Sa Majesté de demande de croix
et de faveur ; je l'ai dit là dessus tout ce que je
pouvais te dire. M. de Saluces m'a remis ta lettre,
c'est-à-dire l'a remise au Grand Écuyer, car lui, dès
son arrivée a eu ordre d'aller cantonner, et je ne
l'ai pas vu. — Quand je l'ai prié de taire tout ce
que je te disais sur la bienveillance de MM. Caulincourt et Labouillerie, je voulais te prier de n'en
point parler à ton beau-père non que, je [1] sois
persuadé du vif intérêt qu'il me porte, mais je
crains ses effusions, ses épanchements. Il l'a[2]
écrit à son fils, ce dernier voit Mélan, à qui il
va porter de l'argent que je compte pour lui à son
ami Barjaud ; il doit parler de moi souvent devant
témoins : en voilà assés pour éventer la mèche et
être exposé à des quolibets si l'affaire ne réussit pas.

Le duc d'Abrantés avait été envoyé en Illirie, il

[1] *Ne* est effacé, ce qui fait un véritable contresens.
[2] Fol. 90.

y est devenu fou à lier, il a été ramené dans sa
famille où il est mort. Il n'avait pas été très heureux en Russie, il y a eu un transport au cerveau
et a... (*sic*) : voilà tout ce que nous en savons. On a
assuré aussi que le général Moreau, quartier
maître général de l'armée russe a été blessé griè-
vement à la dernière affaire devant Dresde, et
qu'il n'a pas survécu à l'opération qui a eu lieu
dans la maison d'un des gardes chasses du roi ; son
chien a été trouvé amené ici, j'ai vu son colier il
y était dit : « au général Moreau. » L'arrivée de
ce général avait été annoncée comme le rédempteur
dans toutes les familles prussiennes. Tout le monde
ici croit à cette mort. Ce général pouvait paraître
plus grand aux Etats-Unis que dans les rangs
Russes. Il y a même de la lâcheté à être venu s'y
ranger dans cette circonstance ; seulement que ne
venait-il nous arretter lorsque nous marchions sur
Moskou ?... Si le fait de la mort est vrai, comme
il paraît certain, l'empereur est bien vengé, et [1]
son exil était une punition bien douce. Le prince
Pontecorvo est devant Berlin. La fortune a arretté
aux portes de Berlin le maréchal duc de Reggio.
Mʳ le prince de la Moskova sera, j'espère, traité
plus favorablement par elle. Le prince de Pontecorvo veut faire parler de lui. Adieu, cher André, il
me tarde infiniment d'être au milieu de vous, tout
d'abord pour me reposer, et puis pour oublier un
peu ce brouhaha dans lequel je suis depuis

---

[1] *La première,* effacé.

dix huit mois. J'embrasse Paulinette, je désire apprendre qu'elle avance heureusement dans sa grossesse; j'embrasse la chère Jenny, le brave Hipolitte dont j'ai lu la lettre avec plaisir, le gentil Félix et le bon papa Cormenin. Son fils m'a envoyé son ode, elle m'a paru écrite avec vigueur. Adieu, cher André.

G. PEYRUSSE.

LIV

LE MÊME AU MÊME [1]

(Dresde, 26 septembre 1813)

Retards des estafettes. — Repos à Dresde. — L'empereur en Bohème. — Les ennemis refusent le combat à l'empereur. — Héroïsme de Salex. — Oudinot. — Une ode qui tombe mal et qui tombe.

Dresde le 26 septembre 1813.

Je t'ai écrit le 8 du courant, mon cher André. Je t'ai aussi écrit le 12, mais cette dernière n'a pu te parvenir, parce que le courrier a été pris. Il nous manque aussi trois estafettes venant de Paris du 9, 10 et 11. Elles sont en sûreté à Magdebourg. Je t'ai fait connaître que je désirais te nantir de mes vingt-cinq mille (sic) par les dix mille francs que tu avais à moi et par ce qui me restait chez Leroux. Arrange cela pour le mieux, et veille à ce

[1] Fol. 91 recto et verso. Le folio de suscription est enlevé. En tête, de la main d'André : répondu le 12 octobre 1813.

que la chose se fasse bien et vite. Je serai heureux quand cela sera fini. Cela fera une fière brèche
à mes revenus, mais je supporterai ce sacrifice avec
bien du plaisir et j'en serai tout radieux.

Je n'ai pas des lettres de toi depuis longtemps.
J'ai prié Mélan de t'envoyer copie de mes lettres.
Pendant les trois voyages que Sa Majesté a fait
dans les montagnes de Bohème, toute la maison est
restée ici pour se reposer.

S. M. est rentrée ici avant hier, et nous y sommes
encore. Une sixième tentative que S. M. a été faire
à Bautzen lui a donné l'assurance que les ennemis
n'accepteront jamais un engagement avec S. M. ;
ils étaient le 19 à Schmiedelfied, la poste après
Dresde. S. M. s'est présentée. Ils se sont postés au
dela de Bichornda. Alors il devient inutile de
guerroyer isolément, il faut se masser sur un point
et voir venir. C'est, je crois, ce que va faire l'Empereur.

Dans mes diverses courses, j'ai eu occasion de
voir Salex, il est dans le 149ᵉ. Ce régiment a eu de
belles affaires à Lowenberg. Salex, voyant son régiment faiblir, s'est emparé du drapeau et s'est porté
de sa personne en avant : il a électrisé son régiment qui s'est fort bien conduit. En outre sur la
montagne de Goldberg, Salex en a débusqué les
ennemis au pas de charge, et il a reçu au genou
une bale [1] qui lui a occasionné une forte contusion. Il a reçu la croix de légionnaire. Il veut

---

[1] Fol. 91 verso.

absolument un régiment parce qu'il est brave et
qu'il se présente bien. Je l'aime beaucoup. Il est
un peu hableur, mais il blague bien. Il a des chevaux à vendre, etc., etc. Chartrand a été fait général de brigade le 9 septembre, lors de la réorganisation du corps du général Vendame. Il veut être
aide de camp de S. M.

J'avais demandé à M. de la Bouillerie un second
rapport à S. Majesté pour moi seul. Il vient de me
l'envoyer avec une lettre fort flateuse.

Je crois que nous perdrons Chambellan ; il est
proposé pour être payeur à Rambouillet. Le titulaire a été destitué. Nous ne ferons pas là une bien
grande perte.

L'ordonnateur Marchant me charge de le rappeller à ton souvenir.

L'ode de Cormenin ne fait pas fortune ; elle est
venue dans un mauvais moment.

Le maréchal Oudinot vient commander deux
divisions de jeune garde. Son corps est fondu dans
celui du général Reynier commandant le septième
corps.

Adieu, cher André, rien autre de nouveau sur
aucun point. Ecris-moi. Une embrassade à Pauline
et à Jenny. Adieu, tout à toi.

GUILLAUME PEYRUSSE.

LV

LE MÊME AU MÊME [1]
(Erfurt, 23 octobre 1813)

Arrivée à Erfurt. — Silence absolu sur les événements. — Sécurité personnelle assurée. — Le jeune Guizol. — Sébastiani blessé.

Erfurt, le 23 octobre 1813.

Neuf estafettes que nous avons trouvées ici ne m'ont porté qu'une seule lettre de toi du 12. Je ne puis te dire aujourd'hui que ceci : c'est que je suis arrivé ici cette nuit avec mon fourgon et que S. M. y est entrée avec sa garde à deux heures ce matin. Il ne peut pas mettre (*sic*), permis de devancer la publication des évènements que nous avons éprouvés depuis notre départ de Dresde... et qui nous font rétrograder.

Je veux rassurer ton cœur en te disant seulement que je suis sain et sauf, et qu'il ne m'est arrivé aucun fâcheux accident, grâce à mon énergie.

Adios, caro mio (*sic*).

Le jeune Guizol se porte bien ; il est aide de camp du général Sébastiani qui, à l'affaire devant Leipsic a été blessé d'un coup de lance. Dis-le à son père. Salex se porte bien aussi [2]. Je l'ai vu au-delà de Leipsig.

---

[1] Fol. 92 recto ; une ligne au verso. Le feuillet contenant la suscription a été enlevé. Pas de signature.
[2] Fol. 92 verso.

LVI

LE MÊME AU MÊME [1]

(Mayence, 2 novembre 1813)

Rentrée *en France*. — Bataille de Hanau. — Les affaires de
Sabarthes. — Les Guizol. — Le trésor sauvé. — Capture de Desgenettes.

Mayence, le 2 novembre 1813.

A tous les cœurs bien nés que la patrie est
chère !

Me voilà en bonne santé, mon cher André. Je
t'ai écrit le 23 d'Erfurt pour t'annoncer que j'y
étais arrivé en bonne santé. Le Bulletin du 30 me
dispense de te rien dire. Tu sçais tout. Tu auras
vu le bulletin d'Hanau. Tu y auras vu comme
nous avons travaillé les Bavarois ; les coups de canon
ne me font plus rien : j'en ai tant et tant entendu
depuis quelques jours que je m'endors depuis que
je suis arrivé à Mayence. J'y suis entré ce matin
à cinq heures à la suite de S. Majesté.

Mélan a fait verser pour toi quatre mille six cent
cinq francs à la caisse de service. Credite-m'en.

Sabarthes m'écrit une lettre très satisfaisante.
Je vois que notre affaire marche bien, mais que ce
sera encore long. J'ai encore quelque chose chez
Leroux que je te ferai remettre par ma première

---

[1] Fol. 93 recto et verso. Sans signature. Le feuillet contenant
la suscription a été enlevé. En tête de la lettre, de la main d'André, la mention : Répondu le 11 novembre 1813.

et cela fructifiera chez toi en attendant. Voilà une lettre de Salex.

Dis à M. Guizol que je viens de recevoir sa lettre du 14 octobre, que son fils, aide de camp du général Sébastiani, se porte bien. Je n'ai pas [1] eu le plaisir de voir l'autre. mais j'engagerai son frère à me l'amener; mais son père ne m'a rien demandé pour lui. Adieu, je serai bref aujourd'hui, car depuis vingt jours je ne dors que d'un œil. J'ai sauvé mon trésor. et à mes équipages et à mes gens il ne manque pas un poil. J'ai vu avec beaucoup de peine que tout le monde n'était pas aussi heureux. Desgenetes est pris pour la seconde fois. Apparement que cela l'amuse. Mille embrassade à Pauline et à Jenny. Je viens d'écrire un mot à son mari pour le tranquiliser sur mon compte. J'embrasse Félix. Adieu.

[1] Fol. 93 verso.

LVII

LE MÊME AU MÊME [1]

(Mayence, 8 novembre 1813)

Comptes des pages Devienne et Saint-Pern. — Le payeur Pellier.
— Protection du grand écuyer et de M. Fain. — Les deux
armées en présence.

(Mayence le 8 novembre 1813.

Mon cher André, je te confirme mes précédentes et ma dernière du 3, t'autorisant à fournir
quinze mille francs à Leroux et d'appliquer sept
mille à mon compte, quatre mille au comte de Devienne, page de la vénerie, et quatre mille à celui
de Saint Perne, page de la vénerie. Comme ces
deux pages sont partis avec Sa Majesté, adresse
leur au Clos Toutain, près Versailles, les deux
lettres que je t'ai prié de leur écrire.

On n'a aucunes nouvelles de Roulet. Voilà deux
pièces sur lesquelles j'ai remboursé à Pelier, payeur
central, mon ami, cinq cents francs que Roulet
lui devait, et de laquelle somme il lui avait con-
senti un billet que j'ai vu dans le temps, et qui a
été égaré à Leipsik. Je n'ai pas cru devoir me
refuser à ce payement, pour la sûreté duquel néan-

---

[1] Fol. 94 recto; au verso la suscription ordinaire et de la main
d'André les lignes suivantes : *acheminée par Mélan le 11 novembre 1813. La deuxième livraison est chez le relieur. J'ai obtenu
une remise de 6 0/0*; et en tête de la main d'André : *Répondu le
22 novembre 1813.*

moins j'ai pris toutes les sûretés voulues; je t'envoie ces deux pièces, te priant de me créditer de
cette somme. S. M. est partie hier soir à neuf
heures. J'ai ordre de laisser à Mayence le gros du
trésor et de suivre, avec un service courant, les
mouvements des équipages qui vont se diriger
sous un ou deux jours aux environs de Metz dans
un pays où le fourage sera de meilleur marché.

Il ne faut pas parler de grâces, quelques bonnes
que soient les intentions de M. le grand écuyer et
de M. Fain. Je n'ai pas à en douter. Elles auront
leur effet tôt ou tard. Quand nous serons établis
quelque part, je demanderai un congé qu'on ne
me refusera certainement pas, et j'irai à Paris[1] me
remuer comme un diable. Ah! qu'il me tarde de
te voir!!! Adieu, cher André, les enemis sont sur
la rive droite et nous sur la gauche : voilà tout ce
que je peux te dire. Salex se porte bien.

J'embrasse Pauline, Félix, Jenny et papa Cormenin.

GME.

[1] *De*, effacé.

LVIII

LE MÊME AU MÊME [1]

(Mayence, 8 novembre 1813)

Séjour à Mayence. — Réorganisation des troupes. — Les payeurs
généraux. — Comptes des pages

M[ayence —] novembre 1813.

Je t'ai écrit le 1er novembre et je t'ai annoncé
mon arrivée à Mayence. Depuis cette époque les
troupes rentrent et se réorganisent dans leurs
cantonnemens. Ségur est arrivé. Il m'a donné de
tes nouvelles. Marchand est nommé maître des
requêtes et intendant général de l'armée. On
parle de la formation de quatre armées en Italie,
en Suisse, en Hollande, et sur le Rhin. Mes prédécesseurs ont été trop malheureux et trop peu
protégés pour que je cherche à être nommé un
des quatre payeurs généraux. Je n'en voudrais à
aucun prix.

Tu fourniras au 20 courant quinze mille sur
Leroux. Sur cette somme tu porteras :

---

[1] Fol. 97 recto. Au verso la suscription ordinaire. — En haut,
de la main d'André, la mention : *Répondu le 22 novembre* 1813,
Une déchirure du papier a enlevé la date qui est donnée dans
la lettre suivante. La lettre n'est pas signée.

7,000 fr. à mon compte.

4,000 au compte de M. de Saint Pern, page de la vénerie.

4,000 au compte de M. Devienne, premier page de la venerie.

———

Total : 15,000.

Ces deux jeunes gens veulent que tu leur gardes cet argent et que tu puisses leur en payer 6 % par an. Si tu acceptes, envoie-moi tes deux lettres dans laquelle (*sic*) tu leur diras avoir reçu cet argent de moi, et leur en payer l'intérêt a raison de 6 % à partir du 20 novembre, en leur offrant, si à leur arrivée à Paris ils pouvaient trouver un placement plus avantageux, de le leur rendre. — C'est entendu.

Adieu, j'embrasse Pauline, Jenny et Félix.

LIX

LE MÊME AU MÊME [1]

(Sarrelouis, 22 novembre 1813)

Rappel de lettres. — Installation à Sarrelouis de la maison et des équipages. — Sécurité complète. — Mise en ordre de sa comptabilité. — Nouvelles sollicitations. — Le moment est peu favorable aux pétitions.

Sarrelouis, le 22 novembre 1813.

Je t'ai écrit le 2 novembre pour t'annoncer mon arrivée en France et te faire passer une lettre pour M. Salex.

Je t'ai écrit le 5 pour te donner un crédit sur Leroux, valeur au 20 novembre.

Je t'ai écrit le 8 pour te prier d'écrire directement aux deux pages.

J'aurais pu recevoir réponse à ces trois lettres. Il n'en est rien du tout. Tu veux sans doute me punir de n'avoir pas été quelques fois assés empressé. Cependant je crois que tu es en retard avec moi. La maison et les équipages sont venus s'établir ici. J'ai eu ordre de suivre le mouvement avec le trésor de S. M.

Nous jouissons ici d'une tranquilité parfaite. Acoutumé depuis vingt-deux mois au brouhaha de l'armée, je ne puis pas me persuadé que j'en suis tout à fait délivré.

---

[1] Fol. 98 recto et verso. Le feuillet de suscription est enlevé.

Je travaille à mettre tous mes comptes en
règle et à mettre mon administration dans le cas
de n'avoir aucune raison pour ne pas me rappeller.
Je ne veux pas lui demander de congé. C'est à
elle à être persuadée que je le recevrais avec plaisir, car il me semble bien dur après vingt deux
mois d'absence de me trouver aux portes de Paris
sans pouvoir y entrer.

Attendant des fonds de Mayence, je présume
que M. La Bouillerie veut les savoir en mes mains
avant de m'envoyer un remplaçant. Je me confie
toujours en sa bienveillance pour moi. Il m'en a
donné des preuves non équivoques. Ce que je te
dis de M. La Bouillerie, je te le dis du grand écuyer.
C'est par des faits positifs que j'ai jugé de ses
intentions. J'ai eu en main, et en outre il m'a lui-
même communiqué, son rapport à S. Majesté dans
lequel il demandait la croix pour moi, ajoutant
« qu'il avait trouvé dans les papiers du duc de
Frioul des notes très avantageuses, etc. » Sa Majesté
n'aime pas la robe et croit qu'elle aime mieux[1]
l'argent que les distinctions. Le grand écuyer
m'a promis d'attaquer Sa Majesté encore une
fois et de ne pas dire à M. Labouillerie qu'il
n'avait pas réussi pour que cela ne le degoûte pas.
Que veux-tu faire ? Je ne puis pas me pendre. J'ai
bien fait mon service. M. Labouillerie, le grand
écuyer, M. Fain, toute la maison le sçavent. Je
prendrai patience. La campagne a été mal finie.

---

[1] Fol. 98 verso.

Je n'en ai pas été la cause. J'en supporte l'effet. Il en est qui sont plus à plaindre que moi.

Adieu, cher André, une embrassade à Pauline, à Félix, et au papa Cormenin.　　　　Gme.

LX

LE MÊME AU MÊME [1]

(Brienne, 31 janvier 1814)

Campagne de France. — Saint Dizier. — Brienne. — Satisfaction de Napoléon

Brienne le 31 janvier 1814.

Je n'ai pas de lettres de toi depuis fort long-temps, mon cher André. Tu as dû, autant que je l'ai été moi-même, être contrarié de mon brusque départ. Nous avons trouvé l'ennemi à Saint-Dizier. Nous l'en avons chassé. Il a été contrarié dans sa retraite à cause de la rupture de plusieurs ponts, ce qui l'a forcé de se jeter dans des marais et forêts, où il a laissé quelques canons. La présence de Sa Majesté a électrisé les paysans qui, armés de toutes pièces, ont ramassé beaucoup de fuyards. L'ennemi occupoit deux lieux de pays en avant de Brienne dans la traverse. Nous sommes arrivés sous Brienne le 29. La fusillade et la cano-

---

[1] Fol. 99 recto. Au verso la suscription ordinaire.

nade se sont engagées à neuf heures. L'ennemi a présenté de trente à trente cinq mille hommes. C'était un corps qui s'étoit concentré dans cet embranchement et qui était destiné pour Troyes. Apprenant notre arrivée il avait occupé une belle position. On s'est rendu maître du château. On s'y est maintenu malgré les attaques vives de l'ennemi qu'on a enfin forcé d'évacuer la ville après lui avoir fait des prisonniers. Il a couvert la retraite par un beau corps de cavalerie qu'on a un peu poussé par vingt-quatre pièces d'artillerie légère.

S. M. paraît fort contente de ce début qui dégage Troyes et nous met en communication avec le duc de Trévise.

Ce début est d'un heureux augure. L'ennemi se retire sur Bar-sur-Aube. S'il veut se retirer, tant mieux ; mais s'il résiste, nous avons encore plus de bayonetes qu'il n'en faut pour l'y forcer.

Et vous autres, que faites-vous ? Vous êtes trop heureusement situés pour avoir jamais pu être inquiets. Adieu, cher André. Que fait Pauline ? Sa grossesse doit avancer. Adieu, je t'embrasse ainsi que ton joli colibri.

Adieu. Gme.

LXI

LE MÊME AU MÊME [1]

(Troyes, 6 février 1814)

Difficultés d'une correspondance régulière. — Marche sur Troyes.
— Manœuvres et engagements. -- Congrès de Châtillon. —
Incertitude de l'armée sur la situation.

A Troyes, le 6 février 1814.

Mon cher ami, toujours en route et dans les
séjours, toujours sur le qui-vive, je ne puis pas
m'installer pour t'écrire. Je t'ai écrit de Brienne.
Depuis S. M. a jugé à propos de manœuvrer sur
Troyes. Nous y sommes arrivés le 3 sans être bien
inquiétés. Nous y avons trouvé la vieille garde.
Depuis lors on a manœuvré. On a tiré quelques
coups de fusil, quelques coups de canon, mais
rien de bien important n'a eu lieu. L'ennemi ne
paraît pas nous suivre de ce côté-là.

Moi et plusieurs autres ne comprenons rien à ce
calme apparent. S. M. seule le sait. On assure que
le duc de Trevise a eu une entrevue avec le prince
de Lichsteinstein. Il est parti de beaux équipages
pour le grand écuyer qui est toujours à Châtillon.
Enfin il y a quelque chose puisque nous ne partons
pas d'ici. Je désire [2] que notre atente ne soit pas
déçue, ou bien qu'on se décide à s'établir pour en
découdre solidement.

---

[1] Fol. 100 recto et verso. Pas de suscription.
[2] Fol. 100 verso.

Adieu, cher ami, je me porte bien, et mon énergie croît au fur et à mesure des obstacles.

GME PEYRUSSE.

Une embrassade à Pauline et à Félix. Adieu, adieu. Il est une heure du soir, toujours même tranquillité.

LXII

LE MÊME AU MÊME [1]

(Château de Surville, 19 février 1814)

Vœux avunculaires. — Affaire de Montereau. — Le dixième hussards. — Les prisonniers.

Au château de Surville près Montereau.
Le 19 février 1814.

J'ai reçu ta lettre du 11 fevrier mon cher André, j'ignorais l'heureux accouchement de Pauline, et que j'eusse une jolie nièce : je vous en fais à l'un et à l'autre mon compliment.

Avant que S. M. n'eut rejoint les corps laissés sur la Seine, nous étions mal de ce côté là. S. M. est arrivée le 16 au soir à Guigne ; le 17 une tête de colonne Russe et Prussienne a été taillée en pièce ; nous avons fait trois mille cinq cents prisonniers,

[1] Fol. 109 recto et versó. Le feuillet contenant la suscription a été enlevé.

pris des caissons et des canons. Le 18, on a poursuivi l'ennemi l'épée dans les reins sur les routes de Bray et de Montereau ; on est entré pêle mêle avec l'ennemi à Montereau, le 10ᵉ hussards en a fait un horrible carnage. La ville est jonchée de morts et de fusiliés. Nous avons dans le chateau deux mille cinq cents prisonniers Bavarois[1] et Wurtembergeois fort désapointés : ils ne reviennent pas de leur étonement de voir notre armée. Ils étaient naguères pleins d'orgueuil et de projets les plus insensés : ils ne rêvaient que Paris. Je crois que tout danger a cessé pour la capitale. Les manœuvres et l'activité ardente de S. M. ont tout déjoué.

Je crois que nous allons dans la journée balayer Sens et tout le côté de Fontainebleau. S. M. paraît fort contente, les soldats chantent. Adieu, adieu, j'embrasse Pauline.

GME.

[1] Fol. 109 verso.

LXIII

LE MÊME AU MÊME[1]

(Troyes, 25 février 1814)

Conférence entre Lichtenstein et Berthier. — Conférence de
Lusigny. — Les alliés à Troyes et les soieries. — Audace d'un
ancien émigré. — Impudence d'une *merveilleuse*. — Colère de
Napoléon. — Complaisance de Reims envers les Cosaques. —
Prisonniers.

Au quartier général à Troyes le 25 février 1814.

Tu te plains à Mélan que je ne t'écris pas, mais
tu es donc fou! Je me plains au contraire que tu
ne réponds pas au quart des lettres que je t'écris.
Ta dernière est du 9 février. Combien de lettres
n'as tu pas reçu de moi depuis cette époque? Enfin,
dépens compensés. Nous avons vu arriver hier au
quartier général de l'Empereur le prince Lichenstein. S. M. l'a vu, l'a laissé en conférence avec
le major général et est partie pour marcher sur
Troyes. On s'attendoit que l'ennemi tiendrait
devant la ville, qui elle-même est à l'abri d'un
coup de main; mais nous n'avons eu affaire
qu'à une arrière garde qui a tiré quelques coups
de fusil et qui a évacué la ville. Nous y sommes
entrés hier à six heures du matin. Le prince
Lichenstein est revenu pendant la nuit. Par une

[1] Fol. 110 et 111 recto. Au fol. 111 verso la suscription ordinaire. Au haut de la lettre, de la main d'André: Répondu le
2 mars 1814.

suite de cette mission, le village de Lusigny, à deux
lieux d'ici, a été neutralisé, et des conférences se
sont établies entre les généraux Flahaut pour la
France, Toucas pour l'Autriche, Souwalloff pour
la Russie et..... (*sic*) pour la Prusse. Elles durent
encore et nous sommes encore ici. J'ignore ce qui
en résultera. Rien ne transpire. A la vérité il fait
un froid excessif. Nous avons trouvé ici les pro-
clamations les plus ridicules, la suppression des
droits réunis, etc. [1] ; les actions de ces messieurs
ont bien démenti leurs paroles enmiellées. A
notre approche les paysans ont ressaisi leurs
armes, et ont ammené hier mille à douze cents
prisonniers. La veille on en avait fait pas mal,
et pris, je crois, quelques pièces de canon.
Depuis trois jours leur retraite était commencée.
En arrivant ici, ils ne voulaient pas se pourvoir
de soieries dont ils sont très amateurs, espérant les
avoir meilleur marché à Paris ; en battant en
retraite, ils ont jugé convenable de faire leurs
emplètes ici. Ils se retirent pour nous attirer,
disent-ils. Notre armée est animée d'un bon esprit.
S. M. déroute l'ennemi par ses manœuvres. Il a eu
la faiblesse de croire que nous n'avions personne ;
aussi ont-ils disséminé leurs corps depuis Soissons
jusqu'à Sens. Sa Majesté a profité de cette faute et
les a successivement rossés. Ils se sont retirés sur
Bar-sur-Aube. Notre armée les suit ; un certain
camarade émigré amnistié a fait le joli cœur de

[1] Fol. 110 verso.

porter la croix de Saint-Louis et de dîner chez les princes, etc. A notre arrivée, son affaire n'a pas été longue. On lui a lavé la tête avec du plomb.

Une certaine merveilleuse, Mme Bourgeois avait reçu l'empereur Alexandre, avait donné une soirée, enfin, après avoir reçu un cadeau de Sa Majesté, elle avait été conduite[1] en pompe à Chatillon. Le pauvre mari a comparu devant S. M., qui, en plein salon de service, a tourné en ridicule la conduite de sa femme et lui a dit : « Que votre femme vous fasse cocu avec un de mes officiers d'ordonnance, à la bonne heure ! Mais que ces messieurs non contents de tout le mal qu'ils font à la France viennent encore foutre les femmes, c'est un peu fort ! Que votre femme rentre et que ce qu'elle a reçu soit versé à la commission des hospices, ou je vous envoie tous les deux à la Salpêtrière. » — « Oui, sire » a dit le mari. Tu auras vu par le *Moniteur* que Rheims a eu aussi son paquet. Cette ville ne risque rien de faire du pain d'épice pour payer ce à quoi l'on imposera pour sa complaisance envers des Kosaques qui n'ont d'humain que la figure.

Le 1er février tu n'avais pas envoyé à mon père les cinq cents francs que je t'avais prié en janvier de lui faire passer. Il se plaint de nous deux.

Je t'ai demandé mon compte courant au premier janvier.

Adieu, cher André, mille et mille amitiés à Pau-

1 Fol. 111.

line, à Félix et à ta petite fille. Chambray a-t-il
eu la visite de ces heureux libérateurs?

Adresse toujours tes lettres à Mélan.

Si tu écris à Robinagrobis (*sic*) à Médicourt,
parles lui de moi. Adieu.

GME.

Je n'ai pu voir Madame Ranchoup à Paris. Tu
as sceu sans doute que comme Sion elle est sortie
de cette lutte plus belle et plus triomphante[1].

Dans ce moment passe une colonne de deux
mille cinq cents prisonniers autrichiens faits par
notre cavalerie légère sur la route de Bar-sur-Aube.
Le général de Wrede a failli être pincé, je ne
regretterais pas de le voir pendre. Il était comblé
des bienfaits de S. M.[2].

---

[1] En note au haut du fol. 110 verso.
[2] Au fol. 111 verso.

LXIV

G. PEYRUSSE A SON PÈRE[1]

(Meaux, 4 mars 1814)

Séjour de la *Maison* à Troyes. — Nomination de Peyrusse au
grade de sous-inspecteur des Revues de la garde. — Les inspecteurs des Revues. — Importance de cette nomination. —
Rapport élogieux. — Projets de mariage. — Un type de femme.
— Les recettes générales.

Meaux le 4 mars 1814.

La maison était restée à Troyes pendant que S. M.
était allée le 27 février faire son expédition contre
un corps formé des débris de Saken, de Blucker et
de Langeron que S. M. poursuit toujours. Nous
sommes en route pour la rejoindre.

Avant de quitter Troyes, Sa Majesté sur la
demande de M. de la Bouillerie, le rapport du
major général de la garde, les conclusions de
M. le comte Daru et la présentation de M. le duc de
Bassano, m'a nommé sous-inspecteur aux revues de
sa garde avec un traitement de 21,000 francs. M. le
duc de Bassano, qui a voulu être le premier à m'annoncer cette faveur de S. M., m'a assuré que si je
désirais terminer la campagne comme payeur, Sa

---

[1] Fol. 101 et 102 recto. Au verso la suscription : *A monsieur* |
monsieur Peyrusse, propriétaire à Carcassonne, département de
l'Aude. — Au dessous, Guillaume Peyrusse, relisant ensuite cette
lettre, a mis la mélancolique mention qui suit : Abdication le
11 avril 1814. *J'avais fait le souhait de la laitière et du pot au lait.*

M. ne le trouverait pas mauvais. C'est aussi mon
projet. N'ayant pas la croix que jamais S. M. n'a
voulu me donner parce qu'elle ne voyait en moi
qu'un employé civil, je serai peut-être assez heureux pour la gagner cette campagne.

S. M. a créé elle-même dans sa garde le corps
des inspecteurs. Il n'y a qu'un seul inspecteur,
tout le reste est sous inspecteur. Nous avons le
rang de colonel. Ce corps est très considéré. Les
membres qui le composent ont tous été commis-
saires des guerres de première classe. Je succède
à un sous-inspecteur en vénération dans le corps
et qui a demandé à passer dans la ligne en qualité d'inspecteur[1]. C'est un droit qu'on a dans la
garde. On gagne toujours un grade quand on en
sort bien. L'avantage de faire partie de la maison
militaire de Sa Majesté, l'agréable de la résidence,
la certitude d'une retraite honorable, la connaissance que j'ai de la partie et de tous les individus
de la garde avec lesquels j'aurai des rapports, une
place fixe contre la mienne qui, quoique infiniment agréable était éventuelle et finissait à la paix,
tous ces avantages réunis ont fixé mon choix.
Les places à cautionement ne me convenaient
nullement, voulant toujours être le maître des
quatre sols que je peux avoir[2] au lieu de les en-
fouir dans la caisse d'amortissement. Enfin je
voulais être breveté par S. M. pour ne pas être

[1] « En remplacement de M. Sabatié, décédé », dit Peyrusse dans
son journal (fragment inédit).
[2] Fol. 101 verso.

exposé au caprice d'un ministre, d'un directeur, etc.
et j'ai cherché ma tranquilité plutôt que l'avantage
d'une grande place à finance qui donne toujours
du tourment, et qui en outre aujourd'hui devient
fort rare.

S. M. m'a accordé une faveur insigne. Je comp-
tois être nommé adjoint; cela valait quinze mille
francs. C'était assez joli en débutant. Mes meilleurs
amis, mes protecteurs n'y comptaient pas: aussi
trouvent-ils que c'est un quine gagné à la loterie.
Je dois beaucoup à M. Labouillerie qui a fait la
première demande, mais je ne me dissimule pas
combien je dois à M. le comte Daru auquel S. M. a
renvoyé la demande, non comme devant s'immiscer
dans les affaires de la garde, mais comme au grand
patriarche de l'administration, devant connaître
tous les individus et de la maison et de l'armée.
Son rapport a été beaucoup plus avantageux que
je ne le mérite. S. E. a dit entre autres :

« M. Peyrusse à la retraite de Moscou a sacriffié
tout ce qui lui appartenait pour sauver le trésor,
les papiers, les bijoux de Votre Majesté ainsi que
toute sa comptabilité. Il a mis dans la reddition de
ses comptes une probité qui a été jusqu'au scru-
pule. »

Enfin me voilà cazé! Je fais des vœux bien sincères pour que nos affaires tournent bien. Je l'espère. Je rentrerai ensuite à Paris, et je chercherai
un beau-père. Si vous en sçavés quelqu'un, indiqués
le moi. Je veux faire, comme on dit, mes affaires
en me mariant, ou je resterai garçon. C'est un assés

bon lot. Je ne veux pas des femmes maigres et à petite poitrine. Mes frères ont eu ce goût, ce n'est pas le mien. Je veux que la chair couvre les os, de belles poitrines, un bon coffre, etc. Comme je suis un ci-devant[1] jeune homme, je ne veux pas fille de quinze ans ni de seize ni de dix-sept. Il est inutile de vous cacher que je suis de 1776; pour tout le monde je suis né en 1780. Ainsi je ne dois pas être exigeant. Ainsi voyés *boli dé turros*.

Cette lettre est pour la famille et pour Reboulh. Aux autres vous dirés dans la conversation que S. M. m'a accordé telle faveur avec tant d'appointements pour en jouir après la campagne, etc. Faites mousser tant que vous voudrés, mais n'exitons ni l'envie ni la jalousie de personne.

Est-ce que du côté de Limoux ou de Chalabre il n'y aurait pas quelque riche héritière jalouse d'habiter Paris? Je ne veux pas d'argent comptant. Je me contenterais de champs et de vignes, de prés etc.[2]; vous voyez que je ne suis pas difficile.

Je pense qu'André vous aura donné satisfaction. C'est bien sa faute s'il ne l'a pas fait. Je lui ai écrit plus de six fois à cet égard.

Adieu, cher père, je vous embrasse aussi sincèrement que je vous aime.

GME.

André ne sera sûrement pas content du parti que j'ai pris. Il ne voit rien au-delà d'une recette

---

[1] Fol. 102.
[2] Il y a ici un trou dans le papier.

générale. Je suis bien de son avis, mais quand on
pense que, pour l'avoir, il faut préalablement dépo-
ser deux ou trois cent mille francs et que si on ne
les a pas il faut les emprunter, faire des billets, etc.,
être exposé à un remboursement prompt qui vous
gêne, qui souvent vous met en déficit, etc., je serais
trop tourmenté... Bah! bah! Plus de tranquilité et
un cheval de moins dans mon écurie, et en mourant je ne laisse pas mon bien dans les mains de la
caisse d'amortissement, qui le rend aux enfans
lorsqu'elle le veut bien.

LXV

G. PEYRUSSE A SON FRÈRE ANDRÉ [1]

(Meaux, 15 mars 1814)

Marches et manœuvres. — Jalousie rétrospective. — Un mariage
et un tuteur malin. — Napoléon fait feu des quatre pieds. —
Félicitations sur son avancement.

A Meaux le 15 mars 1814.

Détaché du quartier général de l'Empereur, j'ai
été fort longtemps, mon cher André, sans avoir de
tes nouvelles; je viens de recevoir aujourd'hui tes
deux lettres des 25 et 2 mars. Je présume que tu
auras reçu la lettre par laquelle je t'annonçais ma
nomination et que tu l'auras communiquée à Louis.

[1] Fol. 103 et 104 recto. Le verso du folio 104 est occupé par la
suscription ordinaire. En haut de la main d'André: *Répondu le
18 mars.*

Le chateau de Champlay m'a fort occupé, j'aurais pu à notre passage à Montereau au moment que le Général Gérard allait balayer la droite de notre armée, trouver quelqu'un pour Joigny, mais aujourd'hui je suis trop éloigné. Si les manœuvres de S. M. nous amènent par là tu peux compter sur toute ma sollicitude. Je n'aurais jamais pensé que, Mme Taph. (*sic*) eût choisi sa retraite à Tours, et que surtout après ce qui s'est passé, elle eut accepté une soirée chés toi... J'aurais voulu m'y trouver : je pense que tu lui auras fait filer en douceur ma nomination, et qu'elle aura un peu de regret de m'avoir marchandé, pour donner sa fille à un avocassier..... quelle espèce d'homme est cela ? quel âge et quelle tenue a-t-il. Après que l'illusion a cessé, je vois Adèle avec d'autres yeux ; je la trouve froide, indifférente ; elle n'a pris aucune couleur dans l'événement qui me concernait, elle avait assés d'ascendant sur l'esprit de sa mère pour retarder..... Mais Taph. est un malin qui a été bien aise d'attendre la majorité de la demoiselle pour lui faire signer le Compte de tutèle et être à l'abri de toute réclamation[1]. Je lui ai toujours trouvé le ton tranchant et beaucoup de suffisance, mais alors sa tête était montée... Dieu soit béni! Je l'aime mieux aujourd'hui à un autre qu'à moi.

Dis moi tout ce qui se passera dans cette famille, et tâche, s'il est possible et négligemment de leur parler de moi... **La nièce est sans caracthère,**

---

[1] Fol. 103 verso.

ayant surtout le cerveau très humide... Enfin n'en
parlons plus. Nous sommes ici sans rien savoir de
l'Empereur, parce que nous ne sommes pas sur la
route de l'estaffette ; nous étions à Chateau-
Thierry ; par suite de son mouvement sur Soissons
nous sommes revenus à Meaux, mais nous n'y resterons pas longtemps, si, comme on nous l'assure,
S. M. se porte sur Reims. S. M. fait feu des
quatre pieds pour déjouer et anéantir les projets de
l'ennemi. Et de vos côtés quelles sont vos craintes
et vos espérances?...

Puisque mon compte au premier janvier est
prêt envoie le moi dans la première lettre que tu
m'adresseras à Melan. — A merveille que tu aies
fait passer à mon père les cinq cents francs
demandés. J'avais envoyé dans le temps cinq
cents francs à Mion pour sa batisse... elle vient
encore il y a peu de jours fournir un mandat de
six cents francs sur Melan que j'ai bien payé.
Aides la si tu peux [1] : nous trouverons un castel
à Aragon sur nos vieux jours. Tu auras reçu ma
lettre de Paris, j'ai été sensible au compliment de
M. de Labouillerie qui, dans l'intervalle, m'avait
fait son compliment d'une manière bonne et
aimable ; il m'assure qu'il verra avec grand plaisir que le ministre me permette de continuer pendant cette campagne, « ne pouvant rien faire de
mieux que de vous conserver le plus longtemps
possible ».

---

[1] Fol. 104.

Adieu, cher André, pense à me trouver femme.
Adieu, je t'écrirai toutes les fois que je le pourrai.
Je t'embrasse ainsi que Cormenin père, fille, etc...

GME PEYRUSSE.

LXVI

LE MÊME AU MÊME [1]

(Paris, 10 mars 1814)

Bataille de Craonne. — Peyrusse en permission à Paris. —
Fin de la campagne comme payeur.

Paris, le 10 mars 1814.

Je suis venu de La-Ferté-Milon où sont les
équipages de l'Empereur faire une pointe à Paris,
mon cher André. Au moment de mon départ S. M.
venait de remporter à Craone un avantage marquant, prisonniers et artillerie avaient été le résultat de l'affaire. Je voulois voulois voir le Ministre de
la guerre pour lui demander l'autorisation de continuer mes fonctions de Payeur pendant la campagne, mais je n'ai pas été reçu, le Ministre était
en conseil. Je vais partir, je lui écrirai. J'ai reçu
les compliments de tous nos Messieurs et particulièrement de Mr Labouillerie. Je n'ai pas des
lettres de toi depuis longtemps, celles que tu m'as
adressées sont au quartier général. J'ai reçu une

---

[1] Fol. 105 recto, quelques lignes au verso. Le feuillet contenant la suscription a été enlevé.

lettre de mon père qui se plaint encore du non-envoi des cinq cents francs ; pourquoi diable ne les envois-tu pas, et lui dis-tu que tu n'as pas reçu d'ordre de moi à cet égard, lorsque je t'ai fait cette [1] demande pour lui le 26 décembre.

Adieu, cher André ; une embrassade à Pauline et à tes enfants.   GME.

LXVII

LE MÊME AU MÊME [2]

(Sommepuis, 21 mars 1814)

Bataille d'Arcis-sur-Aube. — Le corps de Wrède. — Marche sur Vitry. — Inquiétude sur la manœuvre de Napoléon.

A Sommepuis le 21 mars 1814.

J'ai joint hier matin Sa Majesté à Plancy, mon cher André. Nous sommes partis aussitôt pour Arcis-sur-Aube. On ne comptoit pas y trouver l'ennemi en force, parce qu'il avait caché ses masses derrière des rideaux boisés. Mais, comme il vaut mieux prévenir son ennemi que d'être attaqué, S. M. a commencé l'attaque à trois heures. Elle a duré jusqu'à dix heures du soir. Le feu a été très vif sans être meurtrier. Le tout n'a eu d'autre

[2] Fol. 105 verso.
[1] Fol. 106 et 107 recto ; au verso, la suscription ordinaire, et un cachet de la poste : *Trésorier général de la couronne.* Point de signature.

résultat que de bien connaître la force et la position de l'ennemi. C'était le corps de Wrède avec deux divisions autrichiennes. Il n'y a pas eu de perte marquante. Les généraux Corbineau et Krazinski ont été blessés. Le général Drouot et le duc de Dantzig ont eu des chevaux tués. Ce matin l'ennemi [1] présentait moins de force. Cependant on s'attendait à une affaire, mais S. M. qui avoit annoncé hier soir qu'elle vouloit se porter sur Vitry a fait son mouvement ce soir en présence de l'ennemi, et nous marchons sur Vitry, d'où nous ne sommes qu'à quatre petites lieux. L'ennemi a remué un peu de terre à Vitry, mais il faudra du canon et nous verrons demain.

Je n'ai pas reçu ton compliment. Adieu, bon soir. Il est minuit, et je veux proffiter d'un courier pour te donner signe de vie. La manœuvre de S. M. paraît hardie. Dieu veuille la couronner d'un succès heureux ! S. M. assure que l'ennemi n'ayant pas de plan, il faut [2] l'étonner par des manœuvres et se porter tantôt sur ses flancs tantôt sur ses derrières.

[1] Fol. 106 verso.
[2] Fol. 107.

LXVIII

LE MÊME AU MÊME [1]

(Saint-Dizier, 23 mars 1814)

Peyrusse, chevalier de la légion d'honneur. — Difficultés
des correspondances.

St Dizier le 23 mars 1814.

Je m'empresse de t'annoncer, mon cher André,
que S. M., sur la demande de M^r le Grand Maréchal, m'a nommé ce matin chevalier de la Légion
d'honneur. C'est la première faveur que je reçois
de Son Excellence de la bienveillance duquel je
n'ai qu'à me louer. Je suis aux anges.

L'Estafette ne part pas parceque la route ne
nous paraît pas très sûre, mais je proffitte du
colonel Rosseville qui va tacher de joindre le
Maréchal Soult pour te donner cette [2] nouvelle ;
il m'a promis s'il change de direction à Paris de
jeter ma lettre à la poste.

Adieu marque le à mon père et à Louis, je
crains de n'avoir pas de quelques temps (*sic*) la
possibilité de leur écrire. Adieu.

LE CH^{er} PEYRUSSE (*sic*).

Je te quitte, car Rosseville est sur mon dos pour
me presser.

---

[1] Fol. 108 recto, le verso blanc ; le folio où était la suscription a
été enlevé antérieurement.
[2] Fol. 108 verso.

LXIX

G. PEYRUSSE A SON PÈRE[1]

(En mer et à l'île d'Elbe, 28 avril-2 mai 1814)

Embarquement sur *l'Indomptable*. — Peyrusse découvre la Médi-
terranée. — Une *horrible tempête*. — La table de l'Empereur.
— Les distances rapprochées. — Capraia. — Arrivée à Elbe.
— Prise de possession par le général Drouot. — Débarquement
de Napoléon.

A la hauteur du cap Corse le 28 avril.

Mon cher ami (*sic*). Je vous ai annoncé que nous
n'allions pas à Saint Tropez. Nous nous sommes
embarqués le 28 à sept heures du soir sur la frégate
l'Indomptable, capitaine Eager. S. M. a été reçue
avec le plus grand respect et une salve de vingt-et-
un coups de canon. Nos chambres étaient prépa-
rées dans le deuxième pont. Je me suis installé
non sans me donner de fréquens coups de tête
au plancher. Nous sommes partis à minuit. Les
préparatifs sont curieux. Le vent est tombé et
nous n'avons presque pas marché.

Le 29.

Nous avions vent contraire. Nous n'avons fait
que louvoyer. A sept heures, c'est-à-dire douze
heures après, j'ai ressenti le mal de mer. J'ai pris

---

[1] Fol. 112 et 113. Le texte les remplit ; ils sont divisés en deux
colonnes. Au bas du fol. 113 est la suscription : *A Monsieur Peyrusse, propriétaire, Carcassonne, Aude.*

du thé et me suis mis sur mon lit souffrant un très grand mal aise.

30.

Vent contraire. A midi nous nous sommes trouvé en face des Iles Sainte-Marguerite. A dix heures du soir, nous avons eu grand vent, qui nous a tourmentés et a causé au batiment de petites avaries. Il a duré toute la nuit. J'ai horriblement souffert du mal de mer. J'ai pris cela pour la plus horrible tempête. Tout tombait dans ma chambre. L'eau entrait par les sabords. On ne pouvait se tenir sur le pont. Je communiquois mes inquiétudes aux officiers anglais, qui m'assuroient qu'un temps dix fois plus violent n'était pas une tempête. On a servi le déjeuner comme de coutume. Je n'avois pas faim. J'ai pris du thé et du jambon et deux verres de malaga. Le vent a cessé, et nous avons été en panne tout le reste de la journée.

1er mai.

Nous étions à midi devant l'île de Corse, n'ayant pu doubler le cap. Nous nous sommes placés devant Ajaccio à un coup de canon de la terre. A deux heures, on a signalé une petite escadre. Elle a paru un quart d'heure après. Un vaisseau, deux frégates, deux briks et six bâtiments de transport ont passé devant nous et nous ont salué. Ce spectacle m'a fait plaisir. Nous étions dans un calme plat. Nous avons avancé en tirant des bordées jusqu'au golphe de Calvi où nous étions à dix heures du soir.

2 mai.

[1] La nuit a été superbe, mais nous n'avons presque pas fait de chemin. Il est une heure du soir et nous allons nous trouver en face du golphe de Saint Fiorenzo (*sic*). Jusqu'à ce jour S. M. vient fréquement sur le pont. S. M. dîne avec le capitaine, le grand maréchal, le général Drouot, un commissaire autrichien et un commissaire anglais. Les autres officiers qui accompagnent S. M. dînent avec l'état major, et notre table est splendide. C'est un mélange de mets anglais et français et du vin délicieux. Que de réflexions me fait faire la présence de S. M., se promenant sur le pont en chapeau rond ! Chacun de nous lui donne l'épaule pour placer la lunete lorsqu'elle la demande. Je lui ai tenu pendant un quart d'heure ce matin le pupitre où sont placées ses cartes. Les distances entre nous sont aujourd'hui rapprochées. A dix heures du soir nous étions encore en panne devant le cap Corse.

3e mai.

A sept heures du matin, je suis monté sur le pont. Nous avons doublé le cap Corse et nous nous trouvions entre les isles de Capraia et de Gorgonne. Ce sont deux énormes rochers qui s'élèvent du sein des eaux.

Nous avons passé sous Capraia. Le capitaine a arboré son pavillon et l'a assuré par un coup de

---

[1] Fol. 112 verso.

canon. Le fort de Capraia nous a répondu. Il existe autour du fort une cinquantaine de maisons régulièrement bâties qui servent d'habitations à des pêcheurs. L'île est entourée de petites tours rondes pour sa sûreté. Nous sommes en vue de l'île d'Elbe. Le vent n'est pas favorable. Nous avons fait venir à bord un patron de gondole qui a dit venir de Gênes et aller en Sardaigne. Les Anglais occupaient Gênes. Le roi de Sardaigne y était arrivé. L'île de Capraia a arboré pavillon anglais. La garnison française s'est rendue en Corse et un gouvernement [1] provisoire s'est installé. Les principaux habitants sont venus raisoner à bord. L'île a trois lieux. Elle ne contient qu'un petit village bâti sur la pente du rocher, peuplé de huit cents hommes, dont le commerce fait toute l'existence. Le capitaine anglais en a fait prendre possession.

Enfin nous avons pu distinguer très visiblement avec nos lunetes le golphe de Porto-Ferrario. Tous nos yeux se sont portés avec avidité sur cette nouvelle patrie. Au fur et à mesure que nous avancions, chacun communiquait ses découvertes. A deux heures on a mis une chaloupe en mer. Le général Drouot et les plénipotentiaires se sont rendus à terre pour prendre possession de l'île et forts au nom de S. M. Ils ont été bien reçus. Après les formalités d'usage, les plénipotentiaires nous ont ramené le général, le commandant du port, le sous-

[1] Fol. 113 recto.

préfet et toutes les autorités. S. M. leur a donné
audience, leur a promis protection et bienveillance. Ils sont partis pénétrés de tout ce que S. M.
leur a dit d'affable. Nous avons jeté l'ancre à
dix heures du soir. Nous n'entrerons demain qu'à
midi. Il me tarde d'être à demain. Nos messieurs
disent que le pays est joli et la ville assez bien
bâtie [contient][1] près de trois mille habitants. Le
pilote italien [2] est avec nous ; nous l'accablons de
questions.

Du 4e mai.

A la pointe du jour, j'ai pris un canot et je me
suis rendu en ville. J'ai été beaucoup plus satisfait que je ne l'aurais cru. La ville est bâtie autour
du pont en amphithéâtre. Il y a de beaux bati-
ments publics. La maison que je dois habiter est
propre et jolie. Elle est habitée par le vice consul,
qui est trésorier général de l'île. Tout paraît en
mouvement pour la réception de S. M. L'artillerie,
le génie préparent des pétards, des fusées.

A deux heures S. M. en descendant de son canot
a été saluée de vingt-et-un coups de canon. Les
forts ont répondu. A la descente de la chaloupe
elle a été reçue par les plénipotentiaires et toutes
les autorités de la ville. La troupe bordait la haie
depuis le port jusqu'à la mairie que S. M. doit occuper. S. M. leur a adressé un discours fort touchant et chacun s'est retiré. Les habitants pa-

[1] Mot oublié.
[2] Peyrusse avait d'abord écrit par distraction : *français*.

raissent contents de voir leur sort fixé. S. M.
elle même [1] paraît sensible à l'empressement des
habitants qui certainement ne se plaindront pas de
nous. J'ai vu d'assés jolis minois. Je vous quitte.
L'aide de camp comte Klam doit partir tout à
l'heure pour France (*sic*) et je ne veux pas qu'il
parte sans vous porter cette lettre. Écrivez-moi
le plus possible voie de Piombino. C'est par là
que viennent les lettres de France. Je crois qu'il
faudra affranchir. Vous le demanderès à Belloc.

Adieu ; j'embrasse mes sœurs, l'abé, Joachim,
Reboulh et toute la famille. Adieu, adieu.

G.

Trésorier particulier de l'empereur Napoléon
à Porto Ferrajo. Ile d'Elbe.

Voie de Piombino.

[1] Fol. 113 verso.

FRAGMENTS INÉDITS

DES

JOURNAUX DE PEYRUSSE

I

NOTES DE VOYAGE

Strasbourg, 7 avril 1809.

Je ne m'étonne pas qu'un grenadier dans un transport d'enthousiasme ait aiguisé son sabre sur le tombeau du maréchal de Saxe. Ce mausolée que j'ai vu dans l'église réformée mérite sa réputation. Ce héros, qui descend dans la tombe avec calme et majesté, tandis que la France éplorée veut l'arrêter, inspire la plus juste admiration.

7 avril 1809.

Une des plus belles routes de France est celle qui conduit à Strasbourg. On ne peut voir sans étonnement les richesses agricoles des départements qui traversent la Marne et la Meuse. Je n'ai pas remarqué une seule chaumière depuis Meaux. Aucun champ négligé.

Strasbourg, 11 avril 1809.

La ville était hier tranquille ; elle est aujour-
d'hui très agitée ; les troupes passent et repassent,
arrivent et partent. Un bataillon de la Vieille
Garde passe le Rhin. J'ai ordre de marcher sous
son escorte. Je quitte Strasbourg. On construit
une belle tête de pont à Kehl. Soixante malheureux déserteurs et conscrits réfractaires, condam-
nés au boulet, enchaînés deux à deux, sont forcés
de travailler à épuiser l'eau des fondations du
fort. Les gendarmes qui les gardent m'ont dit que
l'on espérait la grâce de beaucoup d'entre eux si
l'Empereur visitait les travaux. Cet espoir a été
réalisé. Les fourriers de la maison de l'empereur
passent devant nous. Le maître n'est pas loin.

18 avril 1809.

Toujours mauvais temps ! Enfoncés dans la
neige, la forêt que nous parcourons me semble la
Sibérie. Je suis mal disposé pour le pays de Bade
que je traverse.

24 avril 1809.

Nous découvrons Ulm. En approchant de cette
ville, l'une des plus considérables de la Souabe, je
ne pus m'empêcher de rabattre un peu de la
mauvaise opinion que j'avais du général Mack qui
l'a rendue sans la deffendre en 1805. Cette place
est entourée, il est vrai, par de larges fossés et fortifiée de murailles assez élevées, mais ses remparts

ne sauraient la protéger puisqu'elle est presque
entièrement dominée par une colline qui permet
de la foudroyer à demi-portée de canon. Résister
eût été une sottise. La garnison, il est vrai, était
forte de plus de 30,000 combattants, mais ils
avaient à leur tête des princes faibles, qu'il était
du devoir de Mack de ne pas compromettre. Ce
général le savait. En outre, il avait reçu de Napoléon, maître du [1] plateau qui commande la place,
le billet doux suivant : « Si je prends la place
d'assaut, je serai obligé de faire ce que j'ai fait à
Jaffa, où la garnison fut passée au fil de l'épée.
C'est le triste droit de la guerre, vous le savez. Je
désire qu'on épargne à la brave nation autrichienne la nécessité d'un acte aussi effrayant. » Il
eût été difficile de ne pas se rendre à de pareilles
raisons, quand on n'a pas le courage de faire une
sortie. J'ai visité la cathédrale et la synagogue.

Nous sommes sortis d'Ulm par un très beau
pont.

Stuttgard, 28 avril 1809.

Le roi de Wurtemberg est, sans contredit, le
plus gros monarque existant. On peut dire de lui
que Dieu l'a mis au monde et le fait exister pour
prouver jusqu'où la peau de l'homme peut
s'étendre. Ce roi, qui ne possède que douze cent
mille sujets, est gendre du roi d'Angleterre. Il
affecte la magnificence d'un riche potentat. Sa

---

[1] Fol. 6.

14

cour fourmille de chambellans, de pages, des
gardes du corps. Ce prince n'est pas aimé parce
qu'il règne en despote. Il n'est pas cruel, mais dur.
J'ignore si une loi municipale ordonne de nétoyer
tous les jours les carreaux de toutes les fenêtres,
les portes et les marteaux, mais cet usage est uni-
versellement adopté au grand contentement des
voyageurs.

8 mai 1809.

Depuis le Tyrol et les montagnes de Styrie jusqu'à Vienne, le pays offre beaucoup de mouvement ; les villes assez mal bâties, les maisons pour
la plupart en bois ; il n'y a d'édifices remarquables
que les églises et les couvents. Le saint favori des
Autrichiens est saint Jean Népomucène. Sa statue
est sur tous les ponts, dans tous les carrefours, sur
tous les édifices publics.

Les paysans autrichiens ont un costume particulier qui les distingue. C'est une veste grise très
courte et ronde. Sur cette veste des bretelles de
peau ou de velours noir soutiennent une culotte
de peau de la même couleur. Ils portent des bro-
dequins, un col noir et un chapeau noir à large
bord. Les paysannes ou femmes d'artisan ont un
jupon brun court et très plissé, bordé de deux
rubans en galon. Le corset est gris ou bleu, orné
de quatre rangs de boutons d'argent. Sur le col les
femmes mettent une guimpe en dentelles, et sur
leur tête un bonnet phrygien de drap d'or ou de
velours brodé en or.

Vienne, 12 juin 1809.

Je suis entré dans l'église des Augustins... Deux chapelles latérales offrent deux grandes châsses vitrées, elles contiennent des squelettes bien conservés d'un évêque et d'une vierge.

Il y a du plaisir à se faire enchâsser. Non seulement ces précieuses reliques sont posées sur des coussins de soie ornés de broderie, mais elles sont habillées avec un luxe et une recherche rares. Chaque os est enveloppé dans un réseau d'or à jour, les pieds sont dans de petites pantoufles de brocart, les mains dans une paire de gants de tricot ornés de perles ; aux poignets sont des manchettes de dentelles ; une colerette pareille, au cou ; des bagues, des colliers précieux ornent ces saints débris. Ces têtes de mort sont coiffées l'une avec une mitre brillante, l'autre avec une comète d'or et d'argent qui ne les rendent pas plus jolies.

Vienne, 23 juin 1809.

Le Prater communique à l'Aumgarten par deux allées magnifiques qui ombragent une pelouse toujours verte et parsemée de jolis pavillons, de maisonnettes, de cabanes d'une construction variée. Ce sont des kiosques chinois, turcs, indiens, de petites fabriques hollandaises, des chalets suisses, des huttes de sauvages, des masures gothiques. Ce sont des cafés, des jeux de toute espèce. On y voit vingt peuples et vingt costumes divers. Ce sont des Grecs, des Turks, des Boémiens, des Hongrois, des

Kosaques, des Juifs. Les Viennoises de la classe des
artisans portent une toque d'or, des corsets d'une
riche étoffe, des jupons plissés. Au milieu de ce
bizarre assemblage se promènent les élégans de la
ville ayant, quoique habillés à la française, quelque
chose de tudesque dans leur mise et dans leur
maintien... Le soir, le Prater n'est plus tenable ;
des myriades d'insectes importuns fondent sur les
promeneurs et les forcent à la retraite : « C'est une
police céleste, me dit un Allemand avec qui je me
promenais. Sans ces insectes l'amour ferait au Prater trop de ravages pendant le crépuscule. »

Vienne, 27 juin 1809.

Le maréchal duc de Montebello n'a pu être sauvé.
Son corps a été embaumé, et, pour être conservé,
il a été plongé dans une dissolution de sublimé
corrosif. A son arrivée en France, le corps sera
séché, mis dans un cercueil et placé aux Invalides.

Vienne, 28 juin 1809.

Je suis rentré à Schœnbrun de bonne heure. Un
célèbre mécanicien, nommé Kempelé, a présenté
dans le salon de S. M. un bras artificiel avec lequel
un militaire amputé peut exécuter tous les mouvements d'un bras naturel. En outre, ce mécanicien a fait monter dans le salon du prince de Neufchâtel un joueur d'échecs automate.

S. M., après avoir examiné les inventions utiles
de Kempelé et lui en avoir témoigné sa satisfaction, prit une chaise et, s'asseyant devant l'auto-

mate, il lui dit en riant : « A nous deux, mon
camarade. »

L'automate incline la tête, et fait signe de la
main à l'Empereur pour l'inviter à jouer le premier. La partie s'engage. Après quelques coups,
l'Empereur pose exprès une pièce à faux. L'automate le salue, reprend la pièce et la remet à sa
place. Napoléon triche une seconde fois. L'automate
confisque la pièce. « C'est juste, » dit l'Empereur,
et il triche une troisième fois. Le joueur-machine
secoue la tête et, passant la main sur l'échiquier,
renverse toutes les pièces. Un éclat de rire ter-
mina la partie.

Vienne, 1er juillet 1809.

On voit peu d'argent monnayé circuler dans
Vienne. Le commerce se fait en florins de papier.
Notre arrivée en a fait baisser le taux. Il n'y a pas
à craindre le sort de nos assignats. Ce papier monaie ne peut perdre sans que toutes les propriétés
ne perdent dans la même proportion, puisqu'elles
lui servent d'hypothèques.

Vienne, 7 juillet 1809.

S. M., désirant relever le moral du soldat et
adoucir le sort des malheureux blessés, me donna
l'ordre de me transporter dans les hôpitaux, dans
les ambulances, et de distribuer quarante francs
aux soldats qui auraient perdu deux membres,
vingt francs aux amputés d'un membre et
dix francs pour les autres blessures graves. M. le

grand maréchal présida à cette distribution :
10,700 blessés participèrent à ce secours.

J'ai fait une excursion à Baden à quatre mille
de Vienne. C'est une charmante petite ville située
dans un vallon fertile entre plusieurs montagnes
escarpées. Rien de plus propre et de plus élégant
que les maisons bourgeoises qu'on loue pour la
saison des bains et des eaux. Les bains sont de
vastes cuviers en sapin garnis circulairement d'un
banc. On y descend par des escaliers qui partent
de petits cabinets où l'on prépare la toilette, et
l'eau minérale monte à la hauteur convenable.
Chaque baignoire contient quinze à vingt personnes. Ce qu'il y a de singulier, c'est que les
femmes et les jeunes filles les plus honnêtes ne
font pas de difficulté de se baigner avec les hommes,
quoique l'eau soit très limpide et que leur linge
mouillé accuse leurs formes.

J'ai fait une promenade délicieuse sur la montagne qui abrite la ville des vents du nord, et j'ai
dîné à la table d'hôte de la maison des bains. La
chère n'y a pas été délicieuse.

Le directeur du musée de Paris, M. Denon, est
ici. Sa présence coûtera sans doute quelques ta-
bleaux ou quelques antiques à François II. Dans
le salon contigu à sa galerie, je remarquai un très
beau buste de marbre de Joseph II : « Je prévois,

dis-je à M. Denon, que ce buste ira à Saint-Cloud. — Je me garderai bien de le proposer, me dit le directeur. Regardez la signature du sculpteur. » Je lus derrière le buste : *Ceracchi sculpsit.* — « Ah! je conçois qu'il y aurait de l'inconséquence à mettre dans l'appartement de l'empereur l'ouvrage d'un homme qui a voulu l'assassiner. » — « Mais voilà ce que je prendrai en échange. » Il me montra un buste de Marie-Antoinette, femme de Louis XVI à l'âge de huit ans, et un écran brodé en soie par Marie-Thérèse. La couleur de la soie était passée.

Paris, 28 octobre 1809.

J'ai revu Carlsruhe, tout respire l'aisance dans cette ville charmante.

Après une campagne de sept mois, je suis rentré à Strasbourg. Tout me paraît plus aimable, plus vivant qu'en Allemagne. Le plaisir que j'éprouve en revoyant la France est un sentiment dont je ne pouvais me former une idée avant de l'avoir éprouvé.

Je n'ai plus de notes à prendre. Je mets toutes mes écritures à jour. Je fais ma caisse et je prends la route de Paris, où je suis arrivé le 28, au soir. Ma campagne avait été de sept mois.

II

LA BATAILLE DE WAGRAM

Pendant que le quartier général repose, l'armée continue partiellement ses opérations. Il y a journellement des affaires de poste. Il arrive beaucoup de troupes de l'intérieur. Les revues sont nombreuses. S. M. sort très souvent. Tout annonce une affaire. On ne peut se figurer l'ardeur qui anime nos troupes, leur bonne tenue. On remarque les mêmes dispositions dans les conscrits qui nous arrivent, après six mois de présence sous le drapeau. Ces mouvements militaires contrastent avec le calme et le laisser [aller] de notre quartier général.

19 mai.

L'aspect du quartier général devient plus sérieux. Les ordonnances, les aides de camp vont et viennent. Une grande activité règne dans les bureaux du major général. Les troupes s'amoncèlent dans l'île de Lobau, les ponts sont prêts. S. M. rentre fort tard de ses reconnaissances,

21 mai.

Le service est prêt à marcher. L'armée autrichienne s'est fortifiée sur la rive gauche[1] du Danube. Son service est à Essling. Nos troupes sont en partie dans l'île de Lobau, et une partie autour d'Ebersdorf.

Pendant la nuit du 20 au 21 l'empereur fait jeter des ponts entre Gross-Aspern et Essling, reconnaît la position de l'ennemi, ordonne le passage sous le feu des batteries autrichiennes.

Le maréchal Masséna commande l'aile gauche. L'aile droite est aux ordres du maréchal Lannes. L'Empereur avec la garde est au centre.

Aux premiers coups de canon j'étais monté sur les combles du château. La nuit obscure rendaient plus brillants les éclairs des bouches à feu et des fusils. L'attaque fut vive, on voyait dans le lointain les feux des bivouacs ennemis se ranimer.

Gross-Aspern fut le premier village enlevé par notre avant-garde. Le village d'Essling fut pris et repris trois fois. Le jour trouva notre droite à Enzersdorft.

22 mai.

Le 22, au matin, l'ennemi, fort de 80,000 hommes, présente un large front que protègent 200 pièces de canon. A cette vue S. M. qui avait placé sa tente en arrière du pont du passage sort de l'île.

[1] Manuscrit 255, fasc. I, fol. 16.

Les feux les plus meurtriers sillonnent toute la plaine. L'attaque devient générale. La Garde était entrée en ligne. Aux feux redoublés, on reconnaissait l'artillerie [1] de la garde. Déjà l'armée ennemie était forcée à la retraite lorsque on apprend la rupture des ponts n°s 2 et 3. Des petites barques fortement construites, proffondes et triangulaires, avaient été chargées de pierres. Entraînées par le courant avec une force incroyable, leur forme les faisait tournoyer sur le fleuve, et elles brisaient avec leurs angles tout ce qu'elles heurtaient dans leur course rapide.

Cet événement fut désastreux, parce qu'il retint en deçà des ponts le corps entier du maréchal Davoust notre artillerie légère et une partie de notre grosse cavalerie. Dans ce cruel instant, S. M. fut admirable. Elle donna l'ordre de ralentir le mouvement, d'essuyer sans avancer le feu de l'ennemi. Calme au milieu du plus grand danger, elle fait faire quelques charges partielles pendant que tout se dispose à rentrer dans l'île à la nuit. Dans la charge le général Mouton a eu la main percée d'une balle et quitte le combat. Le duc de Montebello a été frappé par un boulet à la cuisse. Ces deux graves accidents ajoutent à tout le désastre de la journée. Les Autrichiens, étonnés de notre prudence, n'osent quitter leurs positions. Ils croient à une retraite simulée pour leur tendre [2] un piège. Le général Dorsenne, qui commande la vieille garde,

[1] Fol. 16 verso.
[2] Folio 17.

fait bonne contenance et protège notre retraite. Nos troupes cèdent pied à pied le champ de bataille, emmenant tous les blessés. A minuit nos troupes ont repris leur position dans les diverses îles de Danube. Ainsi s'est terminée cette journée désastreuse qui nous a coûté 12,000 hommes. Ce n'est pas une défaite, le champ de bataille nous étant resté.

23 mai.

S. M. est rentrée dans la matinée à Schœnbrunn, après avoir visité tous les campemens, ordonné l'abatis des arbres tout le long du fleuve et le placement des poteaux pour l'éclairage des diverses routes qui traversent les îles, on a réparé la rupture des ponts pour faciliter le retour de S. M. et des blessés.

On désespère de sauver le maréchal Lannes. Il a soutenu avec beaucoup de force et de courage l'amputation de la cuisse. L'empereur témoigne à cet illustre malade l'intérêt le plus vif et le plus empressé.

III

L'ARMÉE FRANÇAISE A MOSCOU

15 septembre 1812.

A deux heures j'arrivai aux premières maisons du faubourg. Des bandes nombreuses de soldats de toute arme, chargés de butin, m'annoncèrent que la ville, abandonnée par ses habitants, était au pillage. J'avançais émerveillé de la beauté de la ville ; les murs des maisons différemment colorés, les coupoles couvertes en plomb et en ardoises, d'autres dorées, répandaient la plus piquante variété. Je passai devant de magnifiques palais ; je voyais peu d'habitants. Les magasins enfoncés étaient livrés au pillage ; le vin, l'eau-de-vie, les liqueurs ruisselaient de toutes parts. Mais j'étais étonné de trouver, de distance en distance, sur les places, devant les églises, aux portes du palais, dans les rues, sur les ponts, des groupes de paysans à figure sinistre qui me semblaient appartenir à la lie du peuple, étendus, entassés les uns sur les autres. J'appris que c'était des mougiks. Nous eûmes beaucoup de peine à nous faire jour à travers tous les embarras des rues, où des compagnies entières de soldats, de cavaliers se croisaient dans tous les sens, chargée de provision de bouteilles, de meubles d'un très grand prix. Nous arrivâmes aux portes du Kremling. Mon logement fut marqué à la fenêtre au-dessus de laquelle j'ai mis un point noir[1].

16 septembre.

Dans la nuit quelques incendies avaient éclaté dans les quartiers reculés. On en attribua d'abord la cause à l'inexpérience que devaient avoir nos soldats pour chauffer les poêles russes. Dans la matinée le feu paraissait envahir des quartiers plus rapprochés du Kremlin. Nous déplorions ces premiers désastres, des patrouilles circulaient ; on cherchait tous les moyens de s'opposer aux progrès du feu. A une heure l'incendie, étendant ses ravages, éclatait dans plusieurs directions opposées. Le palais Paschkoff, bâti en face du Kremling, était en feu dans tous ses combles. Le vent soufflait avec furie et portait dans le Kremlin des brandons enflammés. Il était impossible d'attribuer à des accidens produits par une prompte invasion, à l'inexpérience de nos soldats, des incendies aussi multipliés. Il n'existait pas d'autorité dans Moskou. Une politique sauvage et destructive avait ordonné de fuir une ville condamnée

[1] Fol. 14 verso.

aux flammes. La population entière avait émigré.
Bientôt des rapports certains confirmèrent nos
soupçons. Déjà le feu éclattait dans une des tours
de la deuxième enceinte du Kremling. Non loin
de nous, l'hôpital des enfants trouvés, où l'on
avait entassé un grand nombre de blessés, était
en feu. Le manque absolu de pompes à incendie
ôtait tous les moyens de préserver ce magnifique
monument[1]. Nous déplorions cette barbarie attroce, lorsqu'on vint annoncer que le feu venait
d'éclatter dans le dépôt de bois à brûler, destiné
au chauffage du palais. Des incendiaires venaient
d'être pris la torche à la main. Ils appartenaient
à la classe de ces mougiks que nous avions trouvés se vautrant dans les rues. A chaque instant.
des rapports sinistres parvenaient à Sa Majesté. Il
était constant que le comte Rostopchin, gouverneur de Moskou. avant d'abandonner la ville, avait
fait mettre en liberté tous les scélérats que les
prisons renfermaient, sous la condition qu'ils
éclaireraient par un incendie général nos premiers
pas. La fureur et la barbarie du Gouvernement
russe furent horriblement secondées. Le feu éclata
partout ; plusieurs ponts s'écroulaient ; le tocsin
de l'arsenal annonçait le feu. Pour préserver le
bel hôtel de la chancellerie du Sénat, la garde
jetait par les fenêtres tous les papiers et archives
qui s'y trouvaient. Enfin, le feu commençant à
pénétrer par plusieurs endroits autour du Krem-

[1] Fol. 15.

lin, il ne nous fut plus possible de délibérer. Des
cris affreux, un tumulte, un encombrement difficile à rendre précipitèrent notre sortie du palais.
Nous ne sçavions pas où déboucher, les chevaux
craignant d'avancer. S. M. était sortie, dans l'intention d'aller s'établir au château de Peterskoe.
Elle avait[1] éprouvé les plus grands embarras pour
sortir de la ville. Nous avancions plus lentement
avec nos fourgons. Les rues étaient obstruées de
meubles ; des pièces de bois enflammées tombaient
à nos pieds. Forcés par l'encombrement de nous
arrêter à chaque pas, suivis ou devancés par une
longue file de voitures, on entendait les cris des
conducteurs qui, ne pouvant résister à l'action
du feu, poussaient pour avancer des hurlemens
affreux. La tête de la colonne, rencontrant des
ponts brûlans, s'arrettait, et c'était à qui sorti-
rait de son rang pour échaper à cette fournaise
ardente. Je voulus aussi tenter un nouveau passage, le pont par lequel nous devions déboucher
étant à moitié consumé ; mais, fatigué de tant de
contrariétés, de tant d'obstacles, ne rencontrant
partout que du feu, les fourrages qu'on avait placé
derrière les voitures étant déjà atteints, sentant le
danger imminent d'être cerné par les flammes
dans ce labyrinthe de feu, je me décidai à faire
passer ventre à terre mes fourgons sur un pont à
demi-consummé qu'on nous signala à l'entrée du
faubourg et vers lequel nous nous dirigeâmes à

[1] Fol. 15 verso.

travers toute espèce d'embarras. Je traversai rapi-
dement le faubourg ; une cohue affreuse de soldats
pénétrant à travers les flammes dans [1] les maisons,
dans les palais, dans les magasins, enfonçant les
caisses, allant et venant, chargés de balots de
marchandises, de pains de sucre, de pièces de
toile, de pelisses d'un très grand prix, permettait
à peine à nos voitures d'avancer. Il me tardait,
au-delà de toute expression, de m'arracher à cette
scenne de violence et de dévastation ; enfin, après
un dernier effort, je franchis la porte de Peterskoë et, au grand train de mes chevaux, j'arrivai au
quartier de S. M. établi au château de Peterskoë.

17 septembre.

Séjour. Une partie de la garde royale était restée en sauvegarde au Kremlin. Le restant campait
dans le parc du château ; les ravages de l'incendie
devenaient plus affreux. Cette malheureuse ville
avait été dévouée aux flammes. Il n'existait pour
elle aucun moyen de salut. Je visitai le château.
Il est bâti au nord de la ville, sur la route de
Pétersbourg : une muraille crenellée, flanquée de
tours recouvertes, ainsi que la toiture du château,
de tuiles vernissées de couleurs variées donnent à
ce palais une phisionomie mauresque. Dans le
centre est une salle ronde immense, éclairée par
un dôme. Les souverains de Russie y donnaient
leurs premières audiences, pendant les jours qui

---

[1] Fol. 16.

précédaient la cérémonie de leur couronnement.
Dans la nuit du 17 au 18, l'incendie s'est manifesté d'une manière plus horrible. Un arc-en-ciel
de feu se courbait[1] sur cette ville infortunée. Plusieurs incendiaires, saisis au moment de leur
crime, avaient été brûlés vifs, après avoir obtenu
d'eux l'aveu que l'incendie de la ville avait été la
condition de leur liberté. Le gouverneur lui-même
avait donné l'exemple de ce barbare dévoûment.
A notre approche il avait fait mettre le feu à sa
maison de Moskou et à son château de Voronovo.
Nos cantonemens en s'en approchant avaient
trouvé au haut d'une perche l'avis suivant :

« J'ai embelli cette campagne pendant huit ans.
J'y ai vécu heureux au sein de ma famille. Les
habitants de cette campagne la quittent à votre
approche, et, moi, je mets le feu à ma maison pour
qu'elle ne soit pas souillée par votre présence.
Français ! Je vous ai abandonné mes deux maisons
de Moskou, avec un mobilier d'un demi-million de
roubles[2]. Ici vous ne trouverez que des cendres. »

Une autre proclamation du gouverneur existait
encore en placard. Elle portait :

« Habitants de Moskou ! Armés-vous, n'importe
de quelles armes, mais surtout de fourches, qui
conviennent d'autant mieux contre les Français
qu'ils ressemblent pour le poids à de la paille. A
défaut de les vaincre, nous les brûlerons dans
Moskou. »

[1] Fol. 16 verso.
[2] 2 millions de France.

15

Il parut bien avéré que l'embrasement de Moskou était le résultat d'un plan[1] horrible calculé pour anéantir toutes les ressources et pour empêcher notre établissement. Les habitants avaient été électrisés ; on leur avait rappelé le dévouement des habitants de Sarragosse qui, à l'exemple de leurs ayeux, préférèrent s'ensevelir sous les ruines de leur ville plutôt que de plier sous un pouvoir injuste. Ces conseils de Scyte n'avaient été que trop affreusement suivis ; les uns coururent aux armes, lorsque notre armée s'approchait ; d'autres, les torches à la main, se portèrent au quartier de la Bourse, mirent le feu dans tous les magasins, incendièrent tous les bateaux, les ponts ; des officiers de police russe activaient le feu avec des lances goudronnées ; tous les moyens de destruction avaient été mis en œuvre, des obus éclataient dans les poêles ; des forçats livrés à leur seule fureur mettaient le feu partout où il n'éclattait pas. Notre arrivée avait été le signal d'un embrasement général. Les rapports se succédaient pour annoncer à Sa Majesté que le feu gagnait des quartiers préservés jusqu'à ce jour, et que la ville n'était pas tenable[2], que le nombre des incendiaires se multipliait dans les quartiers et que tous les établissements publics étaient la proie des flammes. Nous étions réduit à la condition déplorable de ne pouvoir arrêter d'aussi cruels ravages.

[1] Fol. 17.
[2] Fol. 17 verso.

18 septembre.

Bientôt le feu n'eut plus d'aliment dans les quartiers que l'Empereur devait habiter. Il fut décidé que l'on rentrerait au Kremling. Je traversai plusieurs camps établis sur les deux côtés de la route. Les plus beaux meubles y avaient été apportés. Le soldat, couvert de boue et noirci par la fumée, assis dans un fauteuil de velours cramoisi, mangeait sa soupe dans des assiettes de porcelaine et buvait dans des verres du plus beau cristal. Plus loin étaient exposés en vente publique des effets précieux, des pendules, des candélabres, de la mousseline, des sacs de farine, des paquets de canelle. Des forçats, des prostituées, mêlés avec nos soldats, participaient à cet affreux pillage[1], s'associaient à ces honteux marchés ; dans les cuisines du camp, des soldats, vêtus à la tartare, à la chinoise, alimentaient le feu avec des billes d'acajou, des meubles d'ébénisterie, du bois de campêch, des fagots de canelle. La dévastation et le pillage étaient au comble. A chaque pas on se voyait accosté par un soldat qui, métamorphosé en marchand, vous offrait, à vil prix, des étoffes, des châles précieux qui souvent enveloppaient de mauvaises morues ou un morceau de jambon. J'achetai à l'un de ces soldats un chal (*sic*) de cachemire rayé qu'il appelait de *l'indienne* pour 5 francs. Il l'avait coupé en deux pour envelopper du stocflicht (*sic*). En entrant

[1] Fol. 18.

en ville, je fus frappé du mouvement tumultueux qui encombrait les rues. Des torrens de flammes avaient enseveli les magnifiques palais que j'avais remarqués dans notre fuite vers Petroskoe ; leurs superbes frontons, les bas-reliefs, les statues, les colonnes qui les décoraient, écrasés et entassés parmi les débris fumants, témoignaient[1] d'une manière affreusement énergique la fidélité avec laquelle les ordres du Gouvernement avaient été exécutés. Leur amoncellement était tel qu'on ne distinguait plus l'allignement des rues. On s'était empressé de réparer les ponts du faubourg. Je traversai la place de l'arsenal. Je pris mon logement au Kremling. J'occupai l'appartement que j'ai marqué sur la gravure d'une petite croix. On y arrivait par l'escalier des Lions.

[1] Fol. 18 verso.

IV

L'AFFAIRE DE WILNA

9 décembre 1812.

Le roi a quitté son quartier ; nous avons ordre de le suivre. Notre marche a été fort embarrassée. Arrivés à dix heures du soir au défilé de Ponari, nous y rencontrâmes de si grands obstacles qu'il fallut se résigner à camper sur place, espérant que, la foule s'écoulant, dans la nuit, notre mouvement serait plus libre le lendemain. Nous cédâmes à la cruelle nécessité de cacher notre position à l'ennemi. Les feux de bivouac ne furent pas allumés. L'inquiétude et un froid de 25 degrés m'anéantirent pendant cette horrible nuit.

10 décembre.

Au point du jour j'ai fait atteller (*sic*); nos domestiques étaient sans force, sans énergie et totalement démoralisés ; un nombre considérable de voitures de toute espèce, de pièces et caissons d'artillerie, abandonnés au travers de la route, sans conducteurs, des charrettiers, des soldats, une infinité de chevaux étendus sans vie, une rampe glacée sur laquelle il n'était pas possible de se tenir debout devinrent un obstacle insurmontable. Plusieurs fois nos chevaux essayèrent de se frayer une route. Ne pouvant avoir pied, le fourgon allait en derrière (*sic*), au risque d'être jeté dans un fossé, ne pouvant être ni retenu, ni guidé par les chevaux. Le désordre le plus affreux régnait dans cette réunion d'hommes et d'équipages. Il augmentait de minute en minute par l'agglomération sur ce point de tous les réfugiés de Vilna. La fusillade retentissait dans la ville. Les Cosaques s'étaient montrés dans plusieurs quartiers. Il n'y avait pas d'espoir d'être couverts par une arrière-garde. Notre armée n'existait plus, elle était fondue. Nous prîmes notre parti. Dans l'impossibilité de sauver notre convoi, nous mîmes le feu aux voitures. J'évacuai le trésor, les papiers et les dépôts qui m'étaient confiés. J'en chargé les chevaux de mon fourgon. Ce qu'ils ne purent prendre fut confié aux grenadiers de mon escorte. Je n'oubliai pas le peu de provisions que je conservais précieusement, et, quelque pénible que fût le sacrifice des objets précieux que je m'étais procurés à Moskou, je mis le feu à mon fourgon. Je fis parcourir à mon convoi toutes les sinuosités du défilé et je parvins à sa hauteur après les plus grands efforts et de nombreuses chûtes. Après avoir fait halte, je continuai ma route pour suivre **la direction qu'avait prise le roi de Naples.**

NOTES DE G. PEYRUSSE

I

PORTRAIT DE NAPOLÉON A L'ILE D'ELBE

Pendant mon séjour à l'île d'Elbe, ayant eu souvent l'honneur d'être admis à travailler, à dîner, à jouer avec Sa Majesté l'empereur, j'ai pu facilement contempler cet homme extraordinaire.

A cette époque de sa vie Napoléon avait quarante-six ans ; sa taille était de cinq pieds un ou deux pouces, sa tête était grosse ; ses yeux bleu clair ; ses cheveux chatain foncé et rares ; les cils de ses paupières étaient plus clairs que ses sourcils, qui étaient comme ses cheveux ; il avait le nez bien fait et la forme de la bouche gracieuse et d'une extrême mobilité ; ses mains étaient remarquablement belles et éclatantes de blancheur, il avait le pied petit, il était bien fait et bien proportionné à sa taille ; ses gants étaient simples ; sa seule recherche se bornait à une extrême propreté, ses vêtements n'avaient rien de remarquable.

On a parlé de son goût pour le tabac, j'ai souvent remarqué qu'il en perdait plus qu'il n'en prenait ; c'était plutôt une manie, une sorte de distraction qu'un besoin réel ; ses tabatières étaient fort simples, ovales, en écaille noire doublées d'or, toutes parfaitement semblables, et ne différant entre elles que par les belles médailles antiques et en argent qui étaient encastrées sur le couvercle.

S. M. portait presque toujours l'uniforme des chasseurs de la garde, veste et culote blanches. On a beaucoup parlé du goût passionné de l'Empereur pour les femmes : sans doute S. M. ne fut pas exempte de ces faiblesses amiables ; mais je crois que l'on a singulièrement exagéré leur nombre [1]. L'Empereur trichait au jeu ; souvent nous voulions bien ne pas nous en appercevoir, mais S. A. Madame Mère, dont j'avais souvent l'honneur d'être le vis-à-vis, usait quelques fois d'un droit que nous ne pouvions nous permettre. « Napoléon, vous vous trompés ». S. M., se voyant découvert, passait sa main sur la table, brouillait tout, prenait nos napoléons, rentrait dans son intérieur où nous ne pouvions le suivre, et donnait notre argent à Marchand, son valet de chambre, qui, le lendemain, le rendait aux volés. L'Empereur, qui connaissait les hommes, ignorait les femmes ; il n'avait pas vécu parmi elles : aussi ne les comprenait-il pas ; il dédaignait une si futile étude ; ses sensations étaient matérielles, il n'aimait pas les femmes savantes, ni qu'elles sortissent de leurs attributions de famille ; une femme

[1] Fol. 1 verso.

était à ses yeux une gracieuse créature, mais l'amour une folle préoccupation.

Écrit à Porto-Ferrajo, le 17 janvier.

[1] On aime en général à connaître jusqu'aux moindres habitudes de ceux qu'un grand talent ou une vaste renommée ont élevé au dessus de leurs semblables.

L'empereur avait le crane proéminent, figure pâle et alongée, habitude méditative de la physionomie, mobilité dans le regard, yeux vifs, perçants, tantôt doux, tantôt sévères. Il avait une physionomie pour chaque pensée. Il avait de belles mains, il tenait beaucoup à cette beauté, il en avait un soin extrême ; en causant il les regardait avec complaisance. En promenant il marchait un peu courbé, les mains croisées derrière le dos. Quand il était de bonne humeur, ses petites caresses ordinaires consistaient en petits soufflets ou à pincer légèrement le bout de l'oreille [2]. Il ne croyait pas à la médecine ni à l'efficacité des remèdes qu'elle ordonnait. Il en parlait comme d'un art parfaitement conjectural. S. M. n'avait d'opinion arrêtée que pour la chirurgie. Il avait une raison forte qui n'admettait que les vérités démontrées.

[1] Fol. 2.
[2] Fol. 2 verso.

II

JUGEMENT SUR NAPOLÉON [1]

Napoléon fut appelé grand. Je l'appelle avec conviction un homme extraordinaire. Après le feu le plus meurtrier, la cannonade la plus vive et la plus soutenue toute la journée, les chances variées de la bataille dans les journées d'Essling, de Wagram, dans les désastres inouïs de la retraite de Russie, dans les journées cruelles de Bautzen, dans le combat sous Dresde, devant Leipzick, lors de la rupture des ponts sur l'Ester, et à Esling (*sic*), j'ai vu S. M. rentrer le soir dans son quartier calme, froid, impassible. Nous avions été dans toutes ces journées ahuris sous l'alternative cruelle des feux de mousqueterie s'éloignant et se rapprochant : le calme renaissait dans nos esprits en voyant S. M. traverser le salon et donner ses ordres avec une liberté d'esprit, une sérénité de visage qui nous rassurait. J'admirais en lui l'homme qui a tout dû à lui-même, qui a remporté tant de victoires, subjugué tant d'états, conquis le pouvoir le plus absolu sur une grande nation, qui a semé

[1] Fol. 3.

des couronnes et qui a sans contredit le plus marqué dans son siècle. Son nom fut une puissance. Les maux que soixante victoires ont laissés dans les familles européennes sont oubliés [1]. C'est à la postérité à le juger et aux siècles futurs à admirer cet homme extraordinaire et à se rappeler que le gouvernement anglais a eu pour lui pendant le temps de sa détention à Sainte Hélène un luxe d'inhumanité. S. M. avait été invincible jusqu'en 1812. Tant de prospérités ne pouvaient durer. La nature se chargea du soin de venger tous ses ennemis... : en une nuit de glace tout changea. Le monde s'ébranla. Des nuées d'ennemis nous entourèrent. L'Europe conservera un souvenir éternel de nos désastres et de nos victoires.

[1] Fol. 3 verso.

III

MES RÉFLEXIONS EN APPRENANT LA MORT DE S. M.

Paris, 20 mars.

Napoléon fut appelé grand... A peine âgé de vingt-sept ans, pareil à un torrent, il précipita sa course impétueuse du haut des Alpes dans les belles plaines d'Italie. Ces champs, illustrés par les victoires d'Annibal et de Marius, reçurent un nouvel éclat de ses trophées.

Empereur des Français, il subjugua le monde. Les rois de la terre l'entouraient tous et formaient un cortège brillant qui annonçait sa présence. Ses armées assiégeaient Cadix. Quelque temps après, la victoire les conduisait jusque sous les murs de Moscou. Tant de prospérités ne pouvaient durer. Invincible jusque-là, la nature se chargea du soin de venger ses ennemis. Les glaces de l'hiver lui enlevèrent la plus belle armée qu'on eût vue sous le soleil. En une nuit tout changea.

L'étoile de l'empereur, qui jusqu'alors avait jeté de si vifs rayons, commença à pâlir. Le monde s'ébranla; des nuées de barbares l'entourèrent. Semblable à un gladiateur, qui, au milieu de l'arène couvert de blessures, porte des coups à tous

ses rivaux et les menace encore avant de tomber,
l'Empereur les anéantit partout où il put les
atteindre.

L'Europe conservera un souvenir éternel de ses
désastres et de ses victoires. Mais enfin l'Empereur était homme : il fallut céder à la fortune...
Retiré dans son palais de Fontainebleau, conservant pour tout bien son grand nom, abandoné de
tous, il sut encore se faire craindre et respecté.

Il signa son abdication à Fontainebleau. Qui
n'admirerait pas les desseins admirables de la Providence sur la destinée des hommes, quand on
songe, que dans ce même palais dans cette même
salle où l'empereur signa son abdication, S. M.
avait voulu forcer le pape Pie VII à renoncer à
son trône. Pouvait-il prévoir que vaincu, abandonné de tous, il abdiquerait sa puissance et ver-
rait le pape rentrer dans Rome, rétabli par les
Russes et les Anglais qui brûlaient naguères le
pape en effigie?

C'est dans la cour de ce palais que l'Empereur
se vit dans cette première période entouré de
ses vieux soldats.

Qui pourrait peindre la douleur qui oppressait
dans ce moment l'âme de l'Empereur à la vue de
ces hommes intrépides qui, dans cent batailles,
avaient contemplé de si près la mort sans rien
craindre, versant des larmes à son départ, l'entou-
rant de leurs armes, courbant leur drapeau sur sa
tête ! L'Empereur s'arracha de leurs bras... il
partit !

Un an s'était à peine écoulé. L'Empereur revint.
Tout se souleva sur son passage. Le monde
s'ébranla encore une fois pour le vaincre. La
France épuisée par tant de guerres ne put résister
à tant d'ennemis. Nouveau Thémistocle, Napoléon
allait s'asseoir au foyer du peuple britannique,
mais ce peuple égoïste le relégua sur un rocher
désert au milieu de l'Océan.

Cinq ans après l'Empereur n'existait plus.
Quelques pieds de terre recouvraient celui à qui le
monde n'avait pu suffire !

TABLE DES MATIÈRES

———

I. — LA CAMPAGNE D'AUTRICHE

LETTRE I

GUILLAUME PEYRUSSE A SON FRÈRE ANDRÉ

(Claie, 25 mars 1809)

LETTRE II

LE MÊME AU MÊME

(La Ferté, 26 mars 1809)

LETTRE III

LE MÊME AU MÊME

(Strasbourg, 9 avril 1809)

II. — LA CAMPAGNE DE RUSSIE

LETTRE XXII

G. PEYRUSSE A SON PÈRE

(La Ferté, 6 mars 1812)

LETTRE XXIII

G. PEYRUSSE A SON FRÈRE

(Mayence, 29 mars 1812)

LETTRE XXIV

LE MÊME AU MÊME

(Fulda, 29 mars 1812)

III. — LES CAMPAGNES D'ALLEMAGNE ET DE FRANCE

LETTRE XLIX

LE MÊME AU MÊME

(Dresde, 25 juin 1813)

LETTRE L

LE MÊME AU MÊME

(Dresde, 17 juillet 1813)

LETTRE LI

LE MÊME AU MÊME

(Dresde, 29 juillet 1813)

LETTRE LII

LE MÊME AU MÊME

(Dresde, 28 août 1813)

IV. — FRAGMENTS INÉDITS DES JOURNAUX DE PEYRUSSE

V. — NOTES DE PEYRUSSE

Tours, imprimerie Deslis Frères, 6, rue Gambetta.

www.ingramcontent.com/pod-product-compliance
Lightning Source LLC
Chambersburg PA
CBHW071904020726
47502CB00003B/891